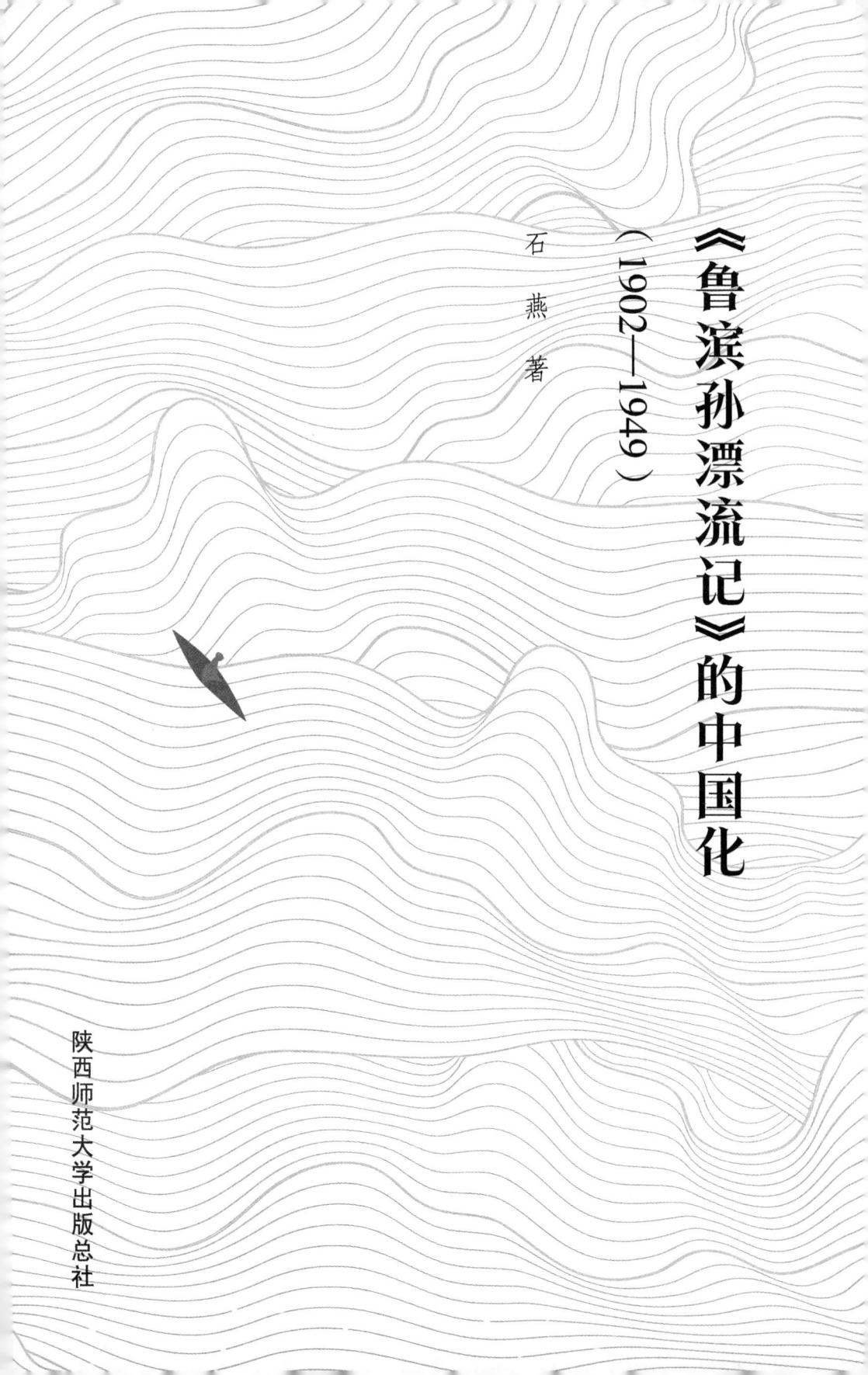

石燕 著

《鲁滨孙漂流记》的中国化
（1902—1949）

陕西师范大学出版总社

图书代号　SK23N1646

图书在版编目(CIP)数据

《鲁滨孙漂流记》的中国化:1902—1949 / 石燕著. —西安:陕西师范大学出版总社有限公司,2023.12
　　ISBN 978－7－5695－3752－9

Ⅰ. ①鲁… Ⅱ. ①石… Ⅲ. ①长篇小说—文学翻译—研究—英国—近代 Ⅳ. ①I561.074

中国国家版本馆 CIP 数据核字(2023)第 138231 号

《鲁滨孙漂流记》的中国化(1902—1949)
《LUBINSUN PIAOLIU JI》DE ZHONGGUOHUA(1902—1949)
石　燕　著

责任编辑	梁　菲
责任校对	刘存龙
出版发行	陕西师范大学出版总社
	(西安市长安南路 199 号　邮编　710062)
网　　址	http://www.snupg.com
印　　刷	西安市建明工贸有限责任公司
开　　本	720 mm×1020 mm　1/16
印　　张	18.5
字　　数	227 千
版　　次	2023 年 12 月第 1 版
印　　次	2023 年 12 月第 1 次印刷
书　　号	ISBN 978－7－5695－3752－9
定　　价	88.00 元

读者购书、书店添货或发现印装质量问题,请与本公司营销部联系、调换。
电话:(029)85307864　85303629　传真:(029)85303879

目 录

绪 论
一、《鲁滨孙漂流记》在中国 / 003
二、国内外研究现状 / 009
三、研究缘起、研究思路与价值 / 021
四、"中国化"理论概说与本书结构 / 028

第一章 晚清民国《鲁滨孙漂流记》的传播概貌

第一节 晚清诸译本少年化与通俗化的混融交织 / 037
一、"满纸皆'少年'" / 037
二、通俗性与趣味性的凸显 / 041
三、儿童观念的嬗变与大众文化的兴起 / 047
四、小结 / 051

第二节 民国诸译本启蒙与娱乐的分离和融合 / 053
一、汉译儿童版的启蒙倾向 / 053
二、电影鲁滨孙故事的娱乐功能 / 058
三、寓教于乐的儿童读物的产生 / 065
四、小结 / 068

第三节　家族成员的互文助推与潜在影响 / 070

　　一、《瑞士家庭鲁滨孙》英译本与《小仙源》的潜入 / 071

　　二、《瑞士鲁滨孙家庭飘流记》的流行 / 076

　　三、传播过程中的互文助推与和声共振 / 081

　　四、小结 / 085

第二章　国民性改造自觉意识下的《鲁滨孙漂流记》

第一节　《鲁滨孙漂流记》的潜入与诸译本的尚武倾向 / 093

　　一、尚武精神与"军国民"思想 / 094

　　二、晚清冒险小说的流行与文本的潜入 / 098

　　三、尚武倾向与晚清诸译本的文本变异 / 102

　　四、小结 / 107

第二节　诸译本与国民性身体的改造 / 109

　　一、尚力思潮与身体的新使命 / 110

　　二、强力、卫生、人口：晚清诸译本中的身体话语 / 113

　　三、卫生观念和人口诉求：民国诸译本中的身体话语 / 118

　　四、小结 / 122

第三节　诸译本对自由的想象 / 124

　　一、单数的自由与复数的群治 / 124

　　二、独立又爱群的鲁滨孙 / 129

　　三、自我与友爱的鲁滨孙 / 134

　　四、小结 / 138

第三章　文化传统深层融会下的《鲁滨孙漂流记》

第一节　自强不息与诸译本的进取精神 / 145

一、自强不息精神及其要义 / 145

二、进取精神的个体维度 / 149

三、进取精神的国族维度 / 153

四、小结 / 156

第二节　游历与诸译本的超越精神 / 159

一、游历精神与游之超越 / 159

二、鲁滨孙游历之优游 / 164

三、游观与主体性的释放 / 169

四、小结 / 174

第三节　感伤传统与诸译本的抒情面向 / 176

一、感伤传统与抒情向度 / 176

二、感伤的旅程 / 179

三、感伤的鲁滨孙 / 184

四、小结 / 189

第四章　新旧传统下的《鲁滨孙漂流记》及其主体精神建构

第一节　激越品格的现实欲求 / 195

一、"未来时"与倡动哲学 / 195

二、两种力量与激越精神 / 200

三、限度之思 / 204

四、小结 / 207

第二节　独立品格的伦理建构／208

  　　一、从财产到人格：利与德之抉择／209

  　　二、独立品格的想象与建构／211

  　　三、意义与限度／215

  　　四、小结／218

  第三节　情与理的美学建构／220

  　　一、启蒙理性的发生与主体感性的萌蘖／220

  　　二、情与理的建构／223

  　　三、可能与限度／229

  　　四、小结／232

余　论

  　　一、传播面貌的常与变：《鲁滨孙漂流记》与当代中国／237

  　　二、可能性省思：《鲁滨孙漂流记》与当代主体建构／242

  　　三、文学性追问：《鲁滨孙漂流记》与中国文学／249

参考文献／257

附　录／272

后　记／286

绪论

>这部小说为何特别受到近代中国人的青睐？他们在鲁滨孙身上寻找什么呢？
>
>——邹振环《近代中国人在鲁滨孙身上寻找什么》①
>
>任何界限也许都只是一个无限期运动的整体中的一个任意切口。
>
>——米歇尔·福柯《词与物——人文科学的考古学》②
>
>最普遍的知识，构成了他们未来思想的底色和基调。
>
>——葛兆光《中国思想史导论——思想史的写法》③

一、《鲁滨孙漂流记》在中国

"英国小说之父"丹尼尔·笛福（Daniel Defoe，1660？—1731）的"鲁滨孙三部曲"（The Robinson Trilogy）——《鲁滨孙漂流记》（*Robinson Crusoe*，1719）④、《鲁滨孙飘流续记》（*The Farther Adventures of Robinson Crusoe*，1719）以及《鲁滨孙沉思集》（*Serious Reflections of Robinson Crusoe*，

---

① 邹振环：《影响中国近代社会的一百种译作》，江苏教育出版社2008年版，第188页。
② 米歇尔·福柯：《词与物——人文科学的考古学》（修订本），莫伟民译，上海三联书店2016年版，第52页。
③ 葛兆光：《中国思想史导论——思想史的写法》，复旦大学出版社2013年版，第92页。
④ 《鲁滨孙漂流记》的汉语译名颇不统一，有"漂流记"和"飘流记"的差异，也有"鲁滨孙""鲁滨逊"和"鲁宾孙"等的差异。除引用文献遵从实际译名外，本书一律采用《鲁滨孙漂流记》的译名。

1720），自问世至今已达三百年。① 特别是第一部，作为英国文学史上不朽的作品之一②，它在面世当年的四个月内重印了六次，创造了文学出版界的神话。之后，其重印本和各类版本之多更是让人惊叹不已。③ 据学者统计，《鲁滨孙漂流记》被翻译成几十种语言在世界各地广为传播。④ 从英国到中国，《鲁滨孙漂流记》"漂洋过海""自西徂东"，自1902年译成汉语至今亦已逾百年。有学者指出，《鲁滨孙漂流记》自20世纪初进入中国以来，"在整个20世纪出版了不下四十种译本、节译本、缩写本、改编本和英汉对照本，从而形成了一个庞大的鲁滨孙汉译系列"⑤。

现有研究发现，《鲁滨孙漂流记》仅晚清就大约出现了六个汉译本，分别为：沈祖芬的《绝岛漂流记》（1902），英国传教士英为霖的《辜苏历程》（1902），《大陆报》译本《鲁宾孙漂流记》（1902—1903），林纾、曾宗巩合译的《鲁滨孙飘流记》（1905）与《鲁滨孙飘流续记》（1906），汤

---

① 有学者考察了"鲁滨孙三部曲"在英国和欧陆近三百年的版本流传情况，指出第三部从传播初期便饱受质疑，并与前两部处于若即若离的状态，第二部往往与第一部捆绑出版，面世长达两个多世纪，直到一战后消失在读者视野中。参见 Melissa Free, "Un-Erasing 'Crusoe': 'Father Adventures' in the Nineteenth Century", *Book History*, 2006, 9: 89 – 130。
② 参见 Joshua Grassso, "'An Enemy of his Country's Prosperity and Safety': Mapping the English Traveler in Defoe's Robinson Crusoe", *CEA Critic*, 2008, 70 (2): 15。
③ 至20世纪末，各类版本已不下七百个。本书讨论的主要对象为第一部，但由于晚清几个重要的译本是对"鲁滨孙三部曲"前两部的译介，因此在具体论述时也会涉及第二部。
④ 除汉语、法语、俄语等大语种外，《鲁滨孙漂流记》的译本几乎覆盖了世界上主要的小民族语言，诸如捷克语、荷兰语、丹麦语、希腊语、爱沙尼亚语等。参见 Elizabeth Kraft, "The Revaluation of Literary Character: The Case of Crusoe", *South Atlantic Review*, 2007, 72 (4): 37 – 58。
⑤ 参见李今：《晚清语境中的鲁滨孙汉译——〈大陆报〉本〈鲁滨孙飘流记〉的革命化改写》，载《中国现代文学研究丛刊》2009年第2期，第1页。

红绂译述的《无人岛大王》(1909),以及袁妙娟译的《荒岛英雄》(1909)。① 实际上,民国时期,《鲁滨孙漂流记》的汉译版本数量更多,如严叔平译本、顾均正与唐锡光合译本、彭兆良译本以及徐霞村译本等,让人眼花缭乱。② 1949年以后,特别是20世纪80年代以来,除了再版民国白话文旧译本如徐霞村译本外,《鲁滨孙漂流记》出现了数量可观的重译本,其中最为有名的是郭建中译本和黄杲炘译本。③

需要注意的是,"鲁滨孙三部曲"的第三部汉译本一直付之阙如。晚清的几个主要汉译本,即沈译本、《大陆报》译本及林译本,皆是对"鲁滨孙三部曲"前两部的译介,而始自民国的汉译本均为对"鲁滨孙三部曲"第一部的翻译。④ 晚清与民国对于源语译本撷取中的差异自然有其深刻的文化动机支配,在此只提及一个简单的缘由。《鲁滨孙漂流记》第二部即《鲁滨孙飘流续记》中包含大量污蔑中国形象的叙述和描写,晚清译者出于针砭时弊进而警醒世人的文化心理将其译入,以求达到救亡图存的政治目的。到了民国,随着世界格局的动荡(先后两次世界大战的爆发)

---

① 崔文东在文中提到了袁妙娟译本《荒岛英雄》,笔者未找到此译本。参见崔文东:《义与利的交锋——晚清〈鲁滨孙飘流记〉诸译本对经济个人主义的翻译与批评》,载《汉语言文学研究》2012年第4期,第54页。
② 有关译本详细的初版信息见本书附录。此外,梁遇春和汪原放译本也于民国时期产生。梁遇春译本《鲁滨逊飘流记》初版本暂无可考,据现有的版本信息证明其初版于20世纪20年代。参见笛福:《鲁滨逊漂流记》,梁遇春译,新世纪出版社2016年版。笛福:《鲁滨逊漂流记》,汪原放译,建文书店1947年版。汪译本后又分别于1978年和1981年由台北远景出版事业公司出版。另,民国时期出现了大量的中英对照本和英文改编本,这两类出版物皆不在本书的研究范围。
③ 参见笛福:《鲁滨孙飘流记》,郭建中译,译林出版社1996年版、2004年版。笛福:《鲁滨孙历险记》,黄杲炘译,上海译文出版社1997年版。
④ 自民国迄今,共有两个译本对《鲁滨孙漂流记》的前两部做了汉译。一个是民国的汪原放译本,一个是20世纪80年代以后的黄杲炘译本即《鲁滨孙历险记》。具体版本信息参见本页注释②和注释③。

和民族国家使命（反对外来侵略与奴役）的日益紧迫和明朗化，译者无须借助《鲁滨孙飘流续记》来警醒世人。加之，民国时期，受卢梭（Jean-Jacques Rousseau）观念影响，在数量众多的《鲁滨孙漂流记》汉译本中，占比最大的当为汉译儿童版。这类译本的译者致力于突出主人公解决荒岛生存等难题的实践倾向，《鲁滨孙飘流续记》与此目的不太合宜。民国汉译儿童版中颇富代表性的有严叔平译本和顾均正、唐锡光合译本等，前者为教科书译本，后者为"少年文学"读物，这两个译本在这一时期被多次重印，销量相当可观。随着时间的流逝，徐霞村译本逐渐成为继林译本之后出现的新的经典译本，其影响延及当代。①

然而，晚清外国文学的译介总体上属于译述阶段，译者将翻译变成"借体寄生的、东鳞西爪的写作"（钱锺书语）。王德威指出，晚清的翻译其实包括了改述、重写、缩译、转译和重整文字风格等做法。② 说到底，这一时期的《鲁滨孙漂流记》翻译是大规模的改编乃至重写。甚至，民国时期直译观念的兴起，亦未能改变《鲁滨孙漂流记》汉译本背离原作甚多的事实。正如雅克·德里达（Jacques Derrida）指出的："翻译应当是去写具有另一种命运的其它文本。……即便最忠实原作的翻译也是无限地远离原著、无限地区别于原著的。而这很妙。因为，翻译在一种新的躯体、新

---

① 学界一般认为，最早的徐译本产生于1937年，这包括徐霞村的女儿徐小玉，她在回忆父亲徐霞村的翻译工作时提到《鲁滨孙飘流记》的翻译工作始于1937年。但笔者所依据的译本在版权页上标注其初刊本于1930年出版，应属讹误。另，徐译本于1959年、1979年乃至新时期多次再版，至今在汉语译本中发挥着重大的作用。参见Daniel Defoe：《鲁滨孙飘流记》，徐霞村译，香港商务印书馆1957年版。
② 参见王德威：《翻译"现代性"——论晚清小说的翻译》，见《想象中国的方法——历史·小说·叙事》，生活·读书·新知三联书店1998年版，第102页。

的文化中打开了文本的崭新历史。"①《鲁滨孙漂流记》的汉译同样在中国文化中开启了文本的新历程。即便以"忠实"著称的徐霞村译本，亦少不了"创造性叛逆"。不过，徐译本的文化改写相对婉转隐蔽罢了。

　　值得注意的是，民国时期的《鲁滨孙漂流记》汉译本往往以汉译儿童版的面貌出现在阅读界，并多以著译者不具名的方式呈现在各类出版物（主要是报刊连载）中。一方面，《鲁滨孙漂流记》作为各级学校（高小、初中和高中）的教科书在课堂中被讲授和研读；另一方面，作为西方文学经典以课外儿童读物的身份被阅读。这两方面的儿童读物倾向延续至今。21世纪以来，不仅各类报刊上登载儿童（小学生和初中生）写作的《鲁滨孙漂流记》读后感，而且由中小学教师写作的课堂设计类文章频频见之于文学刊物。②

　　耐人寻味的是，《鲁滨孙漂流记》在长达百余年的汉语语境"旅行"中，主人公鲁滨孙形象也发生了各种各样的"变异"③。就晚清最早的两个汉译本而言，其中的鲁滨孙形象差异非常明显。沈译本《绝岛漂流记》中的鲁滨孙心怀家国宇宙，秉持孝道伦理，英为霖译本《辜苏历程》中的鲁滨孙则是一个具有儒士气质的忏悔悟道教徒。随后的《大陆报》译本《鲁宾孙漂流记》中，鲁滨孙俨然是以爱国救种为宗旨、矢志不渝追求社会自由与国家富强的果敢英雄。到了林译本《鲁滨孙飘流记》中，鲁滨孙又成

---

① 雅克·德里达：《书写与差异》，张宁译，生活·读书·新知三联书店2001年版，访谈代序第25页。
② 聊举以下两例作为参考。管乐、崔蕴含：《成为生活中的强者——读〈鲁滨孙漂流记〉有感》，载《少儿科技》2018年第11期，第40页。曹一凡：《智慧与双手——读〈鲁滨孙漂流记〉有感》，载《小学生之友》（高版）2018年第2期，第34页。
③ 此处的"变异"一词是在曹顺庆比较文学变异学理论的意义上使用的。参见曹顺庆：《南橘北枳——曹顺庆教授讲比较文学变异学》，中央编译出版社2014年版。

为一个在冒险与虚静之间探求中庸（"动"与"静"平衡）精神的孤胆英豪。一言以蔽之，鲁滨孙形象可谓"一译一面"。民国以来，知识精英对新国民的塑造思路与儿童的发现合流。作为民国知识分子国族建构的形象载体，汉译本中的鲁滨孙再次出现了非常显著的变异：鲁滨孙变身为少年英雄。这是对晚清《鲁滨孙漂流记》汉译的进一步裂变。

不难见出，晚清、民国作为《鲁滨孙漂流记》译介至关重要的两个阶段即潜入（发生）和奠基（发展）阶段，出现了最早和对后世最有影响力的译本。最早的汉译本为晚清的沈译本和传教士英为霖粤语译本，对后世影响最大的译本为晚清林纾、曾宗巩合译本以及民国徐霞村译本。与此同时，《大陆报》译本因最早借助于大众传媒即报纸传播，开拓了《鲁滨孙漂流记》的大众文化空间，并加速了其在中国文化语境中的传播。进一步地，因之于晚清民国大众传媒的蓬勃发展和大众文化的日趋成熟，《鲁滨孙漂流记》的传播早已越出了语言文字的范畴，出现了跨媒介传播的态势，如西方鲁滨孙电影的引进。各类鲁滨孙故事图画改编本乃至连环画本的出现则是知识分子所代表的精英文化与大众传媒相伴产生的大众文化融合的结果。

这里需要补充的是，西方《鲁滨孙漂流记》的重写本（仿作）也参与了《鲁滨孙漂流记》的中国化历程，并在一定程度上影响了它在中国的传播面貌。晚清时期，便有两个重写本来华，一个是《瑞士家庭鲁滨孙》，一个是《两年假期》。《两年假期》于1902年译入，译名为《十五小豪杰》，其传播主要集中在晚清时期，对《鲁滨孙漂流记》的影响较为有限。《瑞士家庭鲁滨孙》于1903—1904年译入，译名为《小仙源》，在民国时期颇为流行：20世纪30年代，除了彭兆良、沈逸之等翻译的白话译本外，还有改编本、中英对照本等多种版本面世。① 此二者的传入，充分反映了《鲁滨孙漂流记》中国化过程中的多元性与复杂性。特别是《瑞士家庭鲁滨孙》的译入和中国"旅行"，对《鲁滨孙漂流记》的中国化起到了不容忽视的推动作用。质言之，《鲁滨孙漂流记》的中国化并非凭借自身的一己之力，而是有"家族成员"的陪伴支持。

有趣的是，《鲁滨孙漂流记》的译入本身就是一场启蒙的逆转。18世纪的欧洲盛行"中国风"（Chinoiserie）。欧洲轰轰烈烈的启蒙运动的发生原本就与欧洲人对中国文化的钦慕有关。然而，历史的吊诡就在于：19世纪末，伴随着中国的国力特别是经济、军事等实力的急剧衰退，古老的文化以不可阻挡之势濒于崩溃。在中华传统文化身处解体边缘的时代语境中，思想文化界出现了强烈的反向欧洲寻求被启蒙的诉求。换言之，18世纪的欧洲启蒙运动始于对自身文化的不满，思想家试图从钦慕的中国文化中寻求文化救赎。与此相照，近代中国的西学东渐则是中国传统文化遭遇现代性危机的必然结果。从西方学习中国到中国学习西方，近代世界史和文化史完成了一个短时期的圆形闭环。

综上，《鲁滨孙漂流记》及其西方重写本的汉译与跨媒介故事，在现代中国文化转型、民族国家建构以及社会重构中担当着结构性的功能和角色。

二、国内外研究现状

（一）国内研究现状

中国最早的《鲁滨孙漂流记》汉译本问世于1902年，一为署名"钱

---

① 有关《瑞士家庭鲁滨孙》的译介情况，笔者将在第一章第三节展开论述，此处不再赘述。

唐跛少年"的沈祖芬译本《绝岛漂流记》，一为英国传教士英为霖的粤语译本《辜苏历程》。① 此后随着译者、译本和读者数量的增多，《鲁滨孙漂流记》的批评研究工作徐徐起步。晚清民国的评论往往散见于译者序跋、按语、报刊随笔等文字，论证零散且不成气候。其中值得注意的是《金刚钻》杂志刊载的一篇文章，该文对《鲁滨孙漂流记》的来华和流行原因进行了初步分析：

综上所述，我侪可知《鲁滨逊漂流记》一书，正为时代的果实。因当时社会环境之提起一般人对于航海冒险之兴趣，而使应运而生、具有时代背景之《鲁滨逊漂流记》得云涌于世而永垂不朽，此为当然之事。

由此，我侪更可知小说之基于时代的价值之伟大，深且远也矣。②

该文作者将《鲁滨孙漂流记》来华和流行的原因归结为时代精神使然，可谓触及了这一现象的本质。不过，"当时社会环境""一般人对于航海冒险之兴趣"仍属于现象的范畴。真正的本质在于：上至知识精英、下至普通民众对本民族未来的关注。

伴随着中国文学史建制的日趋成熟，相关评论多集中于各类外国文学史的书写当中。

据不完全统计，国内学者所著的《外国文学史》《英国文学史》《十八世纪英国文学史》等外国文学史著作，几乎都会论及笛福及其《鲁滨孙

---

① 《绝岛漂流记》是 Robinson Crusoe 和 The Father Adventures of Robinson Crusoe 这两部的节译本，《辜苏历程》是对 Robinson Crusoe 的翻译。关于此二者的初版信息，详见本书附录。
② 载《金刚钻》1932 年 6 月 15 日，作者不详，题名不详。

漂流记》，甚至部分文学史还不吝笔墨辟出专节予以介绍和评述。从民国开始，便有欧阳兰编译的《英国文学史》（京师大学文科出版部，1927）、曾虚白的《英国文学 ABC》（ABC 丛书社、世界书局，1928）、金东雷的《英国文学史纲》（商务印书馆，1937）以及李祁的《英国文学》（华夏图书出版公司，1948）等，不一而足。总体上看，中国的外国文学史书写往往强调《鲁滨孙漂流记》的传记色彩、第一人称的叙述方式以及现实主义小说的真实性等方面。这些看法与英美主流评价基本保持一致。至于鲁滨孙的形象本质，除了对其经济个人主义色彩的强调外，中国主流文学史在很长一段历史时期将之界定为 18 世纪资本主义上升时期资产阶级的代言人。这也与国外学术界的认识别无二致。不过，在阶级分析法左右学术话语的年代，《鲁滨孙漂流记》每每被视为具有"资本主义余毒"代表的反面材料而遭到批判。这一时期比较独特且有代表性的分析文章来自学者杨仁敬，论者从形象塑造、叙事手法和语言风格三个方面详细分析了《鲁滨孙漂流记》的艺术特色。[①] 文章深入有见地，论据扎实，论证充分。

20 世纪 80 年代，学界对鲁滨孙形象等问题有了新的认识。学者们跳出了非反即正的二分法思维方式，将其视为特定历史和文学发展过程中的必然产物。伴随着西方文艺理论的大量引进，中国《鲁滨孙漂流记》的学术论文大多借用西方流行理论进行探析：有从后殖民视角切入的，这类文章往往批判小说的殖民色彩，诸如鲁滨孙对荒岛的殖民，对黑人星期五的奴役，等等。有运用生态伦理批评理论进行分析的，往往抨击鲁滨孙在改造、统治荒岛的过程中对岛上生态环境的破坏及其所暴露的人类中心主义

[①] 杨仁敬：《〈鲁滨孙飘流记〉的艺术特色——纪念世界文化名人、英国现实主义作家笛福诞生三百周年》，载《厦门大学学报》（社会科学版）1961 年第 3 期，第 126—153 页。

倾向。有从当代翻译理论着眼的，主要是对《鲁滨孙漂流记》不同汉译本的比较分析，如将徐霞村、郭建中等译本置于多元系统论和文化操控理论的视域下进行比照，进而分析造成译本异化与归化策略的意识形态因素等。但囿于篇幅，大多数文章基本上仅局限于两三个译本之间的对比。

此外，有运用互文理论研究小说重写本与原作关系的，如王敬慧在《〈福〉与〈鲁滨逊漂流记〉的互文性》一文中分析了库切（J. M. Coetzee）《福》（Foe，又名《仇敌》）与《鲁滨孙漂流记》的互文关系。[①] 之后，各类期刊论文与硕士学位论文都出现了探讨《福》与《鲁滨孙漂流记》互文性的成果，如黄晖《〈福〉——重构帝国文学经典》[②]、贾欣岚与杨佩亮《从文本间性看〈鲁滨逊漂流记〉——话语暗示与叙事建构的解读》[③]。另外，有将《鲁滨孙漂流记》与其他小说进行比较研究的，如将之与戈尔丁（William Golding）《蝇王》（Lord of the Flies，1954）、康拉德（Joseph Conrad）《黑暗的心》（Heart of Darkness，1899）等和海岛叙事有关的小说进行对比。还有研究者将其与中国文学中的古典名著进行比较研究，诸如与《红楼梦》《聊斋志异》等进行空间比较分析。但这类比较研究往往停留在对两部文本表面相似或相异特征的罗列上，不能也无法提供更多有价值的启示，研究意义非常有限。

21世纪以来，中国的《鲁滨孙漂流记》研究出现了新的面貌。有的学者试图运用空间叙事学来分析《鲁滨孙漂流记》中的空间，读来也颇有新意，如张德明的论文《空间叙事、现代性主体与帝国政治——重读〈鲁滨

[①] 库切：《福》，王敬慧译，浙江文艺出版社2013年版，第148—160页。
[②] 黄晖：《〈福〉——重构帝国文学经典》，载《外国文学研究》2010年第3期，第155—160页。
[③] 贾欣岚、杨佩亮：《从文本间性看〈鲁滨逊漂流记〉——话语暗示与叙事建构的解读》，载《天津大学学报》（社会科学版）2012年第2期，第173—178页。

孙漂流记〉》。① 论文主要从空间叙事和空间政治的理论视角切入，认为鲁滨孙在荒岛上创造出了三个意义不同的空间，服务于帝国的殖民冒险事业。此类研究为新时期中国的《鲁滨孙漂流记》研究注入了活力，对文本的解读更接近文本产生的历史语境。近期，有学者从 18 世纪流行的自然法、自然哲学以及占主导地位的理性精神的角度对之进行研究，代表性的成果有李猛的《自然社会》一书的导论部分②，其余皆为单篇论文，如牛红英、薛丰艳的《〈鲁滨逊漂流记〉与西方自然状态理论》③，王爱菊、任晓晋的《自我的建构——洛克哲学视角下的〈鲁滨孙漂流记〉》④，等等。有学者从后殖民视野对其进行考察，如王旭峰的《〈鲁滨孙漂流记〉、殖民所有权与主权政治体》⑤ 等。还有学者从宗教伦理学角度进行探讨，如阳姣的《圣经伦理：孤独的个体与不孤独的实体——〈鲁滨逊漂流记〉中人神关系冲突的伦理解读》⑥；有从荒岛文学视角进行研究的，如王波《英国荒岛文学的发展源流——〈鲁滨逊漂流记〉与〈蝇王〉的比较研究》⑦。此外，惠海峰的《社会、小说与封面——〈鲁滨孙飘流记〉儿童版的封面

---

① 张德明：《空间叙事、现代性主体与帝国政治——重读〈鲁滨孙漂流记〉》，载《外国文学》2002 年第 2 期，第 109—114 页。
② 李猛：《自然社会——自然法与现代道德世界的形成》，生活·读书·新知三联书店 2015 年版。
③ 牛红英、薛丰艳：《〈鲁滨逊漂流记〉与西方自然状态理论》，载《东北师大学报》（哲学社会科学版）2010 年第 2 期，第 118—121 页。
④ 王爱菊、任晓晋：《自我的建构——洛克哲学视角下的〈鲁滨孙漂流记〉》，载《外国文学研究》2012 年第 5 期，第 57—62 页。
⑤ 王旭峰：《〈鲁滨孙漂流记〉、殖民所有权与主权政治体》，载《英美文学研究论丛》2016 年第 2 期，第 29—43 页。
⑥ 阳姣：《圣经伦理：孤独的个体与不孤独的实体——〈鲁滨逊漂流记〉中人神关系冲突的伦理解读》，载《求索》2016 年第 10 期，第 49—53 页。
⑦ 王波：《英国荒岛文学的发展源流——〈鲁滨逊漂流记〉与〈蝇王〉的比较研究》，载《中北大学学报》（社会科学版）2015 年第 5 期，第 81—84 页。

变迁》一文从儿童文学的视角研究《鲁滨孙漂流记》在文本传播历程中的形态变迁。论者还进一步分析了这一系列形态变迁所呈现出来的社会风貌。①也有学者从族裔文学的视域探讨文本，如曾艳研讨了《鲁宾逊漂流记》的流散特征。②有的研究另辟蹊径，考察《鲁滨孙漂流记》中的疾病书写与笛福时代英国疾病史、医学史之间的关联。③近些年，从影视改编的角度对新时期引入的西方鲁滨孙电影进行研究也成为一个方向。

需要深思的是，以往学界对《鲁滨孙漂流记》的研究往往建立在英国文学的框架中，很少将《鲁滨孙漂流记》汉译本作为中西文化互动融合的产物去认识，更遑论从中国文化的主体立场审视《鲁滨孙漂流记》的中国"旅行"。现有的研究，要么过于强调作为翻译文学作品的《鲁滨孙漂流记》译者的翻译策略，要么强调中国文化对《鲁滨孙漂流记》表层的文化改造，忽视了中西文化冲突碰撞中深层融合的力量，更无从谈及反思其在中国文化语境中发生变异背后的文化动因。因此，对这一中西文化互动互补的合力机制下文化化境的探讨极为必要。何况，文学携带文化基因在各地辗转流播，流徙中必然产生互动和文化新质，这恐怕也是丹穆若什（David Damrosch）的世界文学强调流通的意义所在。④

令人欣慰的是，《鲁滨孙漂流记》在中国的译介及其文化意义逐渐为学界所重视。如邹振环的《近代中国人在鲁滨孙身上找什么》一文对文本

---

① 惠海峰：《社会、小说与封面——〈鲁滨孙飘流记〉儿童版的封面变迁》，载《外国文学》2013年第5期，第58—67页。
② 曾艳：《〈鲁宾逊漂流记〉的流散特征》，载《外语研究》2017年第4期，第108—111页。
③ 王旭峰：《论〈鲁滨孙漂流记〉中的疾病》，载《外国文学研究》2019年第4期，第101—109页。
④ David Damrosch, *What is World Literature?*, Princeton and Oxford: Princeton University Press, 2003.

潜入的追问和思考发人深省。①李今、崔文东、姚达兑等学者对晚清《鲁滨孙漂流记》汉译本的研究也值得关注。②以上学者主要采用个案研究的方式考察晚清《鲁滨孙漂流记》汉译本的翻译策略和改写特征，读来不仅颇有新意，而且引人深思。不过，尽管李今和邹振环等学者的研究已部分地探讨了《鲁滨孙漂流记》在特定时期（晚清）的文本变异（文化改写与抵抗），但由于是零星的单篇论文，受制于篇幅以及论者分析视角等因素，研究并未能在整体上系统性地将《鲁滨孙漂流记》汉译纳入中国现代文化建设的进程予以研究。因此，就目前中国《鲁滨孙漂流记》的汉语译介研究而言，对其潜入问题只是简单触及③，尚未对其发生语境即近代中国的现代性进程予以探究，更未有对这一语境下的各类译本变异做整体而深入的透视。

---

① 邹振环：《近代中国人在鲁滨孙身上找什么》，见《影响中国近代社会的一百种译著》，江苏教育出版社2008年版。

② 李今：《晚清语境中鲁滨孙的汉译——〈大陆报〉本〈鲁滨孙飘流记〉的革命化改写》，载《中国现代文学研究丛刊》2009年第2期，第1—14页。李今：《晚清语境中汉译鲁滨孙的文化改写与抵抗——鲁滨孙汉译系列研究之一》，载《外国文学研究》2009年第2期，第99—109页。李今：《从"冒险"鲁滨孙到"中庸"鲁滨孙——林纾译介〈鲁滨孙飘流记〉的文化改写与融通》，载《中国现代文学研究丛刊》2011年第1期，第119—137页。崔文东：《翻译国民性——以晚清〈鲁滨孙飘流续记〉中译本为例》，载《中国翻译》2010年第5期，第19—24页。崔文东：《义与利的交锋——晚清〈鲁滨孙飘流记〉诸译本对经济个人主义的翻译与批评》，载《汉语言文学研究》2012年第4期，第54—62页。姚达兑：《新教伦理与感时忧国——晚清〈鲁滨孙〉自西徂东》，载《中国文学研究》2012年第1期，第19—23页。宋莉华：《〈辜苏历程〉——〈鲁滨孙飘流记〉的早期粤语译本研究》，载《文学评论》2012年第4期，第64—72页。

③ 最近的学位论文是2019年，东北师范大学袁满的硕士学位论文《鲁滨逊形象在中国接受的流变研究》。该文立足于分析鲁滨孙形象的流变，虽涉及《鲁滨孙漂流记》译介至中国百余年的翻译和研究情况，但所选译本主要为1949年以后的汉译本，且将文本潜入的原因归结于西学东渐背景下近代思想家重视西学翻译，这一说法过于笼统模糊。

总体来说，中国的《鲁滨孙漂流记》研究成果较多，其中不乏高质量的论文，但重复性的研究成果数量也不少，而且研究视角和方法受西方影响较大。截至目前，除了一篇法语撰写的博士学位论文①之外，没有一部《鲁滨孙漂流记》研究专著。中国《鲁滨孙漂流记》研究的深度亟须推进，视角也亟须转变。

(二) 国外研究现状

与《鲁滨孙漂流记》巨大的传播能力和庞大的读者群相适应，国外有关《鲁滨孙漂流记》的研究资料卷帙浩繁。然而，与本论题有关联的研究资料却少之又少。截至目前，国外学者还未就《鲁滨孙漂流记》在中国的传播、接受、改造或融合等跨语际、跨文化现象进行专门的探讨，遑论将其在中国文化中的冲突与融合过程作为一个文学事件乃至一种文化现象进行审视。笔者现将国外有关《鲁滨孙漂流记》的主流研究趋势做一整体性的简要介绍，以明确本书问题的发生语境。

国外的《鲁滨孙漂流记》批评大致可以分为四个阶段。

其一，18世纪，这既是一个西方小说兴起的时代，也是一个小说批评萌芽的时期。由于创作和批评还未走向专业化，这一时期的批评家主要由作家兼而代之。自《鲁滨孙漂流记》出版以来，最早给出较为专业评价的是与笛福同时代的作家。只是当时的笛福不被主流文学界认可与接纳，因此《鲁滨孙漂流记》的艺术性和文学成就往往得不到承认。这一时期最推崇《鲁滨孙漂流记》的当属卢梭。卢梭认为，鲁滨孙流落荒岛是人类回归自然的象征，只有回归自然，人才能恢复日渐丧失的创造力。此外，在认可《鲁滨孙漂流记》是儿童教育范本的前提下，卢梭创作了教育小说《爱

---

① 郑理：《翻译、改编与改写——〈鲁滨孙漂流记〉在西方和华人世界的加工与传播》，博士学位论文，上海外国语大学，2014年。

弥儿》（*Emile*，1762）。他对《鲁滨孙漂流记》的评价直接推动了西方《鲁滨孙漂流记》儿童化的历程。整体而言，18 世纪前半期，《鲁滨孙漂流记》的评价零散且不自觉，同时受制于作家的喜好和偏见，带有一定的人身攻击色彩。18 世纪末期，批评家开始从小说的虚构、道德色彩、读者因素等方面展开评论。

其二，19 世纪，伴随着小说文体观念的成熟和小说批评的发展，《鲁滨孙漂流记》的研究进一步深化。爱伦·坡（Edgar Allan Poe）在《笛福的洞察力》（*Defoe's Faculty of Identification*）中对《鲁滨孙漂流记》大加赞赏，甚至感慨批评家无法解释读者对《鲁滨孙漂流记》着迷的原因。狄更斯（Charles Dickens）的《论笛福情感的匮乏》（*The Want of Emotion in Defoe*）一文则认为，小说毫无情感，笛福对星期五的死充满了冷漠和粗暴。在对《鲁滨孙漂流记》的诸种批评意见中，值得注意的还有马克思的见解。马克思在《资本论》中，将鲁滨孙置于资本主义经济生产的视域中予以分析，认为鲁滨孙的劳动充满了社会化的成分而非个人所能成就。马克思的评价有利于我们看清小说在现实主义笼罩之下的神话色彩，为后世"鲁滨孙神话"的祛魅提供了思考方向。这一百年对《鲁滨孙漂流记》褒贬不一的评论，已经走向客观冷静的文本分析，预示着 20 世纪《鲁滨孙漂流记》研究热潮的到来。

其三，20 世纪，《鲁滨孙漂流记》进入批评的辉煌期，并先后涌现出一大批富有影响力的小说评论家，如弗吉尼亚·伍尔夫（Virginia Woolf）、詹姆斯·乔伊斯（James Joyce）、伊恩·瓦特（Ian Watt）、迈克尔·麦基恩（Michael McKeon），以及研究 18 世纪英国小说的学者约翰·里凯蒂（John J. Richetti）和笛福研究专家马克西米莲·E. 诺瓦克（Maximillian E. Novak）等，产生了一系列质量高、阐释精的著作。其中，瓦特的《小说的兴起》在学界反响颇大,对鲁滨孙"经济个人主义"以及《鲁滨孙漂流记》"形式现实主义"的提法已成经典论断,至今依然发挥着重要的影响。麦基恩《英国小说的起源》从自然法的角度对小说进行了诠释。诺瓦克的研究偏重对《鲁滨孙漂流记》艺术性的全方位探讨,其《笛福小说中的现实主义、神话和历史》(*Realism*, *Myth*, *and History in Defoe's Fiction*)的第二章"想象的岛屿和真实的野兽:《鲁滨孙漂流记》想象力的起源"("Imaginary Island and Real Beasts: The Imaginative Genesis of *Robinson Crusoe*")探讨了《鲁滨孙漂流记》中想象与现实的关联,其《〈鲁滨孙漂流记〉与其他叙事作品中的革新、意识形态和真实:发现"物自身"》则主要讨论了《鲁滨孙漂流记》的惊讶诗学以及鲁滨孙故事的产生等。[①]

论文方面,比较重要的有收录于《普通读者II》(*The Common Reader II*)中伍尔夫对《鲁滨孙漂流记》的评论。伍尔夫以小说家的敏感和批评家的眼光对鲁滨孙的陶罐进行了透视。这一独具慧眼的观察引发了刘禾的关注,她在发表于《批评与探索》的《鲁滨孙的陶罐》一文中探讨了鲁滨孙陶罐的言说策略,指出其为一种殖民否认的修辞表征。[②] 伍尔夫和刘禾

[①] 鲁滨孙故事指的是《鲁滨孙漂流记》的仿作或重写本,即从笛福《鲁滨孙漂流记》获得灵感而再创作的船难漂流故事。其一开始仅作为荒岛故事的亚类而存在,到18世纪末,逐渐转变为专门为儿童创作的故事。其中著名的有约翰·大卫·威斯(Johann David Wyss)的《瑞士家庭鲁滨孙》(*The Swiss Family Robinson*, 1812)以及儒勒·凡尔纳(Jules Verne)的《两年假期》(*Adrift in the Pacific Ocean*: *Two Year's Holiday*, 1888)等。本书第一章第三节将有进一步的介绍。如前所述,此二者分别于民国和晚清时期传入中国,并对《鲁滨孙漂流记》的中国化产生了深远的影响。关于诺瓦克的论述,参见 Maximillian E. Novak, *Transformations*, *Ideology*, *and the Real in Defoe's Robinson Crusoe and other Narratives*: *Finding "The Thing Itself"*, Newark: University of Delaware Press, 2015。

[②] Lydia H. Liu, "Robinson Crusoe's Earthenware Pot", *Critical Inquiry*, 1999, 25 (4): 728-757.

的研究开辟了《鲁滨孙漂流记》物研究的领域。

其四，21世纪以来，《鲁滨孙漂流记》的批评研究突出了大众文化和重写角度的考察。宾夕法尼亚大学荣休教授里凯蒂联合他的剑桥同事出版了著作《鲁滨孙·克鲁索的剑桥之友》。该书收录了十四位学者的十四篇论文，集合了近年来《鲁滨孙漂流记》相关研究的重要成就。[①] 论著从多个侧面讨论了《鲁滨孙漂流记》。如瑞贝卡·布拉德（Rebecca Bullard）的《政治、历史和鲁滨孙故事》（*Politics, History, and the Robinson Crusoe Story*）从政治和历史两个主要维度探讨了鲁滨孙故事的生成机制，而大卫·布莱维特（David Blewett）的《图像鲁滨孙：〈鲁滨孙漂流记〉的插图和形象》（*The Iconic Crusoe: Illustrations and Images of Robinson Crusoe*）、罗伯特·迈尔（Robert Mayer）的《屏幕时代的〈鲁滨孙〉》（*Robinson Crusoe in the Screen Age*）诸文则探讨了《鲁滨孙漂流记》在大众文化或当代流行文化中的跨媒介变异，卡尔·费希尔（Carl Fisher）的《18世纪"鲁滨孙故事"的模仿与革新》（*Innovation and Imitation in the Eighteenth Century Robinsonade*）、吉尔·坎贝尔（Jill Campbell）的《为年轻人写的"鲁滨孙故事"》（*Robinsonades for Young People*）以及安·玛丽·法隆（Ann Marie Fallon）的《逆写鲁滨孙和改编鲁滨孙：20世纪以来海岛故事的修正》（*Anti-Crusoes, Alterative Crusoes: Revisions of the Island Story in the Twentieth Century*）重点讨论了18世纪至20世纪的鲁滨孙故事以及相关海岛故事的重写与探索。

此外，有论者专门从儿童版本的视角探究了《鲁滨孙漂流记》儿童版的流行与通俗文化之间的复杂关系，如安德鲁·欧·马利（Andrew

---

① John Richetti, *The Cambridge Companion to "Robinson Crusoe"*, Cambridge: Cambridge University Press, 2018.

O'Malley）的著作《儿童文学、通俗文化与〈鲁滨孙漂流记〉》。① 这是一部视角非常新颖的《鲁滨孙漂流记》研究著作，主要论述了媒介与大众文化语境对《鲁滨孙漂流记》儿童版的催生与化合作用，对研究《鲁滨孙漂流记》的中国"旅行"颇有视角上的启示性。

与此同时，部分学者延续刘禾陶罐研究的思路，并在此基础上将注意力由人聚焦到了小说中物的层面。诸如克里斯托弗·劳尔（Chrisopher F. Loar）将视点放在了鲁滨孙的枪支上，做了一种权力政治分析与阐释，论述了枪的武力震慑效果，认为鲁滨孙的枪揭开了英式自由的虚伪面纱。② 有学者将克鲁索岛上的物品作为整体进行了审视，如李恩·菲斯塔（Lynn Festa）在《克鲁索岛上的不合宜之物》中探讨了《鲁滨孙漂流记》中人与物的相互建构，以及为使小说成为一个有机的意义世界，小说家笛福如何弥合主客体世界之间的差别。③ 艾琳·菲茨（Irene Fizer）探讨了鲁滨孙的阳伞所隐藏的意识形态观念。④ 此类研究呼应的是新世纪以来物理论思潮对文学研究的启发。

总之，国外《鲁滨孙漂流记》历经三百年的批评与分析，已对小说蕴含的政治经济思想、道德内涵、清教传统、自然哲学观念、女性主义倾向等方面进行了研究，而儿童版本变异、互文重写、跨媒介传播等方面成为

---

① Andrew O'Malley, *Children's Literature, Popular Culture, and Robinson Crusoe*, New York: Palgrave Macmillan, 2012.
② Chrisopher F. Loar, "How to say Things with Guns: Military Technology and the Politics of 'Robinson Crusoe'", *Eighteenth Century Fiction*, 2006, 29 (1): 1 – 20.
③ Lynn Festa, "Crusoe's Island of Misfit Things", *The Eighteenth Century*, 2011, 52 (3/4): 443 – 471.
④ Irene Fizer, "The Fur Parasol: Masculine Dress, Prosthetic Skins, and the Making of the English Umbrella in Robinson Crusoe", in *Eighteenth-Century Thing Theory in a Global Context: From Consumerism to Celebrity Culture*, ed. Ileana Baird and Christina Ionescu, Taylor & Francis Group, 2013, pp. 209 – 226.

近些年研究的新视域。笛福经由《鲁滨孙漂流记》在叙事艺术上的革新和突破,既是《鲁滨孙漂流记》研究中一个古老的命题,也是一个历久弥新的话题,屡屡有新的成果产生。然而,囿于西方学者的文化视域及切身性,其研究视域和兴趣主要局限在英国或西方文学内部,至今尚未就《鲁滨孙漂流记》的中国之旅及其变异做出考察,这一工作自然需要中国学者的重视和开掘。

三、研究缘起、研究思路与价值

(一)研究缘起

首先,《鲁滨孙漂流记》在中国 20 世纪初的译介、传播、改造与融合是一个极其富于历史意义的文学事件。18 世纪英国启蒙主义运动时期的文学作品《鲁滨孙漂流记》具有强烈的民族寓言色彩。[①] 作为欧洲资本主义和英国帝国扩张时期旅行写作和探险写作的一分子,《鲁滨孙漂流记》为欧洲特别是英国的读者制造了欧洲以外的其他世界(诸如作为落后荒蛮之地的新世界如非洲、美洲甚至扭曲的亚洲),制造了种种相对于这些其他世界的欧洲自我概念,并将欧洲(英国)资本主义经济扩张与帝国统治的愿望加以编码合法化。[②] 19 世纪末 20 世纪初,《鲁滨孙漂流记》作为一种外来的异文本和舶来的参照物被译入中国,并被用来给中国读者制造中国以外的其他世界(更为先进发达的欧洲世界),从而激励中国读者,同时

[①] 理夫卡·斯文森(Rivka Swenson)将《鲁滨孙漂流记》视为"典故寓言史"(allusive allegorick history)。参见 *The Cambridge Companion to "Robinson Crusoe"*, ed. John Richetti, Cambridge University Press, 2018, p. 25。

[②] 参见刘禾:《跨语际实践——文学,民族文化与被译介的现代性(中国:1900~1937)》(修订译本),宋伟杰等译,生活·读书·新知三联书店 2014 年版,第 29 页。此段话来自刘禾所引的普莱特研究旅行写作和欧洲殖民主义的评论。

服务于民族国家建构。"翻译绝非对原文的复制，也非原文的衍生物，故而翻译并非简单的文化交流，而是一种文化的改写。"① 因此，重要的是回到事件起作用的历史现场去把握事件的重现，考察作为异域文本东来后化合而成的、以翻译文学文本身份出现的《鲁滨孙漂流记》是如何与中国的传统文化融合并参与新文化的生成的。

其次，"《鲁滨孙漂流记》既是全球的，也是地方的"②。实际上，没有地方，何来全球？自进入中国后的百余年，庞大的鲁滨孙汉译系列尚未得到应有的研究。除了晚清的几个汉译本如沈译本、英为霖译本、林译本、《大陆报》译本得到一定程度的研究外，同样重要的民国汉译儿童版如教科书译本和"少年文学"读物均未进入研究者的视野。显然，这对于全面而深入地观察和把握《鲁滨孙漂流记》的中国"旅行"相当不利。事实上，"水平最差的译者也能反映一个集团或一个时代的审美观；最忠实的译者则可以为人们了解外国文化的情况作出贡献，而那些真正的创造者则在移植和改写他们认为需要的作品"③。与此同时，接受美学作为读者中心论的文学理论，对深入理解《鲁滨孙漂流记》在中国语境中的接受历程颇有启发。接受美学认为，任何文学文本都具有未定性，是一个多层面的未完成的图式结构，这一未定的图式结构并不能产生独立的意义，其意义的实现必须依赖读者的阅读活动并将其具体化。姚斯（Hans Robert Jauss）在《走向接受美学》中宣称："作品之所以成为作品，并作为一部作品存

---

① 姚达兑：《世界文学理论导论》，中国社会科学出版社2021年版，第47页。
② *The Cambridge Companion to "Robinson Crusoe"*, ed. John Richetti, Cambridge University Press, 2018, p. 219.
③ 马法·基亚：《比较文学》，颜保译，北京大学出版社1983年版，第20页。

在下去，其原因就在于作品需要解释"①。而姚斯更强调消费主体在文学作品传播中的作用，文学史也被其视作文学作品的消费史。事实上，中国《鲁滨孙漂流记》的翻译文学史也是《鲁滨孙漂流记》在中国读者中的消费史，是中国读者对其中国化（再创造）的历史。译者作为特殊的读者，其审美趣味和接受水平不仅影响原作的实现面貌与程度，而且在相当程度上决定译本的呈现面貌。汉译本译入语读者，积极参与了对译作和原作的双重未定性的具体化。与其说《鲁滨孙漂流记》对中国文学与文化产生了影响，不如说它在中国经典化地位的获得本身是中国读者对它的中国化。

邹振环的《近代中国人在鲁滨孙身上寻找什么》一文完全可视作对接受美学观点的呼应。他认为"每一代人对《鲁滨孙漂流记》的理解都受到他们这一代人的文化背景、时代氛围和心理特点的制约"②。这一提醒指向了《鲁滨孙漂流记》在近代语境中与中西文化精神传统之间的激荡过程。在谈及《鲁滨孙漂流记》对中国的译介与接受时，李今则认为，尽管《鲁滨孙漂流记》在中国"家喻户晓"，"但似乎无论怎样都是中国的'身外之物'"：

> 纵观它的译介史，《鲁滨孙飘流记》虽然在中国家喻户晓，但人们恐怕还是很难像在欧洲那样，把它与《堂·吉诃德》、《哈姆雷特》、《浮士德》、《唐璜》等量齐观，看作是影响人类历史不多的几个伟大神话之一。在中国，除近代一个时期以外，《鲁滨孙飘流记》基本上是以知识性的"西方经典名著"和教育性的

---

① H. R. 姚斯、R. C. 霍拉勃：《接受美学与接受理论》，周宁、金元浦译，辽宁人民出版社1987年版，第19页。
② 邹振环：《影响中国近代社会的一百种译作》，江苏教育出版社2008年版，第190页。

"少年读物"、"英文读物"的形象在世，虽然被一译再译，但似乎无论怎样都是中国的"身外之物"。①

论者的后半段概括可谓精辟，短短数言概括了《鲁滨孙漂流记》在现代中国的基本传播面貌："西方经典名著"、教育性的"少年读物"等。②然而，《鲁滨孙漂流记》在中国近现代历史上的意义是否虚无有待商榷。其一，《鲁滨孙漂流记》在中国历史中所发生的化合作用需要事实和材料证明；其二，《鲁滨孙漂流记》"旅行"到中国，其"少年文学"读物的面貌不但没有与近代割裂，而且还是因其而来。

其实在1947年，文艺理论家杨晦便提出了类似的看法。他认为："这部书对于读者的影响，好像并不大，或者说是并没有发生它应该发生的影响。"甚至，他给出了原因：

> 因为被采用做了教科书，减低了读者的兴趣，当然是一个原因；同时，一本教科书不能如期教完，就丢开了，学生因为它是做过教科书，很少再肯把那剩下的部分自己去读完，那情形也很普遍。而且，这个故事虽然能唤起一些青年读者的梦想，却不能使中国现代的许多青年读者满足：因为，要求面对社会，正视现实的青年，不满足于它的面对自然，好像远离开人间一样；那些富于感情与想像的，又觉得它没有一点罗曼谛克味道，不够劲，也是难免的。

于是，这部小说的价值和意义，在中国的读者面前，反倒模

---

① 李今：《晚清语境中汉译鲁滨孙的文化改写与抵抗——鲁滨孙汉译系列研究之一》，载《外国文学研究》2009年第2期，第100页。
② 本书用寓教于乐的儿童读本来概括和描述这一现象。有关《鲁滨孙漂流记》汉译本这一倾向的论述，详见本书第一章第二节。

糊起来。①

这里，杨晦指出了《鲁滨孙漂流记》价值和意义模糊的三点原因：一是用作教科书；二是小说中鲁滨孙远离尘嚣的荒岛故事距离当时力图改变现实的青年太远；三是小说缺少情感与想象的描写。实际上，第一点从侧面反映了《鲁滨孙漂流记》在中国经典化的事实，第二点和第三点反映了《鲁滨孙漂流记》与民国新的时代需求之间的矛盾。

然而，《鲁滨孙漂流记》果真是"身外之物"吗？事实并非如此。这恰恰是一切经典作品必然要面临的现实情境。《鲁滨孙漂流记》作为教科书能够进入课堂又何以成为"身外之物"呢？以"少年文学"读物或教科书译本身份出现的汉译儿童版是民国《鲁滨孙漂流记》传播的主要面向，证明了它在汉语语境中传播的深入与成功。《鲁滨孙漂流记》的价值和意义之所以不够明朗或显得模糊，在于学界对其百余年的译介史缺乏深入细致的探讨。本书的主要目的是就《鲁滨孙漂流记》在近代中国的深层融化和文本变异进行文化层面与思想史的考察。

再次，通过对晚清民国时期诸译本及相关材料的爬梳可以见出，《鲁滨孙漂流记》并非"旅行"到中国后片甲不留或雁过无声，而是参与了中国现代文化的主体精神建构，并发生了事实上的影响，虽然这一影响的限度有待细致的论证。一方面，《鲁滨孙漂流记》在中国已经实现了中国化乃至经典化；另一方面，《鲁滨孙漂流记》的研究看似关注度不减，成果频出，但事实上的零散、表层甚至重复阻碍了中国"鲁滨孙"的认识和研究走向深入，因此，研究的体系化和纵深化亟待实现。纵观学界，尽管对《鲁滨孙漂流记》的研究做出了不少有意义的探索，但依然未摆脱有关人

---

① 杨晦：《笛福和他的〈鲁滨孙飘流记〉》，载《时与文》1947年第2期，第15页。

物形象、现实主义手法的探析等浅层研究的束缚，亦未能摆脱西方对其研究的权力话语。因此，当下的中国《鲁滨孙漂流记》研究最需要的是整体性的、深入性的思考和分析。离开对其与中国文化的冲突特别是融合的进程分析，这种整体性的、深入性的思考是不可能实现的。

任何一种外来思想的译介都有先在的思想作为指导，外国文学作品的译介也不例外。没有无目的的和盲目的乱译。既然如此，《鲁滨孙漂流记》为何要译入中国？它是如何译入的？它在译介中经历了怎样的改造乃至变异？它如何与中国的思想文化传统进行融合？这种东西方文化之间交通互化的冲突融合过程又是如何进行的？它的译介对中国新时期的外国文学译介有没有启发？近代（晚清民国）的《鲁滨孙漂流记》汉译本尤为重要，这一阶段奠定了《鲁滨孙漂流记》在中国的传播面貌和价值取向，具有不可替代的历史性意义。因之于时代的特殊性，知识分子在外国文学译介中建构民族和主体身份也是颇具意义的。

（二）研究思路

毋庸置疑，中国的外国文学译介是一项持续而浩大的文化工程，特别是晚清民国时期，这一阶段是历史上继魏晋之后的又一次大规模移译外来经典的时期。作为中华文化大转型的历史阶段，思想界和文学界的仁人志士具有比以往知识分子更大的自觉性和主体性，笛福的《鲁滨孙漂流记》于此一特殊时期译入中国非但不是一种偶然，而是具有典型的文化意义。因此，"《鲁滨孙飘流记》是如何被选中、汉译、阐释，甚至是被改写的？我们什么时候开始谈论鲁滨孙？谈论什么？"[1] 这一问题是本论题的逻辑起点。当然，本论题要解决的问题不止于此。

---

[1] 李今：《晚清语境中的鲁滨孙汉译——〈大陆报〉本〈鲁滨孙飘流记〉的革命化改写》，载《中国现代文学研究丛刊》2009年第2期，第2页。

本书的宗旨在于探讨《鲁滨孙漂流记》如何在晚清民国的历史现场中与中国文化碰撞融合，其译介为何能延续至今，它在现代中国文化的主体精神建构中究竟扮演何种角色。福柯认为，"词处于语言的生成中时，事件就是这样发生的"①，语言的生成中不仅仅有新词的产生，而且有事件的发生。因此，从跨语际实践的角度考察《鲁滨孙漂流记》进入中国以后的话语实践，能更加具象、切实地抓住这一文本在历史语境中参与文化生成的历程。本书以晚清民国的文化语境和思想史演变为经，以同时期汉译本的平行对照研究为纬，探讨《鲁滨孙漂流记》的中国化，即其传播流变面貌、在西学外来刺激下的文本变异、在中国传统文化的内在制约下的深层融合，以及现代知识分子对于主体精神建构的尝试与结果。

总而言之，本书试图借助《鲁滨孙漂流记》这一具体个案的宏观立体分析，以期为探索近代中国西学东渐下的外国文学译介以及这一译介的产品——翻译文学在中国文化现代性建构中的意义研讨做一些添砖加瓦的工作。不同于以往借用西方翻译理论对单个译本进行翻译策略和翻译技巧乃至价值评估的研究，由于本论题的研究需要整体而宏观的思想性，因此，笔者对具体问题的探讨采用的是多个译本的集群式研究，目的是对鲁滨孙汉译系列进行多层面的观照和阐释。②

---

① 米歇尔·福柯：《词与物——人文科学的考古学》（修订本），莫伟民译，上海三联书店2016年版，第349页。
② 译文与原文逐字逐句对照不是本书研究的重点。在涉及汉译本对原文的改造或创造性叛逆时，本书将以原文的情节概括与多个译本对照的方式进行。据现有资料看，1937—1945年全面抗战时期，《鲁滨孙漂流记》并未产生新的译本，译介面貌亦无特别之处，因此本书不再将这一时段单独论述。另，由于本书的研究对象主要集中在翻译观念初步形成时期的晚清民国阶段，不以今天的"翻译"概念界定研究对象，而采用切合历史认知的"大翻译"概念，即一切晚清译述本皆被视为译本。

（三）研究价值

无论是在研究视角的选取上，还是对史料的发现和方法的运用上，本书都做了创新性的探索。本书的研究对于管窥外国文学如何进入中国、如何与中国的文学传统进行深度融合很有必要，同时，对于考察知识界在译介外来文学经典中所发挥的主体性作用这一类外国文学译介命题或有启发。换言之，本书一方面是在西学东渐语境下，对中国文化改造和化用西方文学（文化）进行微观考证；另一方面，对中西文化碰撞融合中的大文化文本（克里斯蒂娃所说的"文化文本"）给予了切实佐证。总之，本书在比较文学接受研究的基础上，立足对文化碰撞中双向化合之力特别是接受者主体力量的探讨，进行一种翻译文学思想史研究的初步尝试。

四、"中国化"理论概说与本书结构

（一）"中国化"理论概说

现有资料中，最早直接阐述"中国化"这一概念的是张申府。另外，历史学家、哲学家嵇文甫在《漫谈学术中国化问题》一文中对"中国化"一词的意义做了辨析。文章宣称："把'中国化'这口号的正确含义从各种胡说中救拔出来。"嵇文指出了三点：首先，中国化与国粹论不相容；其次，中国化与中体西用论不同；再次，中国化与投机性的中国本位文化论不同。因此，他认为："'中国化'的含义，当然是说把本来非中国的东西化成中国的，它是以吸收外来文化为其前提条件的。"[①] 这就提醒我们，中国化的一个隐含前提是对外来文化的需要，所以中国化的前提是要对外来文化持开放的心态。毋庸置疑，中国的文化是无须再化的。嵇文强调的

---

① 参见张申府：《论中国化》，载《战时文化》1939年第2期，第5—7页。

中国化是反对那种不顾自己需要、不和自己固有的东西联系起来的盲目化外。这种将外来文化机械地、生吞活剥地搬运不是他所理解的真正的中国化。中国化是彻头彻尾的融化与化合，而不是割裂补缀的拼凑与混合。中国化不割裂"体用"。这一点极有洞见。因为既然都化了，就无须人为地切割出何谓"体"、何谓"用"。中国化的东西既是世界的，也是中国的。因为"世界性的文化，透过各民族而显现为各种特殊的形式"。那种能够化来为我所用的文化必然有它的普遍性和适应性。而这种普遍性和适应性也是使其成为世界他国创生的前提。嵇氏旗帜鲜明地指出："所谓'中国化'者，只是世界性的文化，经过中国民族的消化，而带上一种特殊的中国味道而已。"纵观百年来的中国史，是一步一步地在现代化，这个现代化的过程就是国粹论—中体西用论—全盘西化论—中国本位文化论—中国化运动。[①] 因此，中国化是经过历史、现实和思想文化界深思熟虑和亲自实践的真理性抉择。

近些年来，中国学术界涌现出大量的中国化研究成果。然而，何谓中国化，很少有学者直接回答这一问题。大多数研究将中国化视为一个不证自明的问题加以回避，并以此阐释其具体的研究对象，就缺少理论的自觉与细究。就笔者所见资料而言，截至目前，关于中国化问题思考最深入、

---

① 嵇文甫：《漫谈学术中国化问题》，载《理论与现实》1940年第4期，第67—72页。

论证最严密的当推刘建军的相关论著。① 刘建军在《关于"中国化"概念及相关问题的思考——兼论外国文学乃至具体学科"中国化"问题》一文中从四个方面对"中国化"的概念进行了深入细致的考察:"中国化"概念自身的构成要素;"中国化"与"中国特色"等概念的关系;"中国化"概念内涵的本质规定;"中国化"概念的不同层次体系。论者考察了"化"和"中国"的具体内涵,辨析了影响与化、中国特色与中国化之间的区别和关联,提出了化是一种由量变到质变、产生新事物的过程,主要有三层含义:第一层含义是一个事物本身形态的转换,指的是某个事物从一种形态开始向另外一种形态转换;第二层含义是变化,即一个事物开始向另外一个事物转化;第三层含义是融化,即某个事物在性质上与另一事物发生了融合,从而变成了兼有这两个事物因素的一个新事物。随后他总结了三种含义之间的差别:第一层含义强调的化是自然发生的,第二层主要是一种转化,第三层强调的是两事物不同元素融合产生的新事物。关于"中国化",刘文认为,此一概念具有不同层次,粗略地可以分为特指的指导思想层面的中国化和泛指的具体层面的中国化。指导思想层面的中国化事实上指的是马克思主义的中国化,外国文学当中具体文学现象的中国化,诸如本论题"《鲁滨孙漂流记》的中国化"显然属于后者。

综上,中国化往往是异域事物在中国文化语境中的演变与生成。演变

---

① 刘建军先就"中国化"的内涵与理论层次在《关于"中国化"概念及相关问题的思考——兼论外国文学乃至具体学科"中国化"问题》一文中做了细致的阐述,后又在专著《百年来欧美文学"中国化"进程研究》(第一卷)中结合欧美文学研究要旨做了全方位的探讨。参见刘建军:《关于"中国化"概念及相关问题的思考——兼论外国文学乃至具体学科"中国化"问题》,载《东北师大学报》(哲学社会科学版)2018年第2期,第1—11页。刘建军:《百年来欧美文学"中国化"进程研究》(第一卷),北京大学出版社2020年版。

是异域之物的演变，生成是异域之物新要素的生成。如刘建军所言，"'中国'是一个具有特定含义的能指符号"。"中国"不同于地理空间意义上的疆域概念，更不同于古代的"天下"观念，本书论及的"中国"概念，主要是精神文化含义上的中国，即思维方式、精神指向、核心价值观乃至人生态度的中国特性。从时间范畴上来说，主要指的是"从封建、半殖民地半封建社会走向社会主义社会，走向民族独立、国家富强的百多年来现代化进程中的'中国'"。由于百余年来，中国社会处在前所未有的、剧烈变动的历史进程之中，因此，本论题中的"中国"是一个动态的概念。

与"中国"概念类似，本书中的"中国化"也是一个动态的概念。正如刘建军所言，中国化没有终点，只有进程。《鲁滨孙漂流记》的中国化进程在当代依然持续。因此，在讨论《鲁滨孙漂流记》文本的中国化时，本论题始终视其为一个流动而变化的对象，并将其置于思想史的语境中，探讨其与特定历史阶段知识分子所迫切需要解决的文化命题之间的关联。

最后，需要强调的是，刘建军在阐释中国化的同时强调化是一种双向辩证的关系。也就是说，中国在化他者时，也在化自己。[①] 笔者认为，这一强调很有意义。还可以加上一点：中国文化在化他者时，也存在着他者文化化中国文化的这一层面，即中国化过程中还包含着他者对中国文化的化。中国化既包含着一种中国文化的根本立场，同时这种中国文化立场并非宣示一种字面上的中国文化优越感，更不是民族主义精粹意识的呈现，而是在充分认识外来文化对中国文化化中国的前提下对这一文学现象进行的深度研究。最关键的一点是，无论是他化我，还是我化他，文化异质的

---

① 参见刘建军：《关于"中国化"概念及相关问题的思考——兼论外国文学乃至具体学科"中国化"问题》，载《东北师大学报》（哲学社会科学版）2018年第2期，第1—11页。

双方在互化过程中化合出了新的文化力量和精神产品，并以翻译文学的面貌呈现出来，这一新的文化力量和精神产品远远大于二者之和。这也是文化冲突融合后的馈赠。

（二）本书结构

如上所述，由于本书探讨的对象是单个文学文本的多个变体，因此与宏大的整体性的中国化研究不同。为论证的集中和观点的突出，并考虑到《鲁滨孙漂流记》汉译本在晚清民国这一历史阶段中国化力量的显著程度和文化价值的突出性，本论题截取一个时间断面，将《鲁滨孙漂流记》的中国化进程聚焦在1902—1949年这近五十年的时间中予以探讨。① 至于1949年以后的译本所发生的变异，本书以余论的形式进行简单的论及。具体而言，本书主要以晚清民国的《鲁滨孙漂流记》汉译本为研究对象，辅之以大众传媒中的图画改编本以及屏幕鲁滨孙故事（电影）等，重点从四个方面进行考察：《鲁滨孙漂流记》的主要传播面貌、国民性改造的自觉意识、文化传统的深层融化以及近代知识精英有关现代性主体精神的构建。② 除此之外，有关《鲁滨孙漂流记》在当代中国的传播面貌、在当代中国主体建构的可能性以及它与中国近现代文学的关系等延展性命题，本书在余论部分做了初步的探讨。

---

① 本书之所以将1949年作为论题讨论的终点，不是对中国近代史时间节点的机械挪用，而是基于研究对象自身的历史事实：1949年是《鲁滨孙漂流记》的西方重写本《瑞士家庭鲁滨孙》刊载于文学刊物《小朋友》并与之密切互动的一年，这一年可视为《鲁滨孙漂流记》与其家族成员互动关系的顶峰。
② 本书采用的重点译本详细信息见附录。

第一章 晚清民国《鲁滨孙漂流记》的传播概貌

葛兆光曾论述一般知识、思想与信仰的重要性①，邹振环曾强调教科书译本对研究一个时代文化整体面貌的价值。事实上，知识精英在《鲁滨孙漂流记》中国化历程中起了主导作用，大众传媒对鲁滨孙故事的青睐也是它在中国常译不辍的另一潜在且重要的因素。

本章分三节，主要考察《鲁滨孙漂流记》在晚清民国传播流变的样貌。第一节"晚清诸译本少年化与通俗化的混融交织"，通过挖掘并呈现晚清《鲁滨孙漂流记》汉译本中蕴含的少年化与通俗化倾向，回溯性地论证了民国寓教于乐的儿童读本的始初之力。第二节"民国诸译本启蒙与娱乐的分离和融合"，通过梳理民国《鲁滨孙漂流记》汉译儿童版（教科书译本与"少年文学"读物）及引进的西方屏幕鲁滨孙故事（电影），考察了精英文化和大众文化各自的启蒙与娱乐诉求在文本翻译过程中的介入力量，认为，伴随着"儿童的发现"以及大众文化的成熟，晚清少年化和通俗化的混融交织进一步裂变为民国启蒙与娱乐各自为营，并再次合流为寓教于乐的儿童读物。这一寓教于乐的儿童读物的产生预示着未来中国《鲁滨孙漂流记》的整体传播面向。前两节尝试挖掘《鲁滨孙漂流记》作为寓教于乐的儿童读物的根由，认为它在中国的这一传播面貌肇始于晚清，奠定于民国时

---

① 参见葛兆光：《中国思想史导论——思想史的写法》，复旦大学出版社2013年版，第8—22页。

期。此二者之外,由于西方《鲁滨孙漂流记》重写本特别是儿童鲁滨孙故事的译介在《鲁滨孙漂流记》中国化过程中扮演着非常重要的角色,因此,第三节"家庭成员的互文助推与潜在影响",以《瑞士家庭鲁滨孙》为例,集中考察西方《鲁滨孙漂流记》重写本在《鲁滨孙漂流记》中国化过程中特别是在其寓教于乐儿童读物的传播面貌形成中所产生的作用。

第一节

晚清诸译本少年化与通俗化的混融交织

《鲁滨孙漂流记》译介初期的四个汉译本所蕴藏的少年化和通俗化倾向每每为学界所忽略。事实上,这一双重倾向至关重要,它们共同决定了《鲁滨孙漂流记》在中国主要的传播和接受方向。因此,笔者将晚清诸译本置于文本产生的历史语境之中,试图通过回到历史现场与提取关键词的方式,分析和提炼其中少年化与通俗化倾向的种种体现,从而描绘《鲁滨孙漂流记》译介初期的主要面貌。

一、"满纸皆'少年'"

在安德烈·勒弗菲尔(André Lefevere)看来,翻译即为原文的重写。一切的重写无论意图是什么,都反映了一个既定的社会以一定方式操控文学的某种意识形态和诗学观念。[1] 整体而论,面向青少年读者群体并将文本少年化是晚清《鲁滨孙漂流记》汉译本中隐含的共有诉求。这一诉求具体体现在译者序和文本内容层面的少年导向与话语当中。

《绝岛漂流记》的少年化倾向在译者序中得到了宣示。作为晚清《鲁滨孙漂流记》最早的译者之一,沈祖芬生活在高梦旦所说的"说者以谓欧

---

[1] André Lefevere, *Translation, Rewriting, and the Manipulation of Literary Fame*, London and New York: Routledge, 1992, pp. vii – viii.

人贤于吾亚人"的时代，其兄沈飚民是早年受康梁思想影响、后被清廷列入乱党通缉名单并多次逃遁至日本的中国近代革命家。值得注意的是，"钱唐跛少年"沈氏译就《绝岛漂流记》时年仅十九岁，与笛福原著中鲁滨孙首次离家出海的年纪相同。① 也许正是译者和译作主人公恰逢同龄且正值年少气盛的生命状态，其对译本天然地具备一种身份上的代入感。沈氏译者序中的少年读者倾向相当突出："就英文译出，用以激励少年"。这种强烈的少年导向意识还体现在，沈祖芬赞同卢梭将《鲁滨孙漂流记》视为童蒙最佳教材的观点。沈氏引用卢梭"教科书中能实施教育者，首推是书"，力图实现其"激励少年"的文化动机。此外，在译作的开头部分，沈氏通过鲁滨孙自称"余年方富"、船长劝导"年少人"鲁滨孙以及他第二次航海时被俘虏为奴的摩尔人之眼（"见余年少"）来强调主人公的少年特征。②

《大陆报》译本的少年化则显著地体现在译文的回目中。《大陆报》译本连载于《大陆报》第1—4期和第7—12期，采用了中国传统小说的章回体特征：每回除回目外，在结尾处每每云及"欲知后事如何，且听下文分解"。该译本连载至第二十回时终止。单从第一回回目上就能见出译者的少年导向："违慈训少年作远游"，"少年行事，一性直前"，"虽然有什么险阻，把我少年的勇气向他一冲，他不破开，也就避退了"。③ 译者对鲁滨孙少年特征的强调不言自明。

---

① 沈祖芬于1898年冬译完《绝岛漂流记》，1902年该书由上海开明书店发行，杭州蕙兰学堂承印。
② 狄福：《绝岛漂流记》，钱唐跛少年笔译，见笛福：《辜苏历程》，英为霖、沈祖芬等译，南方日报出版社2018年版，第173、177页。
③ 德富：《鲁宾孙漂流记》，《大陆报》译本，见笛福：《辜苏历程》，英为霖、沈祖芬等译，南方日报出版社2018年版，第242、244页。

到了林译本，译者则以贯穿译文的少年话语来呈现其对少年化的追求。林纾翻译了大量的哈葛德（Henry Rider Haggard）小说，其一生数量甚巨的译作中，"冒险+少年"是最为突出的类型。① 林译《鲁滨孙飘流记》作为晚清影响最大的一个汉译本，少年话语贯穿始终似乎有更大的必然性。译文中的少年话语无处不在，如译者称："鲁滨孙者，为一少年之行客"，鲁滨孙"少年气盛"，乃"童子飘泊之身"。② 如此少年表述，举不胜举。《鲁滨孙飘流续记》中，译者更是借鲁滨孙之口来表达其"译西书以开眼界而自强自立"的文化动机："中人乃并不知海外之尚有强国，乃妄自尊大，实则自陈其穷相。余见而悲之。"③ 译者对时人哀其不幸、怒其不争的愤激之情溢于言表，其少年化的国族建构动机可谓显著。

除上述晚清《鲁滨孙漂流记》的三个汉译本之外，作为《鲁滨孙漂流记》最早的汉译本，传教士英为霖粤语译本《辜苏历程》往往为学界所忽视。有学者慧眼如炬，将《辜苏历程》放在西方儿童文学译介中去探讨。④ 的确，译者英为霖在序言中称：《鲁滨孙漂流记》"士民老少，群争购之"，如今"译就羊城土话"，"聊备妇孺一观"。⑤ 无论是"士民老少"中的

---

① 关诗珮基于林译哈葛德小说，细致深入地分析了林纾的身份焦虑及其在翻译中对少年气概的增译。参见关诗珮：《哈葛德少男文学（boy literature）与林纾少年文学（juvenile literature）：殖民主义与晚清中国国族观念的建立》，见王宏志主编：《翻译史研究 2011》，复旦大学出版社2011年版，第138—169页。
② 达乎：《鲁滨孙飘流记》，林纾、曾宗巩译，商务印书馆1933年版，第9、4、12页。
③ 达乎：《鲁滨孙飘流续记》（卷下），林纾、曾宗巩译，商务印书馆，出版时间不详，第57页。
④ 宋莉华在《〈辜苏历程〉：〈鲁滨孙飘流记〉的早期粤语译本研究》（载《文学评论》2012年第4期）一文中考察了其对中国儿童文学的影响与地域文化的融合等方面的问题。
⑤ 《辜苏历程》，英为霖译，见笛福：《辜苏历程》，英为霖、沈祖芬等译，南方日报出版社2018年版，第3页。

"少",还是"妇孺一观"中的"孺",莫不指向了少年儿童。至于译本中的"后生",更是指向了年轻人。① 显而易见,儿童读者是译者隐含的读者之一。该译本因为采用了粤语方言予以叙述,口语色彩较上述三部更为强烈,因此更适合文化水平较低的儿童读者阅读。不过,从严格意义上来说,在中国"儿童的发现"前夜出现的《辜苏历程》尚且算不上真正的汉译儿童版。② 毕竟《辜苏历程》的目标读者不只儿童,且少年也仅仅作为辜苏(鲁滨孙)儿童生涯中一个生命阶段予以叙述强调罢了。

刘禾认为,近代外国文学译介进入中国,是"因为阅读、书写以及其他的文学实践,在中国人的国族建构及其关于'现代人'幻想的想像的建构过程中,被视为一种强大的能动力"③。这一观点用来阐释《鲁滨孙漂流记》译入的时代语境和文化动机甚为恰切。郑振铎则揭示了清末文学译介的真实动机:"清末的翻译每每是利用外国小说著作思想来做改革政治的工具。"④ 在梁启超"少年强则国强"的召唤下,晚清《鲁滨孙漂流记》诸译本不约而同地呈现出程度不一的少年倾向,译者将视点聚焦在长大的儿童和刚刚迈入成年的青年鲁滨孙身上。无论是沈祖芬的"以药我国人",还是《大陆报》译本译者"中国事事物物当革新"的认知,抑或小说观念

---

① "后生"一词,参见《辜苏历程》,英为霖译,见笛福:《辜苏历程》,英为霖、沈祖芬等译,南方日报出版社 2018 年版,第 13 页。
② 真正意义上的汉译儿童版(教科书译本与插图改编本儿童读物)要到五四运动之后才出现,本书在第一章第二节将进行专门的探讨。
③ 刘禾:《跨语际实践——文学,民族文化与被译介的现代性(中国:1900~1937)》(修订译本),宋伟杰等译,生活·读书·新知三联书店 2014 年版,序第 3 页。
④ 转引自王晓元:《意识形态与文学翻译的互动关系》,载《中国翻译》1999 年第 2 期,第 10—13 页。

深受梁启超影响的林纾①，晚清《鲁滨孙漂流记》诸译本皆是自觉地服务于晚清思想家和政治家救国、改良等政治诉求的产物。本身基于"少年强则国强"的国族建构逻辑，译者的翻译活动均打上了深深的时代烙印。

二、通俗性与趣味性的凸显

《鲁滨孙漂流记》问世于1719年，是一部面向仆人、厨娘等中下层民众的畅销书。单是小说的标题"鲁滨孙·克鲁索的奇情冒险"，博读者眼球的意味便相当突出了。至于主人公冒险发财、路遇海盗、被逼为奴、流落荒岛、惊遇野人、惧见脚印等惊险情节无不拨动着读者一探究竟的欲望之弦。其中星期五戏熊的情节，更是有一种刻意引逗读者发笑的意味。有趣的是，近两百年后，已跻身英国文学经典之列的《鲁滨孙漂流记》"旅行"至中国时，在异域落地生根的过程依然离不开大众文化的推动，这主要体现在插图的使用与对小说趣味性的强调上。

事实上，早在沈祖芬的《绝岛漂流记》译者志中，译者称《鲁滨孙漂流记》"西书中久已脍炙人口，莫不家置一编"，其蕴含的大众读者市场诉求已非常明了。"近代中国的大众传媒，主要是印刷文字的报刊。"② 时人往往通过报刊向当时的社会提供具体的行为范例和行为模式，从而直接、间接地影响大众的行动。梁启超在《敬告我同业诸君》一文中说："个人之思想，以言论表之，社会之思想，以报表之。"③ 晚清《鲁滨孙漂流记》汉译本中，通俗化印记最为突出的当推传教士英为霖译本《辜苏历程》和

---

① 林纾极为崇拜梁启超，李今在论文中也提到过这一点。参见李今：《从"冒险"鲁滨孙到"中庸"鲁滨孙——林纾译介〈鲁滨孙飘流记〉的文化改写与融通》，载《中国现代文学研究丛刊》2011年第1期，第119—137页。
② 蒋晓丽：《中国近代大众传媒与中国近代文学》，巴蜀书社2005年版，第19页。
③ 《论报战》，载《警钟日报》1904年3月16日。

《大陆报》译本。

《辜苏历程》是拥抱大众文化的典范译本。西方的新闻业以及大众传媒业起步远远早于中国，来华传教士作为传播西方文化的使者，更是熟谙大众传媒的真谛。译本序中，译者直抒胸臆地表达了对于通俗化的追求：

> 盖是书一出，屡印屡罄。士民老少，群争购之，迄今垂二百年，畅行诸国。开卷批阅，无不悦目赏心。兹将原文，译就羊城土话，虽未尽得其详细，而大旨皆有以显明，聊备妇孺一观，了然于目，亦能了然于心。觉人生所阅历，斯为最奇而最险，实无穷趣味，乐在其中矣。[①]

无论是"士民老少，群争购之"，还是"开卷批阅，无不悦目赏心"的说法，甚而"觉人生所阅历，斯为最奇而最险，实无穷趣味，乐在其中矣"的表白，实乃荐书之举，这些对于小说通俗性的强调不过都是为了"聊备妇孺一观，了然于目，亦能了然于心"。这种明确的通俗化导向由此可见一斑。《辜苏历程》的通俗化倾向突出地体现在译文中插图的广泛使用上，该译本是现有晚清《鲁滨孙漂流记》汉译本中唯一一个采用插图叙事的译本。译文共四十三章，间有插图三十二幅。[②] 按插图出现次序悉数罗列如下：

第二章的"沉船得救多谢神恩"，第四章的"沉船泅水扒石登岸"，第五章的"取船什物搬落木排"，第七章的"得多金钱谁知无用"，第八章的"建做帷幕作屋居住"，第九章的"竖木画痕纪念年月"，第十章的"日中闲暇散步消愁"，第十二章的"偶见大麦薏米生长"，第十三章的"忽遇地

[①] 《辜苏历程》，英为霖译，见笛福：《辜苏历程》，英为霖、沈祖芬等译，南方日报出版社2018年版，第3页。
[②] 详见本书附录。

震逃避危险",第十四章的"得发冷病愁苦卧床",第十五章的"寂坐沉思心怀忧闷",第十六章的"辜苏醒悟静读《圣经》""再察此岛观看地方",第二十章的"始初造成缸瓦器皿",第二十一章的"在地掘坑推船出海",第二十四章的"辜苏在家猫鸟为侣",第二十五章的"巡行海岛查察情形""见人脚迹心大惊疑",第二十七章的"到岩闻声疑为怪物",第二十八章的"与猫鸟狗大家安乐",第二十九章的"静中思想经历艰难",第三十章的"远见野人聚埋举火",第三十一章的"亚五得救谢辜苏恩",第三十二章的"辜苏取衫亚五穿着",第三十三章的"以主真理教训亚五",第三十五章的"亚五报知野人来岛",第三十六章的"辜苏亚五远见野人""辜苏拯救西班牙人",第三十七章的"西班牙人相与讲论",第三十九章的"辜苏得见英国三人",第四十一章的"设得妙计诱敌投降",第四十二章的"约齐众人攻打叛党"。

如此数量的插图具有极为突出且完整的连贯性。虽然插图作为副文本[①]很大程度上隶属于文字叙事而存在,但其能够发挥独立的叙事功能,这对于晚清识字率不高的读者群体来说,简直是阅读的福音。除此之外,该译本通篇采用粤语,口语化程度极高。这当然也是为了文本更为广泛的传播。换言之,《辜苏历程》致力于在大众读者中畅行无阻。尽管《辜苏历程》后来的传播效果未能实现译者的预期,但其通俗文化的取向与插图、方言与口语化的策略给后来的译本带来了启发。[②]

较之于《辜苏历程》,《大陆报》译本的通俗化趋向主要体现为对读者

---

① 热奈特在著作中详细论证了包括封面、标题页等在内的副文本因素对正文意义与传播的影响。小说中的插图自然也可以作如是观。参见 Gérard Genette, *Paratexts*: *Thresholds of interpretation*, trans. Jane E. Lewin, Cambridge University Press, 1997。
② 据学者研究,《鲁滨孙漂流记》在2004年还出版了维吾尔语译本。

猎奇心理的满足，而这主要经由译者对小说创作背景的揭秘与译文文体的择取而实现。据崔文东的研究，《大陆报》译本译者本就是在日办刊的革命党人[1]，因此，深谙大众传媒之道已是定然之事。笛福《鲁滨孙漂流记》中的情节在现实生活中实有其事，主人公鲁滨孙的原型人物为苏格兰水手亚历山大·塞尔柯克（Alexander Selkirk）[2]，《大陆报》译本译者自然不会放过这一有利于满足读者猎奇心理的背景信息。于是，译者不仅于正文前向读者和盘托出，而且大力强调塞尔柯克在返回英国后"大动英伦之人心，传为美谭（谈）"的现实效应。紧接着，译者称根据此一真实事件书写的《鲁滨孙漂流记》"出版之后，一时纸贵，爱读者至今不衰焉"。[3] 至此，译者最终的目的展露无遗，对小说真实性的强调是为了吸引最大数量的读者群。

另外，译者对译作文体形式的考虑也是服务于其对通俗化的追求。译者声明："原书全为鲁宾孙自叙之语，盖日记体例也，与中国小说体例全然不同。若改为中国小说体例，则费事而且无味。"[4] 然而，译者并未像宣称的那般忠实。相反，该译本改动幅度极大，处处体现着译者的创造性叛逆。就小说形式而言，笛福的原著是散体小说，在《大陆报》译本译者笔下竟变成了中国传统小说的章回体样貌。显然，忠实译出是假，追求一种

---

[1] 崔文东在《晚清 Robinson Crusoe 中译本考略》一文中对《大陆报》译本的译者进行了考证，认为译者是与梁启超关系紧密的革命党人士秦力山。之后，崔氏在相关论文中多次提及。参见崔文东：《义与利的交锋——晚清〈鲁滨孙飘流记〉诸译本对经济个人主义的翻译与批评》，载《汉语言文学研究》2012年第4期，第57—59页。
[2] 参见 *The Robinson Crusoe Trilogy*, Oakpast Ltd, 2013, pp. 513–550。
[3] 德富：《鲁宾孙漂流记》，《大陆报》译本，见笛福：《辜苏历程》，英为霖、沈祖芬等译，南方日报出版社2018年版，第239页。
[4] 德富：《鲁宾孙漂流记》，《大陆报》译本，见笛福：《辜苏历程》，英为霖、沈祖芬等译，南方日报出版社2018年版，第239页。

与"费事而且无味"相反的翻译效果——省事而且有趣——才是真实的目标。毕竟小说的章回体例方便译者通过回目引人一探究竟，仅就前三回而言，"遇大风孤岛发虚想""风起海涌游子遇难""遇海贼屈身为奴仆"无一不给读者强烈的心理冲击力。正如李今所言，《大陆报》译本第一人称章回体小说的标题所透露出的思想意识"体现了民间话语的取向"。① 显然，《大陆报》译本译者积极采用民间话语出于一种自觉意识。

此外，《大陆报》译本的译文"意取其浅，言取其俚，使农工商贾、妇人竖子，皆得而观之"②。译文中语气词的使用更是出于阅读效果的考虑，如"哩"等语气词的使用以及"如斗般大"这一比喻修辞方式的运用。尤为有趣的是，译文用"把那三十六个牙齿，捉对儿厮打"来描绘鲁滨孙偶遇野蛮人吃人场景后的惊恐情状，读来活灵活现，语言可谓生动幽默。③ 简言之，《大陆报》译本一开始就立足于通俗化立场，这与《鲁滨孙漂流记》的大众化历程密切相关，甚至可以说，《大陆报》译本的通俗化反过来助推了《鲁滨孙漂流记》的进一步大众化。

除上述两个译本外，晚清诸译本中鲜明的通俗化倾向还突出地体现在图画本《无人岛大王》中。该译本为报纸连载的日译转译本，初版刊于

---

① 李今：《晚清语境中的鲁滨孙汉译——〈大陆报〉本〈鲁滨孙飘流记〉的革命化改写》，载《中国现代文学研究丛刊》2009年第2期，第4页。
② 李伯元：《论〈游戏报〉之本意》，载《游戏报》1897年7月28日。转引自李今：《晚清语境中的鲁滨孙汉译——〈大陆报〉本〈鲁滨孙飘流记〉的革命化改写》，载《中国现代文学研究丛刊》2009年第2期，第4页。
③ 德富：《鲁宾孙漂流记》，《大陆报》译本，见笛福：《辜苏历程》，英为霖、沈祖芬等译，南方日报出版社2018年版，第263、264、279页。

《民呼日报图画》第30—44号①，是中国已知最早的《鲁滨孙漂流记》图画改编本②。该日译本转译图画本对笛福原著改动颇大。故事强调罗朋生·克叫罗索（鲁滨孙·克鲁索）"小时候就喜欢航海"，十九岁的他好学、勇敢、奋勉。译本采用第三人称的叙述方式，故事基调乐观进取。③"话说""看官"等话本小说叙述方式的大量使用使其牢牢地吸引了读者，读者不知不觉地成了看图听话的"看官"乃至"听众"。译本甚至通过制造惊险刺激的情节来满足大众猎奇心理的需要。如笛福的鲁滨孙流落荒岛后的第一晚于树上寝卧，晚清其余汉译本对此基本都是忠实翻译，该译本则不然，它是如此描绘的："第二日醒过来一看，唬了一跳，这株树是从山崖上生出横枝来，横向海上去的。罗朋生要是落下去不知有几千尺的深。"此外，从叙事形式上来说，作为图画本，该译本约有插图二十五幅。④ 陈

---

① 《无人岛大王》的初版信息，即刊载于《民呼日报图画》1909年第30—44号，是参考崔文东的说法。参见崔文东：《家与国的抉择——晚清 Robinson Crusoe 诸译本中的伦理困境》，载《翻译史研究》2011年第1期。经笔者查阅，《无人岛大王》前四回刊载于《民呼日报图画》1909年第4卷第26—30期，后续部分未标明期次。由于《民呼日报图画》为日刊，结合现有期次数目及《无人岛大王》所在版面标注的日期，笔者推测剩余部分刊载于1909年第5卷第1—10期。

② 该译本1916年再刊于《新中外画报》第31—54号，译者署名为"红绂女史"。此处需要指出的是，两版译文和插图均有所不同。就译文语体特征而言，1909年《民呼日报图画》版文言色彩较浓，1916年《新中外画报》版为白话体；就插图而言，二者在数量、具体的场景选择与呈现等方面皆有差异。不过，由于二者皆为同一译者译述的画报连载图画本，且共用一个译名，因此在本质上存在较多共同之处。考虑到1916年版更具代表性，本书相关论述的主要参照对象为1916年版本。有关两版译文与插图演变的讨论，笔者另文论述。

③ 民国图画本鲁滨孙故事沿袭了《无人岛大王》的第三人称叙事与图文互现的呈现方式等，诸如《小朋友》上刊登的长篇图画故事《鲁滨逊漂流记》。

④ 1909年《民呼日报图画》共有十五续，每续均配有插图，共计十五幅。1916年《新中外画报》刊本从第31期连载到第54期，每期一续，共有二十五个片段。其中第42期缺失，即"续十二"亡佚不见。除此片段外，其余插图总和为二十五幅。显然，二者相较，后者在插图数量上有明显的增加。

平原认为,晚清诸多画报徘徊于娱乐与启蒙之间。① 事实上,不仅画报,晚清诸多文学刊物登载的叙事作品都有插图,都体现出相当鲜明的大众文化的娱乐色彩。中国有左图右书、语图互文的文化传统。不同于郑樵《通志》中谓世人"置图于左,而置书于右"的左图右书的方式,该译本的图文呈现方式比较灵活多样。② 如插图中黑人矮小的身材与鲁滨孙的高大形象形成鲜明的对比(见本书附录图33、图34),这便将文本隐藏的主奴和文明等级秩序以醒目直观的方式传达了出来。

三、 儿童观念的嬗变与大众文化的兴起

上述《鲁滨孙漂流记》的传播面貌不是一种偶然,相反,其来有自。晚清《鲁滨孙漂流记》诸译本所面对的源语文本的复杂传播样态亟待引起研究者的注意。同样值得注意的是,与之对应的译入语文化自身的时代特征。安德鲁·欧·马利指出,早在18世纪末,无论在英国还是在整个西方世界,《鲁滨孙漂流记》已成为家喻户晓的儿童读物。与此同时,《鲁滨孙漂流记》的儿童化进程与大众化进程关系密切。③ 伍尔夫曾谈到英国父母给孩子大声朗读《鲁滨孙漂流记》的社会现象,折射出19世纪末期《鲁滨孙漂流记》在英国被视作儿童经典读物的社会现实。④ 事实上,19世纪不仅仅是西方《鲁滨孙漂流记》的儿童化进程达到顶峰的历史时期,也是

---

① 参见陈平原:《图像晚清——〈点石斋画报〉之外》,东方出版社2014年版,序第1页。
② 除个别故事片段外,《无人岛大王》基本上采用的是一个片段一幅图的呈现方式。其中,单数期是左图右文,偶数期是左文右图。
③ Andrew O'Malley, *Children's Literature, Popular Culture, and Robinson Crusoe*, New York: Palgrave Macmillan, 2012.
④ Virginia Woolf, *The Common Reader*, London: Vintage Classics, 2003, p. 86.

西方儿童文学大力发展的阶段。在此情形下，西方世界出现了大量的鲁滨孙故事，甚至《鲁滨孙漂流记》出现了跨媒介传播的文化形态。前者如瑞士传教士作家约翰·大卫·威斯的《瑞士家庭鲁滨孙》，该小说曾一度传播到世界各地并在晚清时传入中国；在法国，有根据《鲁滨孙漂流记》改编的卡通电影；在英国，《鲁滨孙漂流记》被改编成剧本和电影分别演出或上映，还出现了根据故事内容而生产制作的各式儿童玩具。① 在美国，电视鲁滨孙故事②同样呈现出《鲁滨孙漂流记》大众化传播的路线。事实上，在中国，尽管《鲁滨孙漂流记》译介之初，社会尚未呈现出儿童文化和大众文化业已成熟的时代趋向，然而，在西学东渐的大时代语境下，此二者正在以前所未有的速度潜滋暗长，其表现为儿童观念的嬗变和通俗文化的发展。

首先，《鲁滨孙漂流记》汉译本鲜明的少年话语与晚清儿童观念的嬗变紧密关联。众所周知，18世纪末，西方产生了"儿童的发现"，随后产生了现代意义上的儿童文学。《鲁滨孙漂流记》成为西方家喻户晓的儿童读物正是这一文化、文学背景之下的事件。在卢梭的力荐和洛克的教育模型影响下，《鲁滨孙漂流记》不但被改编成儿童文学和教育手册，这促使其进入儿童文学历程，而且深远地影响了西方儿童文学的发展。有趣的是，20世纪初，处于中国"儿童的发现"前夜的晚清知识分子同样表现出对少年儿童这一群体前所未有的关注。"对'少年'的普遍痴迷，无疑是

---

① Andrew O'Malley, *Children's Literature, Popular Culture, and Robinson Crusoe*, New York: Palgrave Macmillan, 2012, pp. 131 – 153.
② 罗伯特·迈尔探讨了20世纪美国三个著名的电视节目《吉利根岛》(*Gilligan's Island*, 1964—1965)、《幸存者》(*Survivor*, 2000—2001)和《失踪者》(*Lost*, 2004—2005)对《鲁滨孙漂流记》的改编。Robert Mayer, "Robinson Crusoe on Television", *Quarterly Review of Film and Video*, 2010, 28 (1): 53 – 65.

定义晚清思想的一种新时尚。"①"少年"作为晚清乃至民初这一历史阶段一个充满活力的象征符号和能指隐喻，在晚清（翻译）文学中被普遍使用。1902年，梁启超主编的《新小说》创刊，连续刊登了一系列海上冒险的儿童小说，诸如肖鲁士（凡尔纳）创作、南海卢籍东译意、东越红溪生润文的《海底旅行》，南野浣白子述译的《二勇少年》，新庵（周桂笙）述译的《水底渡节》，等等。梁启超还与罗普合作，从日译本重译了凡尔纳的小说《十五小豪杰》（亦称《十五小英豪》）。② 1904年，王国维接编《教育世界》后，开辟了《小说》专栏，并以"家庭教育小说"为名连载

---

① 受梁启超《少年中国说》影响，"少年"一词在晚清以来极为流行。晚清乃至民国初年，"少年"一词既是一种生理年龄上的群体概念，更是一种极富象征意义的能指符号。尽管其出现频次颇高，但一直未有人对其做明确的界定。就具体和实际使用情况来看，"少年"一词没有明确的年龄群体指涉，所涵盖的年龄群体范围较大，一般指10—20岁，包含了当代意义上的少年阶段、儿童后段与青年前段。甚至，作者和作品中经常出现"老少年"这一极富矛盾的修辞搭配，主要原因是在象征意义层面使用"少年"一词的。有关近代"少年"概念意义的论述，参见陈映芳：《"青年"与中国的社会变迁》，社会科学文献出版社2007年版，第39—49页。根据宋明炜的研究，作为被反复挪用为激发社会变革政治愿景的符号载体，"少年"与"青年"经常混用，最终的结果是后者替代前者参与中国现代的政治想象和塑造。"少年"作为一种历史的想象物，沉淀在本民族集体意识深处。Song Mingwei, *Young China: National Rejuvenation and the Bildungsroman*, 1900 - 1959, Cambridge (Massachusetts) and London: Harvard University Press, 2015, p. 94.

② 梁启超、罗普合译本《十五小豪杰》最初在《新民丛报》1902年2月22日第2号至1903年1月13日第24号连载，后于1903年由日本横滨新民社活版部出版。原作为凡尔纳的《十五少年漂流记》（*Deux Ans de vacances*, 1888），该作除前述译名外，还有《两年假期》《荒岛奇遇》等译名。小说主要讲述的是一艘载着十五个少年的帆船在暴风雨中遇难的故事。流落到荒岛上的十五个少年发挥聪明才智，勇敢地面对残酷的自然环境，最终在大家的齐心协力和两位大人伊范森、凯特的带领下，击败了凶残的沃尔斯顿一方，两年后终于回到故乡。值得注意的是，《十五小豪杰》是对《鲁滨孙漂流记》的重写。《十五小豪杰》的汉译也与《鲁滨孙漂流记》的中国化密切相关。本书在第二章第三节将进行论及。

长篇作品《姊妹花》。① 晚清对儿童的重视可见一斑。

不过，尽管晚清知识分子对少年（儿童）重要性的发现确已超越前人，但对其认知尚不够清晰和自觉，对其重视更因服务于国族建构这一崇高理想而谈不上任何独立性。如梁启超发出的"少年强则国强""少年中国说"等振聋发聩的时代强音，用意昭昭，无须赘言，并在一定程度上影响了民国时期的儿童观念。

其次，《鲁滨孙漂流记》汉译本的通俗化与晚清大众文化的兴起紧密关联。瓦特指出，阅读大众的崛起推动了西方小说的兴起。② 实际上，"小说历来是大众文化繁荣阶段的产物"③，中国传统小说的发展也离不开大众文化的推动。尽管晚清时期，中国的大众文化刚刚起步，距离成熟还有一定的距离，但在"十九世纪末、二十世纪初，大众传播已成规模，并在社会信息环境中扮演了重要角色"④。其中一个突出的体现便是晚清以来游侠文化的流行。可以说，对侠客的推崇是这一时期新的思想趣味。不过，游侠文化在中国文化中有着源远流长的传统。⑤ 有学者指出，唐人往往用乐府旧题中的"结客少年场行""邯郸少年行""少年行"等来形容游侠的

---

① 葛桂录：《中国外国文学研究的学术历程——英国文学研究的学术历程》，重庆出版社2016年版，第24页。
② Ian Watt, *The Rise of the Novel: Studies in Defoe, Richardson, and Fielding*, London: Penguin Books, 1963, pp. 36 - 61.
③ 石燕：《大众文化与晚清〈鲁滨孙漂流记〉的中国化》，载《中国比较文学》2022年第1期，第154页。
④ 蒋晓丽：《中国近代大众传媒与中国近代文学》，巴蜀书社2005年版，第24页。
⑤ 曹植的《白马篇》、鲍照的《拟古诗》、王维的《陇头吟》、崔颢的《古游侠呈军中诸将》等都对游侠进行了无尽的赞美。特别是《白马篇》中"少小去乡邑，扬声沙漠垂""父母且不顾，何言子与妻？""捐躯赴国难，视死忽如归"等句热情洋溢地歌颂了以身许国、建立功勋的少年志士。王维的"长安游侠多少年"（《少年行》）则表现了少年所承载的胆气。

生活，其笔下的游侠生活充满了青春气息，其中的原因恐怕是："历来人们认为只有少年才会选择游侠生活，唐代又是许多文人向往在战争中建立功业的时代。"① 或许想做游侠、想充当社会良心的人，在任何时代都是以年轻人为最多，因此，晚清知识分子如维新变法的领军人物康有为、梁启超每每鼓动少年气。单就晚清儿童观念的嬗变而言，既有知识精英国族建构的作用力，也有流行大众文化的暗中推动。此外，由于晚清居高不下的文盲率和大众日益增长的阅读需求，加之大众传媒的大力发展，服务于大众阅读需要的插图等因素得到了日渐广泛的应用，且报刊连载的传播方式也方便了小说的传播和民众的阅读。因此，处于此一新兴大众传媒环境中的晚清《鲁滨孙漂流记》诸译本，或多或少却无一例外地带有大众文化的印记。

总之，伴随着晚清儿童观念的嬗变和大众文化的兴起，晚清诸译本中出现少年化和通俗化倾向已成为一种必然。尽管观念的产生、变化与文本的引入孰先孰后是一个难以回答的问题，但是可以肯定，二者之间是相辅相成的关系。具体而言，一方面，晚清儿童观念的嬗变与大众文化的兴起成为《鲁滨孙漂流记》在中国"旅行"乃至变异的坚实基础；另一方面，《鲁滨孙漂流记》的潜入在一定程度上推动了晚清儿童观念的嬗变与大众文化的发展。

四、小结

如前所述，晚清儿童观念的嬗变以及通俗文化的蓬勃发展为《鲁滨孙漂流记》汉译的少年化和通俗化倾向提供了先在的时代语境和文化基础，

---

① 王学泰：《游民文化与中国社会》，山西人民出版社2014年版，第103页。

并进一步成为民国《鲁滨孙漂流记》汉译走向儿童化和大众化的文本意识形态基础。就前者而言，晚清出现的四个汉译本各有特色和倚重：沈译本的关键词是"冒险"和"少年"，侧重于励志色彩和教育功能；英为霖译本的关键词是"宗教"和"妇孺"，通俗文化色彩浓厚，方言土语和口语明白易懂，侧重于大众传播功能和传教功能；《大陆报》译本的关键词是"军国民"，侧重于革命的豪情和鼓动功能；林译本则倾向于士大夫文人忧国忧民意识的传达。就后者而言，《辜苏历程》侧重于插图，《大陆报》译本侧重于文体，《无人岛大王》则是将插图和趣味性结合起来进而吸引读者。总体上看，晚清《鲁滨孙漂流记》汉译本所呈现的少年话语和对通俗文化自觉而热情的接纳背后，既折射出济世救国的愿景，又"是与以大众传媒为代表的现代大众文化共生同行的"①，二者混融交织，彼此难分。有趣的是，西方早在18世纪末便开始以儿童作为主要读者群体并产生了大量的儿童改编本；而中国迟至20世纪二三十年代，《鲁滨孙漂流记》才以教育性、知识性的儿童读本形式出现。这应当与近现代中国国民与儿童重要性发现的先后顺序紧密相关：从近代中国到现代中国，国民先于儿童被发现，且晚清时期，儿童尚未获得独立性，因此晚清的儿童化倾向比较暧昧且不够突出。与之相应，民国时期，随着儿童地位的崛起及其独立性、合法性的建立，经典（翻译）小说的儿童版本逐步走向流行并成为出版界、教育界的一大景观。概言之，晚清少年化和通俗化的混融共存到二元分化背后是大众文化与儿童文化逐步走向成熟和崛起的必然结果，这一混融交织的状态将在民国时期得以分离并在更为自觉的意义上以新的方式合流。

---

① 蒋晓丽：《中国近代大众传媒与中国近代文学》，巴蜀书社2005年版，第27页。

第二节

民国诸译本启蒙与娱乐的分离和融合

民国时期,《鲁滨孙漂流记》在中国化的进程中产生了一个突出的现象:汉译儿童版(教科书译本与"少年文学"读物)爆发式产生,西方电影鲁滨孙故事紧锣密鼓地被引入中国且上映。遗憾的是,这一《鲁滨孙漂流记》的传播现象研究至今仍属无人问津之地。事实上,"教科书译本能反映一个时代的知识水平,对研究一个时代的文化的整体面貌有着密切的关系。一个时代的文化面貌很大程度上不是由第一流的思想家来决定的"①。因此,笔者拟以此二者为对象,考察汉译儿童版和电影鲁滨孙故事各自呈现的不同功能,进而描绘民国《鲁滨孙漂流记》与晚清既相似又相异的传播面貌。

一、 汉译儿童版的启蒙倾向

据统计,1931—1948年,出现了十一种《鲁滨孙漂流记》的汉译本。② 如此短暂的时间出现如此数量之众的汉译本,这一现象不容小觑。

---

① 邹振环:《晚明至晚清的翻译:内部史与外部史》,载《东方翻译》2010年第4期,第19页。
② 参见张和龙主编:《英国文学研究在中国:英国作家研究》(上卷),上海外语教育出版社2015年版,第147页。

实际上，自20世纪20年代以来，民国《鲁滨孙漂流记》汉译本便陆续产生，其中绝大多数为面向儿童的教科书译本和"少年文学"读物，前者如严叔平译本，后者如顾均正、唐锡光译本，等等。① 这些汉译儿童版虽然保留了较为浓厚的晚清汉译本底色，但也出现了一些新的变化。最为突出的变化是民国汉译本旗帜鲜明地将儿童作为目标读者和启蒙对象，鲁滨孙也因此被改写为少年冒险英雄形象。其中，少年冒险英雄鲁滨孙的英勇品质和坚忍精神是汉译儿童版极力强调的两个方面。

首先，民国汉译儿童版对于少年冒险英雄鲁滨孙的英勇极尽渲染之能事。译本主要通过对鲁滨孙离家远航情节的改写来呈现主人公的英勇品格。以顾均正、唐锡光译本为例，作为笔者现有掌握资料中重印次数最多的译本，它属于"世界少年文学丛刊"的一分子，译者将独自离家、面向远方作为英勇的鲁滨孙追求不平凡生活的首要和关键步骤，并将其与儿童的好动特征紧密相连。鲁滨孙在小说开头处便直接向读者告白："我的好动的心又不安于平凡的生活了。"② 甚至，该译本在白话语言叙述的基础上增加了插图，呈现方式更为直观和多元，更加有利于鲁滨孙少年冒险英雄英勇特征的宣示。诸如，该译本中，第一章"沉船"中的两幅插图（本书附录图37、图38）、第二章"在岛上"的两幅插图（本书附录图39、图40）以及第三章"堡垒"的前三幅插图（本书附录图41、图42、图43）。插图先天的视觉性和直观性无不向读者昭示了鲁滨孙作为少年冒险英雄的年轻英勇。类似的有诸如被纳入"世界少年文库"的彭兆良译本，其中的

---

① 参见 Daniel Defoe：《鲁滨孙飘流记》（上、下册），严叔平译，崇文书局1928年版。该译本初版时间不详，至1928年已重印至第5版。狄福：《鲁滨孙飘流记》，顾均正、唐锡光译，开明书店1949年版。该译本初版于1934年，1934—1949年重印了十一版之多。

② 狄福：《鲁滨孙飘流记》，顾均正、唐锡光译，开明书店1948年版，第5页。

鲁滨孙旗帜鲜明地以"少年冒险家"自称。① 至于作为中学课本的严叔平译本,译者演绎的"鲁滨孙是一个少年旅客",具备过人的勇气和胆识。当父母先后以离家远行可能存在的巨大风险加以劝阻时,鲁滨孙以离家为的是增长见识作为回复:"儿立了一个远游的壮志,打算去周游天下,看看世界大势,不能够永久闷住在家里。"离家同样成为冒险少年实现志向抱负的必然选择。甚至,鲁滨孙不顾父母苦口婆心的劝诫而决意要做一个"探险奇男子"。② 有趣的是,民国汉译儿童版中离家情节的改写与笛福原作主人公离家的动机截然不同。

18世纪的英国,"冒险"一词本身代表的主要是对殖民活动中超额利润的狂热追求。③ 说到底,笛福笔下的鲁滨孙是一个典型的经济个人主义者④,或是一个彻头彻尾的冒险资本家⑤。这与民国汉译儿童版中少年冒险英雄追求不平凡生活或开阔眼界形成了鲜明的对照。对于民国汉译儿童版而言,在儿童的发现和幼者本位的大时代背景下,家庭对儿童个性的束缚超过了其作为庇护所具备的正面意义:"家庭被诅咒成为抑制个人个性发

---

① 《鲁滨孙飘流记》(上),彭兆良译,世界书局1932年版,第6页。
② Daniel Defoe:《鲁滨孙飘流记》(上册),严叔平译,崇文书局1928年版,第18、9、55页。
③ 参见黄梅:《推敲"自我"——小说在18世纪的英国》,生活·读书·新知三联书店2015年版,第43页。
④ Ian Watt, *The Rise of the Novel: Studies in Defoe, Richardson and Feilding*, London: Penguin Books, 1963, pp. 62–96.
⑤ Maximillian E. Novak, *Transformation, Ideology, and the Real in Defoe's Robinson Crusoe and Other Narratives: Finding "The Thing Itself"*, Newark: University of Delaware Press, 2015, p. 18.

展的暴虐来源"（黄金麟语），离家成为打破束缚实现自我的必经途径①，因此也成为表现少年勇敢的有力一环。

此外，民国汉译儿童版通过鲁滨孙的自救与救人等一系列行为来深化其少年冒险英雄的英勇品格。无论是被摩尔海盗劫掳役使，还是沉船流落荒岛上经历的种种恐怖事件（遭遇地震、偶遇脚印、突遇野蛮人等），茕茕子立的鲁滨孙无不凭借过人的勇气最终化险为夷，不仅顽强地生存了下来，实现了自救，而且救人（解救星期五父子、西班牙人以及平定英国船的哗变）于危难之中。顾均正、唐锡光译本中，译者通过"探险和创造"以及"与野蛮人的战争"等标题，寥寥数语便揭示了鲁滨孙的英勇果敢。严叔平译本中的鲁滨孙，以实际行动践行了"天下豪勇之徒，原来都存了一个不怕死的心的"这一冒险英雄的英勇品性，其"自幼儿胆力绝大"的勇猛性格更是跃然纸上。② 离家、自救、救人，鲁滨孙是名副其实的"冒百死而得脱"的孤胆英豪。

其次，民国《鲁滨孙漂流记》汉译儿童版通过鲁滨孙在荒岛上的劳动生产等活动来宣扬其坚忍不拔的精神。尽管笛福笔下的鲁滨孙在荒岛上的劳动创造包含着作家对鲁滨孙个人创造能力的赞美，但也离不开清教观念

---

① 有趣的是，民国《鲁滨孙漂流记》汉译儿童版对鲁滨孙英勇好动形象的强调，正好与19世纪英国《鲁滨孙漂流记》的儿童版中鲁滨孙变身为无辜的少年和回头的浪子形象相反，后者与帝国殖民事业的需要和家庭所取得的中心地位密切关联。Andrew O'Malley, *Children's Literature, Popular Culture, and Robinson Crusoe*, New York: Palgrave Macmillan, 2012, pp. 48–76. 此外，英国儿童版突出家庭氛围的美好并强化家庭主题，还有为避免儿童盲目认同小说主人公并模仿其离家进而一去不复返的严重后果的考虑。参见惠海峰：《〈鲁滨孙飘流记〉的儿童版改编——每个时代的鲁滨孙》，载《外国文学评论》2012年第3期，第229—239页。中英儿童版对原著改造中几乎相反的方向反映出中英家国命运和时代精神的迥异。
② Daniel Defoe：《鲁滨孙飘流记》（上册），严叔平译，崇文书局1928年版，第3、91页。

的支撑。① 马克斯·韦伯（Max Weber）指出，劳动作为职业，"是新教信仰的核心观念之一"②。因此，笛福笔下的鲁滨孙"将劳动不仅当作保障生存、维持身心健康的第一需要，也看作是神佑的途径"③。到了以教育性、世俗化为突出特征的民国《鲁滨孙漂流记》汉译儿童版，原作中的清教色彩被全部抹除，译者极力赞扬鲁滨孙的坚忍不拔精神，并将其战胜困境的原因全部归功于他的自力更生与自强不息的奋斗精神。

顾均正、唐锡光译本中，流落荒岛的鲁滨孙凭借迎难而上的顽强精神化解了一个个难题。登岛初期，面对食物匮乏的境地，鲁滨孙想猎食山羊果腹，尽管因为山羊的胆怯和敏捷使得猎食难度重重，但他"并不灰心，很自信地以为总可以打中一只，不多时，这理想果然实现了"④。这在篇幅更长的严叔平译本中得到了淋漓尽致的表达。鲁滨孙"纵然被难，志气愈加坚定"，以磨炼自己为追求。因此，勤勉上进的鲁滨孙"常常尽我的力，做些应用的家具，无论他怎么艰难，我总拼着心力做成功了才罢"。甚至，译者不厌其烦地借鲁滨孙之口来宣扬坚忍精神是其历尽艰难岁月的制胜法宝。"可知为人只要自知努力，天没有叫人绝食的。""一个人孤孤凄凄，困在海岛上，四面没有救济，亏的我心坚力健，每日划定了时刻，自己打主意助自己，费六个月的苦心，器物才稍稍足用。"鲁滨孙看似在喃喃自

---

① 流落荒岛的鲁滨孙更加接近上帝，悔罪自省，阅读《圣经》甚至成为他精神活动的一部分。在岛上的第四年，鲁滨孙认识到囤积物品和享受毫无意义，并发表了一段富有清教色彩的言论。Daniel Defoe, *Robinson Crusoe: An Authoritative Text, Contexts, Criticism*, ed. Michael Shinagel, New York: W. W. Norton, 1994, p. 94.
② 马克斯·韦伯：《新教伦理与资本主义精神》，于晓、陈维纲等译，生活·读书·新知三联书店1987年版，第38页。
③ 黄梅：《推敲"自我"——小说在18世纪的英国》，生活·读书·新知三联书店2015年版，第42页。
④ 狄福：《鲁滨孙飘流记》，顾均正、唐锡光译，开明书店1949年版，第31页。

语，实则在提醒和训诫读者。努力也好，心坚力健也罢，这不仅是鲁滨孙得以自救的利器，也是译者希望儿童读者应该具备的品质。为了更加清晰地表达这一启蒙动机，译者会以更加直白的表达来教导儿童读者："像我这样孤身悬在荒岛上，知道绝无借劲，耐住了苦力，坚持到底，一样件件都能成功；在我身上，像这样的事情，正多着呢。我往后当一庄庄（应为'一桩桩'）写出来，告诉看官，并警告世上的人。"① 独自栖居荒岛的鲁滨孙俨然成为儿童励志的榜样和战胜困境的人生导师。

经由上述两个方面的强调，汉译儿童版中的鲁滨孙彻底变异为形质合一的少年励志英雄，其英勇无畏的品格与坚忍不拔的精神成为译者启蒙动机下着意让儿童读者学习的主要方向。不过，尽管民国汉译儿童版的目标读者是儿童，然因之于居高不下的文盲率，大众读者与儿童阅读水平的程度不相上下，《鲁滨孙漂流记》教科书译本事实上的读者远远不止于作为目标读者的儿童，而是走向了更为广阔的大众市场。②电影鲁滨孙故事的出现成为一种无声的证明。

二、电影鲁滨孙故事的娱乐功能

民国时期，既是"儿童的发现"下儿童文学的大力生长期，也是报刊等大众传媒兴起和出版业大力发展之下大众文化的形成期和飞速发展期。杜亚泉在《农村之娱乐》（1917）中表达了自己对大众娱乐的看法："人类

---

① Daniel Defoe：《鲁滨孙飘流记》（上册），严叔平译，崇文书局1928年版，第23、148、160、161—162、157页。
② 晚清民国时期，大众识字率低，成年文盲的数量更是多得惊人。据学者考证统计，民国时期知识界虽然致力于平民教育，但因为战乱、经济等影响，截至1940年末，文盲率依旧高达80%左右。参见李华兴主编：《民国教育史》，上海教育出版社1997年版，第807—808页。

日夕勤动，不可无娱乐之事，以慰安其精神，舒展其体力，此无论都市与农村，皆当注意及之者也。"① 大众文化的重要性已为时人所认可。进一步地，30年代的大众语更可视为民国初年大众文化逐渐取得合法性的证明。因此，民国时期，不仅出现了数量可观的汉译儿童版，而且引入了西方电影鲁滨孙故事。法国儿童文学研究专家菲力浦·阿利埃斯（Philippe Ariès）认为："知识阶层的意志一旦被社会接受，它就迅速大众化。"② 的确，一方面，知识精英关于"少年强则国强"的国族建构逻辑通过教科书译本迅速在整个社会传播开来，并由上及下走向大众化。另一方面，趋于成熟的大众文化开拓了《鲁滨孙漂流记》"旅行"至中国后的娱乐功能，并与汉译儿童版共同主导了《鲁滨孙漂流记》的传播方向。

较之于小说潜入的滞后，电影鲁滨孙故事的引入可谓迅捷。现有资料显示，鲁滨孙故事相关影片的放映主要集中在民国初年至20世纪二三十年代。在这一过程中，除早期的几部鲁滨孙电影故事默片未见到有引入记录，进入有声电影时代后，几部早期著名的电影鲁滨孙故事几乎被火速引入，特别是影片《鲁滨孙先生》（*Mr. Robinson Crusoe*，1932）于同年就在中国上映。与民国儿童文化和大众文化的发展进程相适应，电影鲁滨孙故事的娱乐属性是逐步展开和渐次凸显的，它经历了从最初的依附教科书译本的启蒙功能到逐渐凸显其与精英文化趣味相异的娱乐功能的过程。

20年代初，中国上映的鲁滨孙故事影片的娱乐属性极为隐蔽隐晦。教育长片和科学冒险片成为这一时期鲁滨孙影片的身份名片，儿童的精神食粮与世界知名的儿童读物成为其进入大众市场的通行证。凡此种种，无不

---

① 高劳：《农村之娱乐》，载《东方杂志》1917年第3期，第8页。
② 菲力浦·阿利埃斯：《儿童的世纪——旧制度下的儿童和家庭生活》，沈坚、朱晓罕译，北京大学出版社2013年版，第13页。

体现的是知识精英着力打造的汉译儿童版自上而下的文化影响力。正因为此，早期引进的电影鲁滨孙故事显然带有非常突出的教育导向印痕。如上海四川路普通影片公司从美国引进的"长部影片"，报纸广告首先强调此片"专为开发学童智识、辅助教育之用"，适合"喜读冒险小说"的"各青年子弟"观看云云。其面向学童施以教育的启蒙色彩已无须赘言。与此同时，它强调影片"极受社会欢迎"并因为其"写景做工、均臻上乘"而被北京某影片公司抢先租用进行放映[1]，又体现出时人对影片娱乐大众这一本质属性的认可。

随着大众文化的进一步发展和力量的逐渐壮大，进口影片的娱乐色彩得到了渐趋正面的宣扬。如1923年，对美国环球影片公司制作的影片的引进，可以视作鲁滨孙故事教育功能向娱乐功能过渡的转折。报纸刊载广告的风向不仅不同于之前鲁滨孙故事影片对汉译本启蒙功能与教育色彩的过分倚重，还突出该片的主要情节是覆舟、遇盗、被火烧等，并强调影片的画面效果"尤欲令人惊恐"，迎合观众猎奇心理的动机已经相当直接了。甚至，宣传该片的广告强调电影在"家庭中用作消遣书读""亦颇有益"的功用。[2] 从教育到消遣的转变折射的是启蒙向娱乐重心的迁移。然而，在大众文化合法性尚未取得的20年代，电影鲁滨孙故事的传播并未完全摆脱汉译儿童版中启蒙这一"幽灵"的深度纠缠。尽管此时对影片娱乐功能的强调超过了对启蒙功能的宣扬，娱乐大众也成为主要的宣传基调，但其对于个人、社会、国家"皆有裨益"的说法背后依然是知识精英启蒙力量的无形支配。

30年代，伴随着大众文化合法性地位的确立，电影鲁滨孙故事的娱乐

---

[1]《〈鲁滨孙飘流记〉之影片已制成》，载《申报》1922年11月8日。
[2]《〈鲁滨孙飘流记〉影片之映演》，载《申报》1923年3月17日。

功能得以全面凸显，影片突出了媚俗化的倾向，这主要体现为对金钱的强调和对浪漫情节的展现。1933年，多家报纸先后介绍了根据《鲁滨孙漂流记》改编的电影故事。如《申报》《电影时报》等中文报纸对范朋克新片《新鲁滨逊》的介绍，紧随其后的是英文报纸《上海晚报》在一年之内前后三次介绍电影《鲁滨孙先生》，诸如主演和编剧、主要情节、影片上映时间与地点等内容。①

影片《新鲁滨逊》以热带环境为背景，故事始于一个有钱的运动员与其游艇巡航的朋友之间的打赌。主人公宣称自己能够在荒岛上舒适地生活一个月。为赢得赌注，除了牙刷和一条忠实的狗之外，主人公身无他物。在闯入了南太平洋上天堂般的小岛后，主人公开启了一系列奇异冒险和创造。诸如，他即兴造了一把斧子，还准备建造一个家。他捕获了一只鹦鹉、一只猴子，两只山羊，一个大乌龟。他还顺着脚印俘虏了猎头星期五第十三，将从食人族船上逃走的人带到自己的游艇上。在这一过程中，他俘虏了艳若天人的女郎星期六玛利亚·阿尔巴（Maria Alba）。影片最终的结局是主人公"买棹归航故国"。②

影片中，鲁滨孙的角色变成了家财万贯的冒险运动员和游猎者，这不仅与笛福原作中富于清教徒色彩的主人公形象相距甚远，也与同时期民国《鲁滨孙漂流记》汉译儿童版中译者苦心改写的少年冒险英雄形象大相径

---

① "Douglas Fairbanks at his best: Resumes Popular Role In 'Mr. Robinson Crusoe' At Captitol, Lyceum", *The Shanghai Evening Post & Mercury*, Jan, 31, 1933（8版）；"'Mr. Robinson Crusoe' Showing Due Thurday", *The Shanghai Evening Post & Mercury*, Oct, 17, 1933（10版）；"Mr. Robinson Crusoe Showing Today", *The Shanghai Evening Post*, Oct, 19, 1933（8版）。除此之外，中文报纸《电影时报》刊登了影片的主要情节等讯息。参见：《把〈鲁滨逊飘流记〉搬到银幕上来——范朋克的成功可与狄孚氏媲美》，载《电影时报》1933年2月2日第8版。

② 郭声宏：《范朋克底新片》，载《申报》1933年1月30日。

—061

庭。至于电影的主要故事情节，与小说原著和同时期流行的汉译本差异甚大，女郎星期六的加入给影片增添了浓郁的浪漫色彩。显而易见，影片属于典型的好莱坞冒险故事。从今人的眼光来看，金钱与美女等冒险影片中常见的桥段使得电影叙事有些俗套，但这不妨碍它在当时的卖座。据前述相关报刊信息来看，此部鲁滨孙故事的影片相当成功，影响非常之大，这应当与好莱坞电影的巨大影响力以及30年代中国电影市场的方兴未艾紧密相关。当然，大众文化的娱乐属性起着决定性的作用。一个有趣的信息是，报纸丝毫不避讳主演道格拉斯·费尔班克斯（Douglas Fairbanks）出演男主角的深层动机：他试图凭借回到大胆浪漫的冒险家角色来重新获得人气。事实证明，大胆浪漫的冒险家的确是当时电影观众最青睐的人物类型。

此外，电影《新鲁滨孙飘流记》中，鲁滨孙女士（Lady Robinson）是以水边丽人的形象呈现在观众面前的（见本书附录图44）。鲁滨孙女士凭栏眺望，身材性感，眼神充满好奇，而非笛福小说中鲁滨孙的小心翼翼和惶恐不安，影片的媚俗化色彩无须赘言。[①] 20年代，大众传媒中鲁滨孙故事娱乐化功能的犹抱琵琶半遮面以及借助汉译儿童版启蒙功能来吸引观众的时代印记几乎消失不见，电影鲁滨孙故事大方坦然地呈现出娱乐化和市

---

① 《新鲁滨孙飘流记》，载《良友》1935年第108期。

场化的属性。①

40年代，有报刊登载的电影广告转载了美联社讯息。该广告宣传由苏联制作、苏维埃影片公司出品的第一部《鲁滨逊飘流记》立体影片即将上映。显然，与30年代不同，对电影新技术及其新视觉效果的宣传（立体影片）成为新的卖点。广告中所说的"三度空间""完善的错觉幻景"云云，皆是为了吸引电影观众。②不过，另一广告中"英国名小说《鲁宾孙飘流记》即将搬上银幕"的说辞以及对明星主演的宣传噱头，不仅从侧面反映了小说的强大影响力，而且反映了明星电影的号召力。③

概言之，从20年代到40年代，中国电影市场引入的电影鲁滨孙故事与西方电影鲁滨孙故事的发展趋势基本一致：二战前以儿童为主要娱乐对象，二战后转为成人。④

"当代文化研究之父"斯图亚特·霍尔（Stuart Hall）在长文《"意识形态"的重新发现——转向被压抑的媒介研究》中指出："媒介是指示性

---

① 进入40年代，经由瑞士传教士作家大卫·约翰·威斯的《瑞士家庭鲁滨孙》改编的电影被传入中国并以《鲁滨孙漂流记》的名义公映。如1940年，雷电华公司新片《鲁滨逊家庭漂流记》（Swiss Family Robinson）在南京上映。（参见诸葛龙：《新桃花源记》，载《亚洲影讯》1940年第19期。）该片应当是对大卫·约翰·威斯的《瑞士家庭鲁滨孙》的改编。值得注意的是，无论是影片放映方，还是广告宣传方，乃至于影片评论者，都刻意淡化甚有意混淆二者的差异，并以《鲁滨孙漂流记》的名义来吸引观众，目的无非是借助《鲁滨孙漂流记》已然取得的传播效应来吸引观众进而赚取更多的票房。这比30年代的电影鲁滨孙故事更进一步：电影产业的商业属性展露无遗。有关经由笛福原作和威斯仿作改编电影紧密关系的讨论，可参见本书本章第三节。
② 《〈鲁滨逊飘流记〉——第一部立体影片》，载《立报》1945年11月9日。
③ 《〈鲁宾孙飘流记〉即将上银幕》，载《大公报》1948年12月6日。不过，结合民国鲁滨孙电影故事的传播现实，这部影片是笛福小说的改编本还是威斯《瑞士家庭鲁滨孙》的改编本就不得而知了。
④ *The Cambridge Companion to "Robinson Crusoe"*, ed. John Richetti, Cambridge University Press, 2018, p. 222.

的代理人。"① 这是对媒介在大众文化发展过程中指示性作用的洞察。民国时期，西方电影鲁滨孙故事的引入标志着《鲁滨孙漂流记》的中国化进入了新的发展阶段，即单纯娱乐大众和迎合市场的鲁滨孙故事开始登上历史的舞台。电影不仅无须依附在启蒙功能下借他人之酒杯，浇自己之块垒，而且可以直接大胆地担当起娱乐角色并与精英文化对话乃至抗衡。

有学者认为，在社会发展处于变革转型之时，由于此时的政治机制比较薄弱，从而给大众传媒提供了极端发挥的机会，大众媒介形成的公共领域实际上就成为一种强大的话语权力。② 的确，大众传媒下公共领域及大众读者的形成是一种不可忽视的话语力量。进言之，大众文化的主体既是接受者也是生产者。因此，电影鲁滨孙故事的娱乐功能不仅在一定程度上削弱了汉译儿童版的启蒙色彩，而且使其沾染了鲁滨孙故事的娱乐色彩。与此同时，"媒介文化的实践过程可谓是一段构建社会文化的历史"③。戴锦华指出："《简·爱》以及很多英国文学名著，在20世纪、21世纪一个更为有力的播散工具正是电影和电视改编。"④《鲁滨孙漂流记》也不例外。它在20世纪初跨文化"旅行"至中国扎根并逐步走向经典化，离不开电影鲁滨孙故事的引入与传播。离开这一时期的电影等媒介，《鲁滨孙漂流记》在中国无论是传播广度还是传播面貌，都将是另一番景象。

---

① *Cultural Theory, and Popular Culture: A Reader*, 5th edition, Ed. John Storey, Routledge, 2019, p. 101.
② 参见蒋晓丽：《中国近代大众传媒与中国近代文学》，巴蜀书社2005年版，第17页。
③ 黄继刚：《近现代文艺期刊与读者意识之流变》，载《兰州学刊》2016年第12期，第36—42页。
④ 戴锦华、滕威：《〈简·爱〉的光影转世》，上海人民出版社2014年版，第13页。

三、 寓教于乐的儿童读物的产生

安德鲁·欧·马利论述了西方儿童鲁滨孙故事在大众文化中的演变历程，认为《鲁滨孙漂流记》的儿童化和大众化相辅相成。[1] 事实上，民国时期《鲁滨孙漂流记》的传播也经历了儿童化和大众化彼此冲突乃至交织融合的过程。尽管在1913年，儿童类杂志已出现了宣扬启蒙与娱乐的合一性诉求[2]，但其更多的是对晚清少年化和通俗化倾向混融交织的反映。真正从自觉的意义上倡导二者融合的，要到了30年代以后教科书译本和电影鲁滨孙故事各自大显身手之后。在民国《鲁滨孙漂流记》中国化的两大类传播路线中，知识精英和大众文化、儿童汉译版和电影鲁滨孙故事、启蒙和娱乐，均经历了"霍尔模式"中所谓的启蒙霸权立场、启蒙与娱乐的对抗与协商立场等阶段。40年代以后，最终出现了寓教于乐的儿童读物，标志着民国启蒙与娱乐功能各自为政、大显身手（即分离）后的再一次合流，其中最突出的例子便是儿童文学刊物《小朋友》上刊登的长篇图画故事《鲁滨逊漂流记》。[3] 该图画故事一方面大大突出了娱乐功能，另一方面在娱乐读者的过程中自觉而明确地履行着启蒙儿童读者的使命。

首先，该图画本《鲁滨逊漂流记》娱乐色彩鲜明。作为图画本鲁滨孙故事，它采用了连环画的方式来叙述故事。整个故事包含一百七十六幅插图，采用上图下文的呈现方式。映入读者眼帘的是占据刊物版面相当篇幅的图画，极适合文化和识字水平较低的儿童读者阅读。尽管民国《鲁滨孙

---

[1] Andrew O'Malley, *Children's Literature, Popular Culture, and Robinson Crusoe*, New York: Palgrave Macmillan, 2012.
[2] 《〈绝岛漂流记〉的作者》，载《少年》（上海1911）1913年第3期，第24—25页。
[3] 《鲁滨逊漂流记》，载《小朋友》1947—1948年第868—901期。

漂流记》汉译儿童版中也有插图，如作为缩译本的顾均正、唐锡光译本，包含相当数量（四十六幅）的插图，但插图在版面分布上所占空间较小，只是作为文字的补充和辅助信息而存在。相较而言，《小朋友》连载的鲁滨孙故事中，图画承担着主要的叙事功能。插图数量之多，所占纸张版面空间之大，都直接昭示图画叙事的主导地位。一定程度上，连环画特有的图主文副的视觉呈现方式很好地实现了通俗读物的传播效能。如一七四片段中，礼拜五穿上时式的衣服（本书附录图47）后紧握着鲁滨孙旧伞的可笑模样，读者一眼便可以看见，这无形中增强了读者的阅读兴味。

此外，该图画本所采用的第三人称说书人的叙述口吻、故事的乐观基调以及情节改写等，无不增强了故事的趣味性和娱乐性。诸如，故事中出现了多个行动主体，除鲁滨孙外，还叙述了西班牙人编织篮子、礼拜五报信、狗帮其搬运货物等。甚至，改编者采用动物视角来吸引儿童读者："狗看见有人来了"[1]。如此多主体多视角的采用，鲁滨孙的荒岛从寂寥变得热闹，这符合儿童读者的接受特点，满足了大众读者的接受喜好。至于故事的结尾，该图画故事配上了这样的文字："他们像是一对奇怪的人，有狗、猫、鹦鹉作伴，还有他们决意携带几袋子的钱。他们的样子，很使水手们发笑。"[2]（本书附录图48）对鲁滨孙与礼拜五奇怪举止的强调，连同改编者对动物和金钱着意提醒的背后，都是对儿童乃至大众读者阅读心理的迎合。

其次，该图画故事并非一味地媚俗与迎合，而是保留了汉译儿童版的启蒙功能和教育色彩。鲁滨孙被塑造为一个善良勤奋的英雄，依然作为儿童读者学习的模范而存在。鲁滨孙的友爱不仅以插图的形式进行了直接呈

---

[1] 参见《鲁滨逊漂流记》，载《小朋友》1948年第890期，一二三片段之标题。
[2] 《鲁滨逊漂流记》，载《小朋友》1948年第901期，一七五片段。

现（本书附录图49），而且通过文字叙事予以进一步明确。比如，鲁滨孙作为英雄，一方面拯救了礼拜五，关心其衣食住行；另一方面，他多才多艺，是个生存高手。他不仅"像是一个熟练的农夫一样"①，还是个很好的游泳家。正因为此，在鲁滨孙这位全能老师手把手教育下，礼拜五终于成为"一个聪明而进步很快的学生"②。这一叙述中浓厚的教育倾向已相当明确了。鲁滨孙不仅仅是礼拜五的老师，也是一切儿童读者的老师。故事的结尾，叙述者忍不住跳出文本来提醒读者："这鲁滨逊勇敢的故事，得到了世界上老年人的欢心，也鼓励着年轻人的进取。"③ 鲁滨孙被视作不断学习并取得进步的寓言，其中的启蒙（大众和儿童读者）倾向已非常明显。

事实上，1895年，《申报》以社论形式发表的《论画报可以启蒙》，可以视作民国末年《鲁滨孙漂流记》图画本产生的文化动机。"而今画报之可以畅销者，因无论识字不识字之人，皆得增其识见，扩其心胸也。"④ 这不仅指出了画报等通俗读物出现和流行的原因（囊括了不识字的读者），还揭示了其"增其识见"与"扩其心胸"的启蒙目的。在此前提下，《小朋友》代表的刊物连载图画本因其连环画的呈现方式以及期刊传播速度快的助推，一方面极大地扩大了《鲁滨孙漂流记》的读者市场（文化水平低下的成年读者和儿童读者），另一方面使其进一步走向大众化，那种严肃说教的《鲁滨孙漂流记》译本已然让步于寓教于乐的做法⑤，寓教于乐的

---

① 《鲁滨逊漂流记》，载《小朋友》1948年第899期，一六五片段。
② 《鲁滨逊漂流记》，载《小朋友》1948年第894期，一三八片段。
③ 《鲁滨逊漂流记》，载《小朋友》1948年第901期，一七六片段。
④ 《论画报可以启蒙》，载《申报》1898年8月29日。
⑤ 民国时期，这一寓教于乐的倾向同样可以在儿童文学专家赵景深对一首苏联儿童歌曲的评价中得到确认。参见《阿尔泰山鲁滨逊插曲》，Shestakov作，赵景深译，载《新流文丛》1941年第1期。

儿童读物成为《鲁滨孙漂流记》传播中主导而持久的面向。

不过，需要注意的是，民国末年《鲁滨孙漂流记》这一寓教于乐的儿童读物的出现并不代表之后《鲁滨孙漂流记》中国化的唯一传播面向。民国《鲁滨孙漂流记》的传播路线是多元的：二三十年代，汉译儿童版和电影花开两朵、各表一枝，分头传播；40年代，尽管出现了寓教于乐的儿童读物，但其绝非终结者，教科书译本和电影传播的方式仍在继续。而且，民国以后的《鲁滨孙漂流记》中国化，也并未以上述某一种单一传播样态发展流变。1949年之后，虽然教科书译本和图画本鲁滨孙故事基本走向消亡，但儿童汉译版中的另外一支即"少年文学"读物延续了下来，占领了广大的儿童阅读市场并担负起寓教于乐的功能①。与此同时，电影鲁滨孙故事或借助于高科技手段，或以"旧瓶装新酒"注入新内涵式地与时俱进，在大众文化的娱乐大道上一路向前。②

四、小结

民国时期《鲁滨孙漂流记》的中国化既离不开知识精英的推动，也离不开大众文化的形塑。前者与知识精英有关国族未来新人建构的诉求相关，后者与同时期大众文化的快速发展密不可分。20世纪二三十年代，民

---

① 如当代《鲁滨孙漂流记》汉译儿童读物往往通过护封、译者序、导读等副文本形式来传达这一寓教于乐的宗旨。参见笛福：《鲁滨逊漂流记》，鹿金译，万卷出版公司2017年版。
② 参见本书余论部分。如《鲁滨孙太空历险》（*Robinson Crusoe on Mars*，1964）、《荒岛余生》（*Cast Away*，2000）、《火星救援》（*The Martian*，2015）等电影的叙事内核与娱乐属性并未发生变化。另一个需要了解的事实是，与民国时期主要以寓教于乐的儿童读物来参与《鲁滨孙漂流记》的儿童化进程相对照，西方《鲁滨孙漂流记》的儿童化涉及方方面面，戏剧、电影、歌曲、日用器具等无所不包。这当然与民国的社会现实紧密相关，无论是民族家国遭遇的文化与政治危机，还是大众传媒技术和文化的发展程度，自然都无法与西方相提并论。

国汉译儿童版继承了晚清《鲁滨孙漂流记》汉译本中"少年强则国强"的国族建构逻辑，利用儿童好动好奇的天性和对未知世界的渴望，通过鲁滨孙勇敢地离家和坚忍不拔的生存活动，无限夸大其英勇与坚韧，制造和重新讲述了一个少年冒险英雄的成长故事，最终目的在于鼓励儿童到更广大的世界中去增长见识、磨炼个体并成就自我，从而服务国家，承担民族希望的责任。与此同时，大众传媒中的电影鲁滨孙故事主要满足的是大众对灾难的恐惧和对异域空间的想象，并呈现出愈来愈突出的娱乐色彩。在启蒙与娱乐的合流下，40年代出现了寓教于乐的儿童读物。这一启蒙与娱乐立场（功能）的分离与融合，开启了《鲁滨孙漂流记》中国化的新方向，主导了中国《鲁滨孙漂流记》一个多世纪的传播面貌。一方面，以"少年文学"读物面貌呈现的《鲁滨孙漂流记》汉译儿童版发挥着寓教于乐的功能，并成为其汉译本持久而稳固的传播面貌；另一方面，层出不穷的电影鲁滨孙故事仍未脱离二三十年代影片中遇难－救援（救赎）的叙事框架，娱乐大众依然是其不变的追求。

第三节

家族成员的互文助推与潜在影响

不同于笛福作品中鲁滨孙的茕茕孑立,《鲁滨孙漂流记》的传播向来都是星丛式、群落式的。在西方,《鲁滨孙漂流记》在三百余年的流传过程中出现了数量惊人的重写本,这类以其为蓝本而创作的文本构成了一个庞大而不容小觑的亚文类,学界称之为"鲁滨孙故事"[①]。它又可以进一步划分为两类。从接受对象上来说,有为普通读者书写的鲁滨孙故事,也有以儿童读者为目标的儿童鲁滨孙故事;从表达媒介来看,有诉诸文字的小说鲁滨孙故事,也有借助电影、电视等新兴媒介的屏幕鲁滨孙故事。其中,儿童鲁滨孙故事和屏幕鲁滨孙故事在《鲁滨孙漂流记》传播中发挥了尤为关键的作用。有趣的是,儿童鲁滨孙故事和电影鲁滨孙故事彼此交织,二者共同推动了《鲁滨孙漂流记》的经典化。如《鲁滨孙漂流记》的重要重写本《瑞士家庭鲁滨孙》,既是经典的儿童鲁滨孙故事,也作为电影鲁滨孙故事被搬上银幕。在中国,《鲁滨孙漂流记》的跨语境传播和经

[①] 据学者卡尔·费希尔的研究,《鲁滨孙漂流记》的第一部仿作产生于笛福原作问世的同年即1719年,极有可能是《詹姆斯·杜布尔迪克的冒险与惊人获救》(*The Adventures, and Surprising Deliverances, of James Dubourdieu*)。作为一个描述亚文类的词语,"Robinsonade" 最早来自1731年的德语小说。John Richetti, *The Cambridge Companion to "Robinson Crusoe"*, Cambridge: Cambridge University Press, 2018, pp. 99–102.

典化，同样离不开西方鲁滨孙故事特别是《瑞士家庭鲁滨孙》在中国"旅行"的襄助。然而，长期以来，这一传播现象和事实未能得到学界应有的关注，有关《鲁滨孙漂流记》中国化进程中真实而复杂的传播面目却愈来愈模糊。因此，基于这一历史现实和研究现状，笔者有必要对《瑞士家庭鲁滨孙》的来华传播路线以及重要节点做一整体性的描绘。

一、《瑞士家庭鲁滨孙》英译本与《小仙源》的潜入

《瑞士家庭鲁滨孙》的成书历程和流传过程极为复杂。考虑到论述的必要性，本部分重点论及《瑞士家庭鲁滨孙》英译本的基本面貌，在此基础上，就晚清《小仙源》的文本"旅行"予以初步探讨。

（一）《瑞士家庭鲁滨孙》英译本概貌

《瑞士家庭鲁滨孙》最早为德语写就，原作名为 *Der Schweizerische Robinson*，是瑞士随军牧师约翰·大卫·威斯写给四个儿子的一部儿童睡前故事。作为一部儿童小说，原作故事先后经历了法语和英语等多种语言译者的改写。[1] 有意思的是，《瑞士家庭鲁滨孙》并不是德语中最成功的鲁滨孙

---

[1] 甚至，就德语原作而言，也非威斯一人独立完成，他的儿子们也参与了整理和创作：德语原版的插图由其长子约翰·艾曼纽尔·威斯（Johann Emmanuel Wyss）完成，其两卷本的出版则是次子约翰·鲁道夫（Johann Rudolf）于1812—1813年将该书底稿送至苏黎世的出版社的结果。根据赫尔曼·利伯特（Herman W. Liebert）和大卫·布拉迈尔斯（David Blamires）的研究，1813年，在征得威斯同意的前提下，法语本译者蒙特利夫人（Madame de Montolieu）在译完德语原始两卷本的基础上又将故事情节扩充至几乎两倍。1824年，法译本又被译为德语，并被威斯的儿子采纳，从而形成了最终的德语全本。Herman W. Liebert, "The Swiss Family Robinson: A Bibliographical Note", *The Yale University Library Gazette*, 1947 (22), 1: 10-13. David Blamires, *Telling Tales: The Impact of Germany on English Children's Books 1780-1918*, Open Publishers, 2009. 大卫·布拉迈尔斯详尽地考察了《瑞士家庭鲁滨孙》在德、法、英等语言中所经历的版本变化历程。

故事，它在瑞士和德语文学中的影响力相当有限，真正使其风靡欧美并走向世界进而"旅行"到中国的是英译本。

《瑞士家庭鲁滨孙》英译本首版标题是"家庭鲁滨孙漂流记：或父亲的海难日记，其与妻儿流落在荒岛上"（The Family Robinson Crusoe：or, Journal of a Father Shipwrecked, with his Wife and Children, on an Uninhabited Island）。如英译本标题所言，《瑞士家庭鲁滨孙》的故事情节并不复杂：瑞士一家人在海上遭遇了风暴的袭击而沉船，后得以幸存，栖居荒岛。小说主要叙述了在父亲孔武有力的带领和母亲默默的支持下，四个孩子——长子弗里茨（Fritz）、次子欧内斯特（Ernest）、三子杰克（Jack）和幼子弗朗西（Francis）齐心协力、互帮互助，共同化解了一个又一个危机，最终将荒岛变为"伊甸园"的故事。小说突出了家庭友爱互助模式（民主倾向）、动植物书写的知识倾向等方面。作为英语文学中一部伟大的儿童文学经典，《瑞士家庭鲁滨孙》在英语世界先后经历了1814年对德语第一卷的翻译和1816年对德语两卷本的翻译。据统计，自19世纪40年代末开始，《瑞士家庭鲁滨孙》约有三百种版本在英美出版，在英国更是众人皆知。不过，促使《瑞士家庭鲁滨孙》风靡英美的是1868年亨利·保罗夫人（Mrs. Henry H. B. Paull）对德语全本的英译。

这里简单概括一下《瑞士家庭鲁滨孙》英译本对笛福原作重写的几个方面。[①] 从表面上看，《瑞士家庭鲁滨孙》英译本讲述的故事和《鲁滨孙漂流记》有较高的一致性，流落荒岛和绝境生存依然是故事的内核。然而，作为重写本，且由于二者产生的时代语境有所不同，《瑞士家庭鲁滨孙》英译本呈现出对笛福原作的进一步思考，它是原作的补充叙事。正如詹姆

---

① 《瑞士家庭鲁滨孙》英译本版本众多，不同版本的内容也存在差异，此处仅概括其共性。

斯·乔伊斯所注意到的,如果说《鲁滨孙漂流记》是一种帝国主义的寓言,那么,威斯的仿作则对其做了大量的注解。① 笛福原作诞生于资本主义发展之初,以鲁滨孙为代表的资本家(殖民者)尚未掌握对异域世界足够的知识,其信心不足,内心世界也充满隐忧与不安。这在主人公给各类动植物命名的不确定和无力感中可以见出。到了19世纪,伴随着殖民主义狂潮席卷世界,西方人积累并掌握了外部世界(殖民地)的各类知识。"知识就是力量"的精神信条发挥着愈来愈重要的作用,西方人呈现出前所未有的自信。在此前提下,一方面,对内激起殖民主义精神、对外脱罪的家庭书写成为小说新的叙事模式;另一方面,《瑞士家庭鲁滨孙》具有相当突出的知识性。前者体现为细致描绘瑞士一家人的生存(殖民)活动,这成为《瑞士家庭鲁滨孙》的主要内容;后者表现为鲁滨孙笔下那些暧昧不明、难以言说的动植物在这里得到了具体而细致的描绘。与此同时,与笛福原作相较,《瑞士家庭鲁滨孙》英译本的乐观色彩大大增强。

有趣的是,家庭书写、知识倾向、乐观色彩也是晚清中国人所希望看到的。

(二)《小仙源》的潜入

《瑞士家庭鲁滨孙》最早于晚清潜入中国,汉译本题名为《小仙源》。据日本学者樽本照雄的研究,该译本作者署名为戈特尔芬美兰女史,由商务印书馆译述,刊载于《绣像小说》第3—16期,连载日期为1903年6月25日至1904年1月2日。②

---

① "'Introduction' written by John Seelye in Johann Wyss", *The Swiss Family Robinson*, London: Penguin Classics, 2007, p. ix.
② 参见樽本照雄:《新编增补清末民初小说目录》,贺伟译,齐鲁书社2002年版,第782页。

1906年1月28日，《申报》刊载广告介绍《小仙源》的故事梗概。"上海商务印书馆又有小说六种出版"。"此书叙一瑞士国人洛萍生，携其妻子航海触礁，舟人皆乘小艇逃生。洛全家在坏舟之中，万分危险。忽因风涛所泊，得见新地。洛生挈妻携子，相率登岸，寄居荒岛，以田猎渔樵为生。观其经营缔造，足为独立自治者植一标影。后其子孙蔓延，遂成海外一新世界。与《鲁滨孙漂流记》同一用意，而取径各殊。欧人好为此种小说，亦足见其强盛之有自来矣。"① 这段文字中还透露了《小仙源》来华的原因：与《鲁滨孙漂流记》同属冒险小说；从这类冒险小说中可以见出欧洲人强盛的缘由。

在译本的"凡例"部分，译者交代了"原著并无节目，译者自加编次"，译文共十四回，"仿章回体而出之以文言"。② 与戈特尔芬美兰女史的英语转译本相较③，汉译本削弱了民主倾向（源语文本中儿子们之间的民主争吵论辩转变为对洛萍生父子代际关系的加强）和知识性，突出了小说的传奇性和乐观色彩：瑞士一家人（四个儿子连同他们的母亲）在父亲洛萍生的带领下，从容自信地完成一次次荒岛历险。不过，都是表达乐观色彩，《瑞士家庭鲁滨孙》汉译本的内在根由发生了转变：由前述源语文本中西方殖民事业的强盛、知识的掌握与进步转为中国文化传统中达观知命的文化基因使然。"沦落天涯，漂流海角，苟不赤身露体，鹄形菜色，

---

① 李艳丽：《东西交汇下的晚清冒险小说与世界秩序》，载《社会科学》2013年第3期，第187页。
② 戈特尔芬美兰女史：《小仙源》，商务印书馆编译所编译，商务印书馆1914年版，凡例第2页。
③ 《小仙源》译者关于源语本信息的说法语焉不详，仅提到源语本为"戈特尔芬美兰女史""参酌损益，以示来者"之作。结合约翰·希里（John Seelye）等对《瑞士家庭鲁滨孙》复杂的回译、转译史的研究，笔者可大致推定"戈特尔芬美兰女史"应为玛丽·哥德威（Mary Goldwin），该译本为1816年哥德威版英译本。

已属万幸。况复家人团聚，晨夕相偕，天伦之乐，匪言可罄。"[1] 这分明是中国人随遇而安生存哲学的直接表达，寄寓了时人对理想未来的文化想象。

然而，在表面的乐观色彩之下，译本还隐藏着深层的犹疑迷惘情绪，这突出地体现在《小仙源》的开放式结局中。《小仙源》有两个结局。一个结局是行经纽基纳小岛的俄罗斯军舰将瑞士一家人带回欧洲。另一个结局是瑞士一家人为英国舰队发现，但洛萍生不愿意回国，最后其长子回到英国。之后，听闻瑞士一家人传奇经历的欧洲人有意追随洛萍生移居到洛氏所居小岛。有意思的是，译者对小说的开放式结局不置可否："是书信否不可知。姑据所闻，以待考证。"[2] 结合译作的汉语标题"小仙源"，可大略揣测译本所折射的文化心态：在风雨飘摇的国族命运下，晚清知识分子既有"月是故乡明"的朴素爱国主义诉求，又抱持着强烈的避世心态，寄希望于海外仙源（桃园）得以暂时摆脱现实困境。

值得注意的是，晚清时人对《小仙源》与《鲁滨孙漂流记》之间的重写关系缺乏应有的认识。不仅《申报》刊登的广告并未指出二者之间的互文关系，而且《小仙源》的正文亦未体现威斯原作中致敬《鲁滨孙漂流记》的成分。译文中，叙述者只字不提鲁滨孙，取而代之的是对哥伦布甚至拿破仑的赞赏。译者如此这般的缘由，应当不是对二者互文关系的有意无视，可能的原因有两种。一种是，与鲁滨孙相较，哥伦布与拿破仑在当时具有更大的知名度，且后二者作为开疆拓土式的历史人物，较之于小说

---

[1] 戈特尔芬美兰女史：《小仙源》，商务印书馆编译所编译，商务印书馆1914年版，第45页。
[2] 戈特尔芬美兰女史：《小仙源》，商务印书馆编译所编译，商务印书馆1914年版，第81页。

中的虚构主人公更具有现实激励意义。还有一种更为现实的理由，1903—1904年，《鲁滨孙漂流记》尚鲜为人知。同样，以《小仙源》面目进入晚清读者视野的《瑞士家庭鲁滨孙》也遭遇了身在深闺无人识的境地。不过，这一情形在民国发生了彻底的转变。

二、《瑞士鲁滨孙家庭飘流记》的流行

进入民国，特别是20世纪30年代，《瑞士家庭鲁滨孙》进入第二个阶段：广为流行期。较之于晚清，此时《瑞士家庭鲁滨孙》的传播面貌出现了一些显著的变化：不仅出现了数量不可小觑的各类汉译单行本①，而且引入了瑞士鲁滨孙故事影片。一言以蔽之，《瑞士家庭鲁滨孙》的传播方式更加多元。与此同时，伴随着读者（观众）市场的逐步壮大，译者（以及影片放映方）也表现出更为明确、成熟的分化策略：《瑞士鲁滨孙家

---

① 这里的汉译单行本不仅包括"少年文学"读物与教科书译本，还包括儿童期刊连载本。教科书译本主要分为中学、小学两个阶段。这类译本此处以商务印书馆发行的"小学生文库"版《瑞士家庭鲁滨孙》为例。主编为王云五、徐应昶，全书共四十三章，分上、下两册。在1933年11月徐应昶写作的"校者的话"部分，徐氏详细而准确地交代了《瑞士家庭鲁滨孙》的创作过程、版本修订增补、译本流传等情况。参见 David Wyss：《瑞士家庭鲁滨孙》（上、下册），甘棠译，商务印书馆1933年版。此外，据现有材料看，《瑞士家庭鲁滨孙》至少先后刊载于民国时期创办最早和影响力最大的两个儿童期刊上。前者为1930年的《儿童世界》，《瑞士家庭鲁滨孙》以"名著略述"的形式呈现给读者。《儿童世界》刊载本，编者不详，目前仅见1930年第26卷第1期刊登了《瑞士家庭鲁滨孙》的"船沉"与"破船上的工作"部分。参见 Johann David Wyss：《瑞士家庭鲁滨孙》（名著述略），载《儿童世界》1930年第1期，第2—6页。后者为1949年的《小朋友》，由黄衣青编写、吴宏修作画的改编本《瑞士家庭鲁滨孙》，此一图画改编本目前仅见部分残篇，不仅章节有缺失，故事结尾也无处可寻。参见《瑞士家庭鲁滨孙》，黄衣青编写，吴宏修作画，载《小朋友》1949年第961—965期。除汉译本外，还出现了大量的中英对照本以及汉语注释的英文缩写本，如进入"初中学生文库"的汉语注释英文缩写版张莘农编注本。参见《瑞士家庭鲁滨孙》，张莘农编注，中华书局1935年版。编写英文缩写本的主要目的是提高初中生的英语阅读水平。

庭飘流记》汉译单行本的目标读者主要为处于学龄阶段的儿童（学生），瑞士鲁滨孙故事影片则主要面向大众（观众）。

（一）汉译单行本的出版

民国时期，《瑞士家庭鲁滨孙》全译本的源语文本为英译本。① "不同于《鲁滨孙漂流记》，《瑞士家庭鲁滨孙》和它的直接继承者是我们的年轻读者。"② 作为民国时期发行广泛、读者众多的一部儿童文学译作，这类汉译单行本主要以教科书的面貌出现在各级学校，或者被收入少年文库进行推广阅读。此处以后者为例予以说明。

具有代表性的译本之一为1932年问世的彭兆良译述本《瑞士鲁滨孙家庭飘流记》全四册。③ 该译本为插图本，共四十二幅插图，被纳入"世界少年文库"出版。译者极力强调"是书和德福的《鲁滨孙飘流记》为姊妹行"④。不同于晚清译述观念支配下《小仙源》的大幅改写，彭兆良译本

---

① 参见沈逸之译本小引部分："本书即根据英译本译成。"遗憾的是，译者并未指出所依照的英译本的出版信息。对照彭兆良译本，沈逸之译本除添加了原序、小引等译者序文字以及在译本正文前增加了瑞士一家人遭遇船难的渲染外，二者的正文所差无几。由此可判断，二者的来源应为同一英译本。参见大卫·威斯：《瑞士鲁滨苏家庭飘流记》，沈逸之译，启明书局，出版时间不详，小引第1页。
② "'Introduction' written by John Seelye in Johann Wyss", *The Swiss Family Robinson*, London: Penguin Classics, 2007, p. ix.
③ 1939年，沈逸之翻译的《瑞士鲁滨苏家庭飘流记》全两册出版。小引的最后一段文字中，译者再次介绍小说的主要内容，除了对瑞士一家人远航动机的介绍沿袭了原序的说法而与彭译本有异之外，其余部分的叙述与沈译本相当接近，疑似借鉴了对方，如"鲁滨苏先生全家，……在这十年中。他们几乎没有一天不遭到一个新险，也没有一个新险不给他们克服"，几乎与彭译本自序相差无几。海豚出版社还出版了《瑞士家庭鲁滨孙》的重译本。据"校者的话"部分推测，该译本极有可能也出版于1932年。参见约翰·大卫·尉司：《瑞士家庭鲁滨孙》，海豚出版社2014年版。译者不详。
④ 《瑞士鲁滨孙家庭飘流记》（一），彭兆良译，世界书局1933年版，第1页。作者译名未标注。

对源语文本极力宣扬的道德观念（家庭友爱互助与民主平等）、动植物书写的趣味性与知识性都做了相当程度的保留，只不过在此基础上又对其内涵做了新的符合本民族需要和时代精神的阐释。

首先，译本对家庭美德观念进行了保留与诠释。当衣纳斯计划"独个地留在这小岛上，做一个真的鲁滨孙·克洛沙"时，父亲鲁滨孙的训诫突出地体现了父亲鲁滨孙（叙述者）对笛福原作主人公鲁滨孙单一个体冒险行为的反思："谢上帝，我儿，他没有满足你的愿望：他把你杂在亲爱的父母和兄弟们的里边，而没有把你抛弃在外，过着一个人的孤独生活。上帝为群众而创造人类的鲁滨孙·克洛沙的故事虽然浪漫可喜，读起来很可快人，但他孤独的情形究竟是十分悲苦的。我们可把自己一家人当做真的鲁滨孙看待，不过地位比较优越，因为我们有着互相作伴的呢。"①

尽管是宣扬家庭美德的书写，但与源语文本服务于殖民事业（对内激起殖民精神、对外脱罪）不同，该译本主要着眼于儿童（读者）作为未来新国民的国族建构意义：晚清学者苦苦思索的"个人与群治之关系"，到了民国依然有仔细斟酌的必要，即个人是集体的个人。

其次，译本保留并强调了趣味盎然的动植物书写。无论是猴子与母鸡争夺鸡蛋、猴鼠大战、母牛驾拖车，还是瑞士一家人埋葬驴子并为其作墓诗（墓志铭）、兄弟四人给各自驯养的动物命名，无不因奇闻色彩让人捧腹。但小说的主要目的在于突出知识性。作品及其所携带的知识代替笛福笔下的鲁滨孙的枪支弹药，成为瑞士一家人绝岛栖居生涯中面对陌生世界时最有力的武器。因此，尽管瑞士一家人栖居荒岛并远离人类社会，但岛上依然有图书室和博物馆。在这一观念的支配下，译本到处可见译者对读

---

① 《瑞士鲁滨孙家庭飘流记》（三），彭兆良译，世界书局1933年版，第486页。作者译名未注明。

书益处的强调。如父亲将葫芦做成瓢，引来大儿子弗里茨的吃惊和疑惑，父亲解释："我从读了野蛮国游记上知道这些的。这足证明读书的益处了，因为我从读书上知道那些野民并没有刀子，常常用一条绳子剖葫芦的。"甚至，译者借父亲之口来教导儿子"细心读书的利益"。①

然而，同为知识性的表达，英译本强调理论（知识）与实践的双向结合，彭兆良译本则主要是对知识和智力的推崇。因此，英译本中的父亲对衣纳斯优点的评价是其富于理性、善于思考与学习②，而到了汉译本这里，译者笔下的父亲大力赞赏其"书却读得最多，大概是我孩子中，一个最有智力的少年"。③当然，民国时期的《瑞士家庭鲁滨孙》汉译本对知识的推崇是与晚清以来的爱智启蒙倾向一致的。

（二）瑞士鲁滨孙电影故事的跨媒介传播

据学者研究，《鲁滨孙漂流记》的屏幕改编史和屏幕艺术（电影、电视）本身的历史长度一致。伴随着电影艺术的诞生，第一部屏幕鲁滨孙故事于20世纪第一个十年应运而生。除电影大师梅里爱（Georges Méliès）于1903年制作的电影版《鲁滨孙漂流记》外，美国著名电影制作人西格蒙·卢滨（Siegmund Lubin）也于同年发行《瑞士家庭鲁滨孙》的故事影片。④略滞后于《鲁滨孙漂流记》电影故事片的放映，在经过中国电影产业发展的第一个时期（1922—1937）的20世纪40年代，瑞士鲁滨孙的电

---

① 《瑞士鲁滨孙家庭飘流记》（一），彭兆良译，世界书局1933年版，第47—48、65页。作者译名未注明。
② J. D. Wyss, *The Swiss Family Robinson*, New York: Signet Classics, 2004, p. 66.
③ 《瑞士鲁滨孙家庭飘流记》（一），彭兆良译，世界书局1933年版，第32页。作者译名未注明。
④ *The Cambridge Companion to "Robinson Crusoe"*, ed. John Richetti, Cambridge University Press, 2018, p. 221.

影故事开始被引入中国。

从民国英文报纸刊登的消息来看，当时引入的瑞士鲁滨孙电影往往名不副实，以《鲁滨逊家族飘流记》或《鲁滨逊飘流记文艺片》之名宣传的影片（见本书附录图45、图46），事实上是经由威斯小说改编的电影。影片由雷电华公司出品，在南京等地上映。同一期报纸上还刊载了此片的电影广告，明确告知观众影片放映的联系电话和排片时间。尤为吸引人的是，该广告以硕大醒目的字体点出了影片的关键词："开天辟地""柳暗花明""自力更生"。在战火肆虐的40年代，对蓬岛异景和海外桃园的渴望，似乎与威斯小说原本的舟避战火背景暗合，也与晚清对"小仙源"的渴望一脉相承。与此同时，"茹毛饮血""巨雷劈树、毒蛛伤人""斩荆披棘、浮渡巢居""狂风暴雨、怪兽奇禽"等关键词则指向了影片中令人惊骇的冒险情节。对观众直截了当的"呼唤"，对大明星阵容等信息的强调，让影片具有了更强的吸引力。与小说相较，瑞士鲁滨孙电影故事的说教色彩被极力减弱，但惊心动魄的冒险因素却大大增强，这自然与电影作为大众文化产品的娱乐属性紧密相关。

这种对观众吸引力的竭力追求同样体现在影片内容中。尽管该影片保留了威斯原作的主要情节（结桶成舟、往返载物）与叙事结构（沉船遇难—绝处逢生—回归/建设家园），但由于媒介的差异，瑞士鲁滨孙电影与威斯原作有显著差异。首先，主人公的牧师身份被改编为富商，名为威廉·鲁滨逊。其次，为突出电影的戏剧张力，主人公的妻子形象由威斯小说中的温柔贤惠转变为爱好虚荣、不理家政。①

1940年5月3日的《新闻报》刊载了一则影评。该文开头称"《鲁滨

---

① 当然，这一贤妻良母形象的打碎，为的是让其与四个儿子一起承担起电影内在的成长主题。他们因为意外的海难而"被迫改变个性，不辞劳苦地自食其力了"。

逊飘流记》文艺片"于南京上映。紧接着，作者旗帜鲜明地指出影片的小说源头是《瑞士家庭鲁滨孙》："这不是我们读过的《鲁滨逊飘流记》，而是'Swiss Family Robinson'《鲁滨逊家庭飘流记》"。尽管这一明示后者独立地位的行为是极为有限的——该影片宣传消息的标题仍然标注为《鲁滨孙漂流记》，不可谓若即若离，但相对于晚清时期《瑞士家庭鲁滨孙》（《小仙源》）的寂寂无闻以及译者对其与《鲁滨孙漂流记》关系的毫不关心，到20世纪二三十年代，译者极力强调二者之间的密切关系（彭兆良），40年代读者对二者关系的这一积极声明不可谓前进了一大步。这也从侧面反映了两点信息：其一，笛福原作和威斯仿作都取得了一定的知名度；其二，二者关系紧密，且笛福原作在流行程度上应略胜一筹。

三、 传播过程中的互文助推与和声共振

参照上文对《鲁滨孙漂流记》的论述可以发现，《瑞士家庭鲁滨孙》与《鲁滨孙漂流记》的传播路线及重要节点高度一致。现在的问题在于：这一原型文本与重写本在译入语语境中共时流播的意义何在？考虑到真正使得二者产生和声共振现象的主要是民国时期，因此，下文就这一时期《瑞士家庭鲁滨孙》与《鲁滨孙漂流记》之间的互文助推关系做一简单的探讨。

（一）和声共振

民国时期，在《瑞士家庭鲁滨孙》汉译本及其跨媒介的电影叙事中，《瑞士家庭鲁滨孙》与笛福原作《鲁滨孙漂流记》之间存在着"剪不断理还乱"的纠葛。就《瑞士家庭鲁滨孙》而言，以彭兆良译本为例，有三个现象表明它处于身份认同的尴尬境地。首先，封面和标题页的"瑞士"二字较"鲁滨孙家庭飘流记"等字小很多（见本书附录图51）。其次，叙述者Father Robinson被译为"鲁滨孙先生"，较之晚清时期《小仙源》中的

—081—

"洛萍生",不仅更加准确,而且清晰地凸显了它和笛福原作可能存在的密切联系。再次,前文提及的该译本极力强调二作之间是一种"姊妹行"关系。就《鲁滨孙漂流记》而言,40年代引入中国的瑞士鲁滨孙电影故事在身份认同上同样陷入了暧昧不明的情境。一方面,影片的各种宣传以《鲁滨孙漂流记》为噱头;另一方面,同时期的影评指明其脚本为《瑞士家庭鲁滨孙》。

先来分析《瑞士家庭鲁滨孙》。彭兆良译本封面标题的字体呈现以及"姊妹行"的说法都是对该小说与笛福原作关系的进一步捆绑和夸大。因为通常所说的姊妹篇是就同一位作者的前后两部具有延续性的小说而言的。尽管威斯仿作与笛福原作为互文本,但二作分别是两个不同时期不同国家的作家创作的两部小说。"姊妹行"的说法显然不符合二作的实际关系。有意思的是,译者彭兆良在翻译《瑞士家庭鲁滨孙》的前一年翻译了《鲁滨孙漂流记》。因此,此处"姊妹行"的说法不是一种无心的误解,而是刻意为之。简言之,译者的用意无外乎试图借助《鲁滨孙漂流记》在中国读者中所建立的阅读基础(市场规模),达到借东风"扶摇直上"的传播目的。说到底,这是《瑞士家庭鲁滨孙》的一种营销策略。

再来看《鲁滨孙漂流记》,背后同样是营销策略在推动。只不过,瑞士电影鲁滨孙故事的影评更多地体现出一种矛盾纠结的心理状态:既要借助笛福原作营销自己,又不甘心混为一谈,甚至要亮明自己幕后的真实身份(小说源头)以争取自主地位。最终的原因恐怕是,宣传者对威斯小说的影响力缺乏足够的自信。这自然从另一个角度反映了《瑞士家庭鲁滨孙》和笛福原作在当时流行程度的差别。有趣的是,《瑞士家庭鲁滨孙》这一搭便车(和声)的行为在客观上扩大了《鲁滨孙漂流记》的影响力,不仅又一次引起了原作读者的共鸣(共振),而且在一定程度上促进了

《鲁滨孙漂流记》传播面貌的转变。

(二) 互文助推

上文所说的和声共振更多地指向了威斯仿作对笛福原作的依附与声援。实际上，二者的亲密关系不止于此。少年化与知识性是民国时期《鲁滨孙漂流记》向儿童读本转变过程中最突出的表征。这当然与这一时期儿童读者群体的崛起和读者意识的增强这一宏观环境紧密相关，但也离不开威斯仿作对其原型文本《鲁滨孙漂流记》传播面貌的助推。

首先是译本的少年化。一方面是读者群体明确的少年化倾向。尽管晚清时期《鲁滨孙漂流记》汉译本中的少年化倾向已非常突出，但译本的期待视野较为宽泛：既包括年轻的读者（少年读者），也包括普通读者（大众读者）。联系晚清较低的识字率，恐怕真正的阅读群体主要是少数知识分子精英（自然不是少年读者）。然而，这一现象在民国时期特别是30年代后得到了较为显著的改变。不但出现了大量的儿童读本（教科书译本和"少年文学"读物），而且出现了刊登在《小朋友》和《儿童世界》上的连载本。《鲁滨孙漂流记》在这两个当时中国最大的儿童文学期刊上登载，不仅明确标志着它中国化过程中明确的少年化倾向，而且奠定了其文本经典化的未来样态。巧合的是，《瑞士家庭鲁滨孙》几乎同时期刊登在这两个民国时期最大且最重要的儿童文学刊物上。

另一方面，作为近代中国重要的象征符号，"少年"这一流动性较强的能指有了具体可感的所指。《瑞士家庭鲁滨孙》的汉译者借助威斯小说本就个性鲜明的男孩形象，将其转化为国族少年形象，对晚清以来广为流行的少年想象做了内涵的填充。勇敢、活泼、友爱、博学、有思想等美好的品质成为近代知识分子极力推崇的少年新伦理。特别是《瑞士家庭鲁滨孙》中对少年友爱品质的宣扬，使得缺乏家庭构型的《鲁滨孙漂流记》丰富了友谊色彩。①除此象征内涵外，生理年龄也成为少年内涵诠释者关注的对象。与外国《鲁滨孙漂流记》改编本将主人公鲁滨孙的年龄缩小到十七岁相似②，民国汉译本译者笔下的鲁滨孙减去一岁，成为十八岁的少年。③这应当不是一种巧合，而是在《瑞士家庭鲁滨孙》汉译本的助推下，《鲁滨孙飘流记》汉译本少年化的一种自觉选择。

其次是知识性倾向的突出。《鲁滨孙漂流记》早在18世纪就被视为"荒岛生存手册""说明书"以及"行动手册"。同样作为绝岛生存指南，由于时代的差异，笛福的《鲁滨孙漂流记》以鲁滨孙的实践性取胜，而威斯的《瑞士家庭鲁滨孙》则在强调实践的基础上增加了对知识的推崇，是理论与实践完美结合的典范。笛福笔下的鲁滨孙面对异域世界时还有很多未知的慌乱，不得不寄希望于上帝的垂怜和拯救，瑞士鲁滨孙的父亲则因为具备渊博的知识而无限接近于无所不知的上帝。"威斯将自己直接带入沉船和生存的场景，将儿童角色置于这些因素的摆布下，并将他们首次困在鲁滨孙的荒岛上，但通过将他们作为一个家庭群体，将他们送到彼此身边以及智慧且知识渊博的父母亲的陪伴中，从而弱化了这种风险。"④威斯仿作的汉译本译者敏锐地抓住了这一点："书中那种克服困难的机智，坚

---

① 在晚清原本的逆写殖民基础上，增强并夸大了鲁滨孙和礼拜五的友情书写。一个突出的表现是1947—1948年的《小朋友》在连载《鲁滨逊漂流记》的插图中，鲁滨孙与礼拜五手牵手回鲁滨孙荒岛上的家。见本书附录图49。
② The Cambridge Companion to "Robinson Crusoe", ed. John Richetti, Cambridge University Press, 2018, p. 193.
③ 民国两个重要的译本（严叔平译本与顾均正、唐锡光合译本）中，鲁滨孙在离家远航前与父亲的谈话中都称自己年满十八岁。参见 Daniel Defoe：《鲁滨孙飘流记》（上册），严叔平译，崇文书局1928年版，第9页。狄福：《鲁滨孙飘流记》，顾均正、唐锡光译，开明书店1949年版，第3页。
④ The Cambridge Companion to "Robinson Crusoe", ed. John Richetti, Cambridge University Press, 2018, p. 194.

毅勤劳的精神,足使愚夫明,儒夫立,虽为儿童书籍,增人智识确实不少。这书里边的种种新奇动植物学的知识,既足扩充小朋友们的眼界,而关于道德上的种种教训,又可发人警省。"① 在这一前提下,《鲁滨孙漂流记》汉译儿童版向知识手册靠拢,译文中大量注释性文字的主要功能是对儿童读者予以知识补充②,这背后《瑞士家庭鲁滨孙》功不可没。

不过,《鲁滨孙漂流记》知识性的增强与其实践性的增强是一致的。作为巴赫金意义上的"磨难小说"③,为达到教导读者建设一个强大的新中国的目的,晚清译者大多删减了鲁滨孙流落荒岛独自生存(实践)的部分,取而代之的是成段出现的伦理教导之辞。这一现象直到民国汉译儿童版才得到显著改变:鲁滨孙荒岛部分的制造工具与劳动书写得以大量保留。这一实践性倾向的突出离不开《瑞士家庭鲁滨孙》的推动,而鲁滨孙荒岛实践活动的保留自然为其汉译本的知识化铺平了道路。

四、小结

布迪厄(Pierre Bourdieu)的"文学场"理论强调场域之于文学作品传播的重要性④,同时指向文学作品在传播、接受并进一步经典化过程中氛围的影响力。《鲁滨孙漂流记》在中国流播不息,不仅是文本自身的魅力使然,也不完全是其符合特定时期(晚清民国时期)社会现实(政治语

---

① 《瑞士鲁滨孙家庭飘流记》(一),彭兆良译,世界书局1933年版,第1页。作者译名未注明。
② 尽管晚清汉译本如《大陆报》译本也有针对读者的介绍性和说明性文字,但数量有限。总之,无论是注释数量还是形式上皆不可与民国汉译本相提并论。
③ *The Cambridge Companion to "Robinson Crusoe"*, ed. John Richetti, Cambridge University Press, 2018, p. 100.
④ 有关布迪厄"文学场"的说法,参见 Pierre Bourdieu, *The Felid of Cultural Production: Essays on Art and Literature*, New York: Columbia University Press, 1993, pp. 161–175。

境）的需要，一个容易被忽视但又非常重要的因素是，其星丛式的家族成员的支持。一定程度上，《鲁滨孙漂流记》在中国的生根发芽，因之晚清民国时期整个时代氤氲的文学场氛围的濡染和促发。纵观西方《鲁滨孙漂流记》的传播历程，在娱乐中启蒙大众、教育儿童，从小说过渡到电影等文化产品，鲁滨孙故事发挥了重要作用。《瑞士家庭鲁滨孙》在《鲁滨孙漂流记》中国化过程中扮演着相似的角色。作为《鲁滨孙漂流记》的西方重写本，《瑞士家庭鲁滨孙》的中国"旅行"时间与路线几乎与《鲁滨孙漂流记》同步。从晚清译本《小仙源》到民国汉译单行本《瑞士鲁滨逊家庭漂流记》、儿童期刊连载本以及电影故事的跨媒介多元传播，《瑞士家庭鲁滨孙》从潜入走向流行，在隐秘助推《鲁滨孙漂流记》传播节奏的同时，深入影响了《鲁滨孙漂流记》在中国的传播面貌：知识性、教育性儿童读本转型的完成。从喧嚣几近半个世纪到被历史埋没，《瑞士家庭鲁滨孙》的中国"旅行"充分显示了文本跨文化传播的复杂性：原型文本与重写文本在原初的源流关系之外的家族共生关系（是附属的次生的，也是支撑的独立的）。值得一提的是，《鲁滨孙漂流记》的另一西方重写本即儒勒·凡尔纳的《两年假期》（汉语首译本为梁启超、罗普合译的《十五小豪杰》）也参与了《鲁滨孙漂流记》中国化的历程。① 与《鲁滨孙漂流记》

---

① 《十五小豪杰》原名《两年假期》，是凡尔纳创作的一部科幻探险小说。需要指出的是，以奇异旅行系列著称的凡尔纳，其诸多作品深受笛福《鲁滨孙漂流记》的影响，《两年假期》便是其中之一。小说讲述了一群少年男孩"小鲁滨孙们"的故事：1860年2月15日下午，新西兰奥克兰省最大的寄宿学校（查曼寄宿学校）的十五个少年（学生）开始了假期。其间，孩子们在父母的支持下乘船环游新西兰，结果被暴风雨搁浅在太平洋海岸。值得注意的是，这一少年历险小说的主人公是少年男孩。小说直到尾声，才出现了代表救世主的成年男子伊文斯和代表母亲形象的美国女仆凯特。在成年男女的帮助下，十五个男孩战胜了敌人，搭上了开往澳大利亚的格兰弗顿号蒸汽船，并于2月25日在奥克兰港靠岸。

相似,"凡尔纳东游"至中国,"在于借助译本传递其国家主义观念,以求展现西方少年的勇敢智慧和独立冒险精神,激励中国读者(并不限于少年)模仿学习"。①"英雄业,岂有天公能妒。殖民俨辟新土。赫赫国旗辉南极,好个共和制度。天不负,看马角乌头奏凯同归去,我非妄语。劝少年同胞,听鸡起舞,休把此生误。"②《十五小豪杰》和《瑞士家庭鲁滨孙》,以及二者共同的原型文本《鲁滨孙漂流记》,共同服务于近代中国知识分子"少年中国"的"新民"大业愿景。只不过,也许由于《十五小豪杰》主要以科学小说的面目示人,且文本主要活跃在晚清,未能像《瑞士家庭鲁滨孙》一般在《鲁滨孙漂流记》中国化过程中扮演重要的角色。

---

① 参见姚达兑:《凡尔纳东游记——〈十五小豪杰〉的政治书写》,载《文学评论》2020年第1期,第216—223页。
② 焦士威尔奴:《十五小豪杰》,少年中国之少年译,载《新民丛报》1902年第2期。

第二章

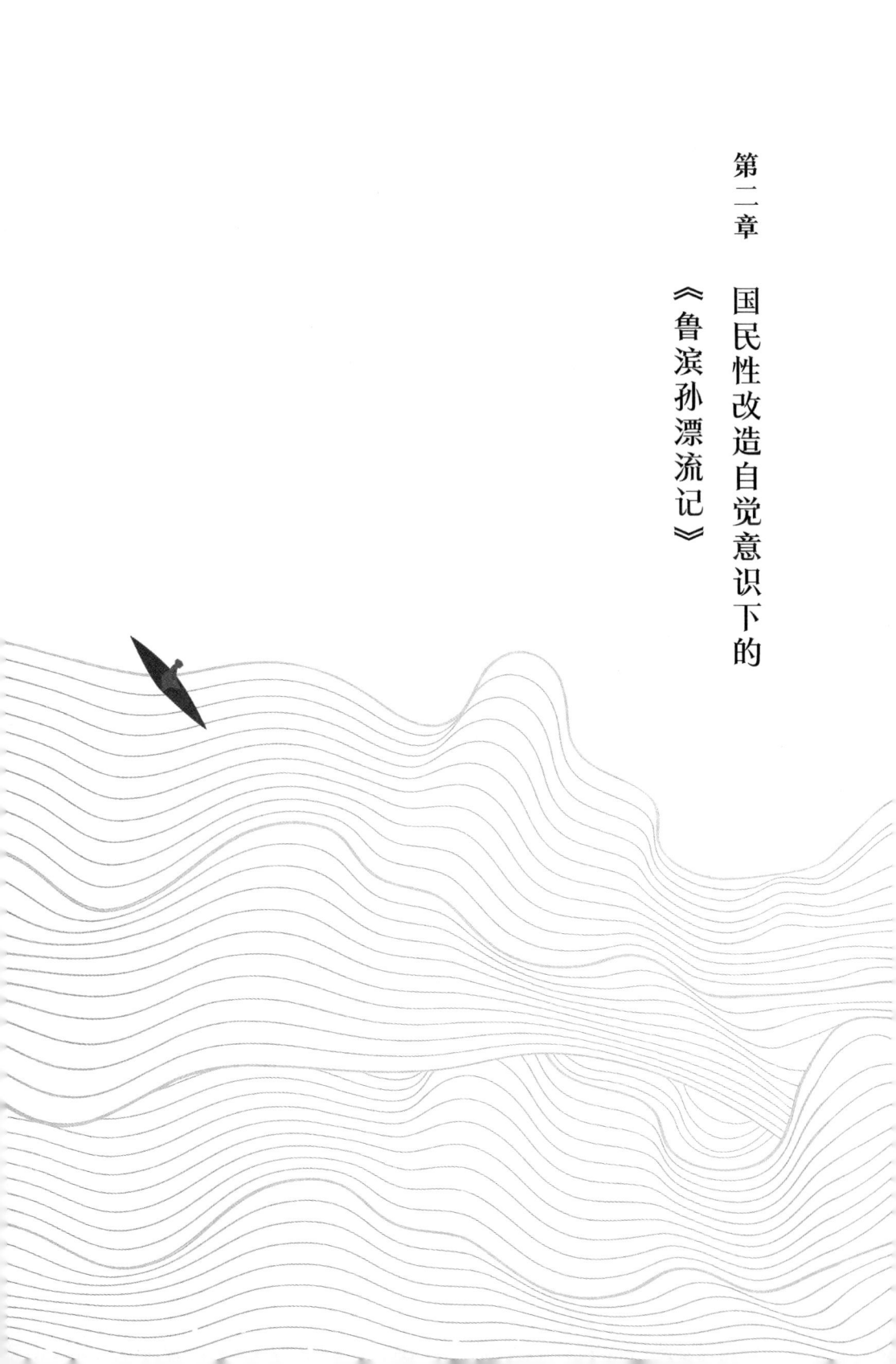

国民性改造自觉意识下的

《鲁滨孙漂流记》

语言是一个时代特定文化生活和社会思潮的产物。词语离开产生的历史语境便如无源之水、无本之木，从而沦落为一种僵死的存在，丧失了本有的鲜活和温度。至于其切实的所指，更是变得无处可寻，剩下的只是表意符号历经坎坷流转而残留的坚硬躯壳。因此，唯有将《鲁滨孙漂流记》诸译本置入晚清民国历史语境这一思想的原发现场，那些看似熟悉而无关紧要的话语表述才会恢复其本有的生命力和具体意义。

本书第一章对《鲁滨孙漂流记》在晚清民国的传播流变做了钩玄提要式的描述和阐释。其中有两个现象须引起注意，一个是《鲁滨孙漂流记》在汉译之初就隐藏着知识界诉诸儿童的"少年强则国强"的启蒙动机，一个是近代大众文化的兴起与发展在《鲁滨孙漂流记》中国化过程中起着潜移默化的作用。二者作用的结果便是寓教于乐的儿童读物（即知识性、教育性儿童读物）的产生，以及起初以教育儿童面目出现、最终以娱乐大众为使命的电影鲁滨孙故事的持续引入。这不仅成为一个重要的文化事实，而且在很大程度上左右了《鲁滨孙漂流记》中国化的整体面貌。

本章承接上一章，紧扣近代西学东渐的时代语境，结合《鲁滨孙漂流记》诸译本中的话语表述，探讨晚清民国的时代精神对《鲁滨孙漂流记》中国化所产生的文本变异作用。本章主要分三节进行探讨，分别是潜入与尚武倾向、国民性身体的改造以及个人自由的想象。其中，第一节认为，批判柔弱、歌颂刚健的时代新思潮成为《鲁滨孙漂流记》诸译本进入中国和文本变异的最初思想背景。第二节从"国民性改造"这一经典命题下历来为人忽略的身体维度来描述和阐释《鲁滨孙漂流记》在晚清民国所经历的中国化变异。第三节回归精神维度，重点考察译者对《鲁滨孙漂流记》原作中个人主义和自由观念的抗拒、改造与适应过程。三节内容环环相扣，依次从文本潜入的思想契机、文本改造的身体维度与精神维度出发，着眼于回答《鲁滨孙漂流记》作为异域文本如何在晚清语境中潜入并"旅行"至中国，晚清民国知识界对承载外来新思想的异域文本做了怎样的文化改造和利用，呈现出何种迎接与推拒，这一改造和利用以及迎接和推拒如何参与并服务于近代知识精英关于理想国民的改造事业。

第一节

《鲁滨孙漂流记》的潜入与诸译本的尚武倾向

《鲁滨孙漂流记》潜入近代中国绝非偶然。邹振环认为,《鲁滨孙漂流记》中"顽强的冒险精神对近代中国人有巨大的吸引力",而鲁滨孙身上"只要决心做一样事情,不成功绝不放手"以及"一个人的生活就是他自己努力的结果"这一"崭新的精神哲学""也为一般的青年学子所着迷"。① 这一观点可谓指向了《鲁滨孙漂流记》在晚清潜入民国、之后流行于中国的心理精神根由。青年学子(学生与儿童读者)作为《鲁滨孙漂流记》最庞大的阅读群体,在《鲁滨孙漂流记》大众化、经典化的进程中发挥了重要作用。然而问题在于,为何鲁滨孙这一"顽强的冒险精神对近代中国人有巨大的吸引力"?鲁滨孙的精神哲学为何能使一般的青年学子着迷?囿于篇幅,邹文未能展开论述。之后,李今的研究开始趋于具体化,她认为,"《鲁滨孙漂流记》所以能够被选中,一时成为翻译热点"有两大原因,一个是"具有冒险家性质的鲁滨孙"满足了以梁启超为代表的维新派"新民的理想",一个是"它的海上冒险故事迎合了时人对于西方所以

---

① 邹振环:《近代中国人在鲁滨孙身上寻找什么》,见邹振环:《影响中国近代社会的一百种译作》,江苏教育出版社2008年版,第189页。

'骠强之由'的想象"。① 应当说，这一看法切中要害，具有充分的说服力，并能在整体上解释《鲁滨孙漂流记》必然是被晚清译入语语境选中的那一个。因为鲁滨孙确实能代表"独立自助之风最盛，……权利之思想最强，……体力最壮，能冒万险，其性质最坚忍，百折不回，其人以实业为主不尚虚荣，皆务有职业"②的英国人。然而，"维新派'新民的理想'"这一概括性的说法总归过于笼统抽象，何况任何文学研究都离不开对文本事实的关注。晚清鲁滨孙诸汉译本整体上的尚武风貌应做何解释？这一尚武风貌与梁启超为代表的维新派之"新民的理想"又是什么关系？《鲁滨孙漂流记》为何能够被选中并成为晚清译介的热点文本？③显然，简要论述无法揭示其"自西徂东"后在汉语语境中的文本生成过程。因此，笔者将晚清三个汉译本，即沈祖芬《绝岛漂流记》、《大陆报》译本《鲁宾孙漂流记》和林纾、曾宗巩译本《鲁滨孙飘流记》（以及《鲁滨孙飘流续记》）纳入研究范围，试图对《鲁滨孙漂流记》潜入的思想基础、文学环境、文本的整体变异特征进行细致而深入的探讨。④

一、尚武精神与"军国民"思想

晚清时人对于家国危如累卵的情势有着切肤之痛，"军国民"思想的产生成为一大值得注意的思潮，这一思想离不开尚武精神与国民性改造观

---

① 参见李今：《晚清语境中汉译鲁滨孙的文化改写与抵抗——鲁滨孙汉译系列研究之一》，载《外国文学研究》2009年第2期，第101页。
② 梁启超：《新民说二 第四节 就优胜劣败之理以证新民之结果而论及取法之所宜》，载《新民丛报》1902年第2期。
③ 事实上，《鲁滨孙漂流记》不仅是晚清外国文学的翻译热点，也是民国的热点文本，甚至后者的热情程度较之前者有过之而无不及。
④ 《辜苏历程》是传教士粤语译本，潜入原因迥异于上述晚清诸汉译本，笔者在另文中将予以单独探讨。

念的交织。作为一种鼓荡于整个时代的精神力量,"军国民"思想主导了西学东渐的异域文本抉择。

(一)晚清尚武精神的产生与流行

在西学东渐的大时代潮流下,晚清知识精英"求新声于异邦"的救亡图存之路先后经历了洋务运动向西方学习器物文明以及戊戌变法试图学习西方先进的政治制度的失败。痛定思痛之后,以梁启超为代表的晚清知识界放弃了自上而下的政治改革,开始寄希望于平民群众以扭转乾坤,即知识界"自觉地进行了由君向民,进而重教育和'新民'的战略调整"[①]。值得说明的是,这一战略调整的前提是晚清知识精英对文弱(懦弱)作为民族性格的历史性发现。正因为此,晚清知识界声势浩大的思想运动之一便是大力鼓吹血性、崇尚武力,试图凭借各种宣传和动员来激发底层群众的反抗精神,从而实现国族命运的逆转乃至文化传统的复兴。

鸦片战争失败之后,魏源编著的《海国图志》作为一部言兵之书,"引人注目地采用了地理学、甚至世界史的方式,以军事、贸易、政治结构和地域关系为纽带构筑了复杂的互动网络"[②]。1895年,严复在天津《直报》上发表了《论世变之亟》《原强》《辟韩》《救亡决论》等文章,感叹"世变""非一朝一夕之故",对亡国灭种的国族危机深感忧心。魏源、严复所代表的知识界这一忧国忧民的文化心态刺激了尚武精神的产生。晚清有国族危机感的仁人志士几乎无不崇尚武力,这可以频频见于当时的报刊文章。梁启超有专门的文章宣扬尚武精神的积极意义,他对尚武

---

① 李今:《晚清语境中汉译鲁滨孙的文化改写与抵抗——鲁滨孙汉译系列研究之一》,载《外国文学研究》2009年第2期,第100页。
② 汪晖:《现代中国思想的兴起》(上卷 第二部 帝国与国家),生活·读书·新知三联书店2004年版,第642页。

精神的推崇，恰恰是与对中国人文弱这一传统气质的批判紧密结合的，这突出地体现在《新民说·论尚武》（1903）和《中国之武士道》（1904）两篇文章中。其中，《论尚武》严厉地批判了中国"奄奄如病夫，冉冉如弱子"与"以文弱为美称，以羸怯为娇贵"的国民精神面貌。梁启超认为，造成"我以病夫闻于世界"的原因便是柔弱。"柔其材力，柔其筋骨，柔其言论，乃至柔其思想，柔其精神"，由材力而筋骨而言论而思想，最后至于精神，柔弱成为败坏民族精神的罪魁祸首。因此，梁启超倡导破除"文弱之旧习，奋其勇力，以固其国防"，进而振兴国运。① 此外，梁启超与罗普合译的《十五小豪杰》可视作其尚武观念的文本实践。译作标题"十五小豪杰"突出的便是尚武色彩，这与维新知识分子对尚武的极力推崇是紧密相连的。这同样可通过同时期产生的西学译著体现出来。② 这种对尚武精神极力推崇的心理动因为先觉者鲁迅所道破，他在《〈月界旅行〉辨言》中揭示了尚武精神的实质："实以其尚武之精神，写此希望之进化者也。"③的确，尚武精神承载着时人对彼时国家国力上一改贫弱、文化上一改柔弱、国民性格上一改文弱气质的多层面想象。甚至，尚武精神的余波及于后世，特别是民国初年。胡适译介《哀希腊歌》便是一例。胡适称赞拜伦"渡海投独立军自效"的事迹，称其为"慷慨从军之诗人"（《哀希腊歌·序》），其来有自，尚武精神是其渊薮。

---

① 梁启超：《新民说》，商务印书馆2016年版，第185、191—192、187、192页。
② 如杨心一1907年翻译面世的威尔斯（H. G. Wells）科幻小说《火星与地球之战争》（《星际战争》）、亚琛1907年重译的德国鲁德耳虎马尔金的科幻小说《空中战争未来记》等，无不折射出时人对武力的普遍接受。
③ 周树人：《〈月界旅行〉辨言》，日本东京进化社1903年版。转引自陈平原、夏晓虹编：《二十世纪中国小说理论资料·第一卷（1897—1916）》，北京大学出版社1989年版，第50页。

然而，在思想纷繁复杂的晚清，尽管尚武精神作为时代强音鼓动着人心，但其同时经受着其他声音的质疑。如具备强烈文化反思意识的鲁迅，在《破恶声论》（1908）中表达了对强权政治和强力侵略盲目崇拜的担忧和反思。这一反思意识使其生发出对弱小民族的同情。"兽性爱国之士，必生于强大之邦，势力盛强，威足以凌天下，则孤尊自国，蔑视异方，执进化留良之言，攻小弱以逞欲，非混一寰宇，异种悉为其臣仆不慊也。""今兹敢告华土壮者曰，勇健有力，果毅不怯斗，固人生宜有事，特此则以自臧，而非用以搏噬无辜之国。"① 甚至，鲁迅正告国人作为被侵略之国，应当自省而"收艳羡强暴之心"。当然，对强权强力的盲目崇拜做出理智思考的不止鲁迅一人。一战结束后，随着"公理战胜强权"呼声的高涨，到了1920年，尚武教育宗旨被废除。②

（二）"军国民"教育思想的提出

如前所述，尚武精神着眼于国民性改造。③ 波涛汹涌的国民性改造运动最终产生出了"军国民"教育的观念。1902年，蔡锷在《新民丛报》上发表《军国民篇》，倡导国民应具备军人的智识、精神和本领。同年，蒋百里在该报发表《军国民教育》一文，指出了军人精神教育的纲要。④ 1912年，蔡元培在《对新教育之意见》中提出"军国民主义"。有学者认

---

① 汪晖：《声之善恶——鲁迅〈破恶声论〉〈呐喊·自序〉讲稿》，生活·读书·新知三联书店2013年版，第200、202页。
② 参见李华兴：《民国教育史》，上海教育出版社1997年版，第209页。民国徐霞村译本《鲁滨孙飘流记》中已经出现了相应的同情弱小民族倾向的表达。
③ 严复最早提出国民性批判问题，后有留日革命志士在《国民说》中挞伐中国人奴隶习性，最终在梁启超的倡导下，言论界在20世纪初掀起了国民性批判的大潮，无论维新派抑或革命派，均鼓吹国民理想，批判中国人的奴隶根性。参见杨联芬：《晚清至五四——中国文学现代性的发生》，北京大学出版社2003年版。梁景和：《清末国民意识与参政意识研究》，湖南教育出版社1999年版。
④ 参见李华兴：《民国教育史》，上海教育出版社1997年版，第206页。

为:"'唤起国民尚武之精神''增进国民向武之新智识'是革命党人要'于著书新闻杂志上(无论其为军事专门与否)盛为鼓吹军事思想'之宣传手段的体现。"① 王汎森指出,随着严复所译《社会通诠》而大为流行的三阶段论是"图腾—宗法—军国",时人认为,人类最高的发展阶段是"军国社会"。② 在此情势下,"军国民"教育盛行于民国。无论是童子军的产生,还是军训在学校教育中的加入,皆是强身健体的"新民"理想的具体实现方式。

进言之,尚武自强、革新新民、抵御殖民、实现自强成为晚清知识界文化救世的逻辑进路。这一逻辑进路为之后的民国知识分子所沿袭。

二、晚清冒险小说的流行与文本的潜入

(一)晚清冒险小说的流行

晚清小说的载道功能尤为突出。自梁启超的小说界革命之后,小说作为救亡图存大时代中新民、救世的一环,其政治功能得到极力彰显。因此,小说在文学乃至社会中的地位亦被提高到无以复加的地步。与此同时,晚清作为中国历史上的第二次译介高峰,翻译小说无论在数量上,还是在影响力上,都扮演着举足轻重的角色。在这两个前提下,冒险小说凭借对勇武人格的塑造等因素而被挑中。"一路打拳打入天国,是中国冒险小说的中心思想。"③ 张爱玲这一充满戏谑意味的概括,简明扼要地揭示了晚清冒险小说与尚武精神这一新"道"之间的脐带关联。可以说,欧洲诸

---

① 参见李今:《晚清语境中的鲁滨孙汉译——〈大陆报〉本〈鲁滨孙飘流记〉的革命化改写》,载《中国现代文学研究丛刊》2009年第2期,第7页。
② 王汎森:《中国近代思想中的"未来"》,载《探索与争鸣》2015年第9期,第68页。
③ 张军、琼熙编:《张爱玲散文全集》,中原农民出版社1996年版,第364页。

国因喜好冒险小说而强盛，这一看法既是时人对冒险小说功用的认知，也代表了引入冒险小说时所寄寓的深切厚望。有学者指出，戊戌变法失败后，翻译小说发展迅速，数量和种类都迅猛递增。冒险小说是这一时期翻译小说十几个种类中的一分子。① 事实上，梁启超曾明确地强调冒险精神与民族国家强弱的关系："欧洲民族所以优强于中国者，原因非一，而其富于进取冒险之精神，殆其尤要者也。"② 因此，梁氏在横滨创办《新小说》杂志，其中就有《冒险小说》一栏。与此同时，晚清作为中国近代大众传媒飞速发展的历史阶段，在报纸等媒体的大力支持下，作为外来文学类型的冒险小说横空出世并席卷整个社会。据研究，1903—1907年，出现了数量庞大的冒险小说。③ 前述晚清《小仙源》等西方冒险小说的译入，完全可以视作外来冒险小说东游的先声，而原作与《鲁滨孙漂流记》之间存在的互文关系更是暗示了后者进入中国的深刻缘由。

总体看来，晚清译介的冒险小说基本上都是海洋小说，大致可分为科学冒险、殖民冒险、军事冒险等类别。但吊诡的是，自译介至今，未有学者对冒险小说予以明确的界定。而梁启超等人在论及冒险小说时，每每以《鲁滨孙漂流记》作为范例进行阐释④，有关"新民子"的设想亦以《鲁滨孙漂流记》作为底本进行阐释。一定程度上，《鲁滨孙漂流记》成为晚清知识界译介西方冒险小说的"始祖"范本。概言之，借用布迪厄的说

---

① 参见冯志杰：《中国近代翻译史》（晚清卷），九州出版社2011年版，第131页。
② 梁启超：《新民说》，商务印书馆2016年版，第79页。
③ 参见李艳丽：《东西交汇下的晚清冒险小说与世界秩序》，载《社会科学》2013年第3期，第187页。
④ 1902年的《新小说》和1905年的《小说林》在各自刊登的启示中均以《鲁滨孙漂流记》为参照，对冒险小说做了一定程度的定义。参见李艳丽：《东西交汇下的晚清冒险小说与世界秩序》，载《社会科学》2013年第3期，第184页。

法，晚清西方冒险小说的盛行成为《鲁滨孙漂流记》得以成功潜入的文学场。

（二）作为冒险小说的《鲁滨孙漂流记》的潜入

因勇武而冒险而强盛是梁启超等晚清知识分子想象西方之所以能够骠强的逻辑理路。然而，什么因素造成了西方人的勇武性格，晚清时人似乎对此未有进一步的思考。实际上，西方冒险小说是西方人在"新世界的发现与资产阶级追求财富的涌动"[①] 之下的产物。冒险行为本身具有非常浓烈的殖民色彩，18世纪以降，冒险小说占据了英国小说非常重要的位置便是这一经济活动和历史现实的反映。作为西方"冒险开拓小说"（亢西民语）的典型，《鲁滨孙漂流记》与以往的英国冒险小说有所不同，至少在小说结构和结尾上有异。"传统的流浪和冒险故事往往以回到家（或出发点）为终结，而在笛福的小说里占据第一位的并不是冒险，而是资本主义的创业神话，因此小说必须以经济上的成功来收尾。回家仅仅是主人公回到文明社会后不得不去做的一件事情，是附属性的，次要的。鲁滨逊对此匆匆提到之后就以更大的热情忙生意去了"。[②] 如瓦特所言，鲁滨孙的冒险欲望主要因之于经济的因素。因此，《鲁滨孙漂流记》更为重要的意义在于对经济个人主义以及资本主义精神的宣扬。说到底，冒险是主人公鲁滨孙经济殖民活动的外衣罢了。

然而，对于刚刚"开眼看世界"的晚清知识分子而言，鲁滨孙一而再、再而三地将个人安逸和生命安全置之度外，离家的冒险行为着实具备

[①] 参见亢西民：《欧洲游历冒险小说简论》，载《山西师大学报》（社会科学版）2001年第2期，第79页。为鼓动时人求知进取，晚清知识界译介冒险小说时往往强调其正面价值，至于其所承载的西人殖民扩张动机则被忽略。

[②] 参见惠海峰、申丹：《个人主义、宗教信仰和边缘化的家庭——重读〈鲁滨逊漂流记〉》，载《外国语文》2011年第4期，第16页。

极强的吸引力。作为《鲁滨孙漂流记》最早的汉译本之一,《绝岛漂流记》突出了原作的冒险精神并诉诸保种的目的。商务印书馆的高梦旦在该译本序言中称:"狄福忘其絷囚之身,著为文章,激发其国人冒险进取之志气。"因此,译者沈祖芬"勤事此书,以觉吾四万万之众"。《绝岛漂流记》第十五章(对应的是《鲁滨孙漂流续记》),鲁滨孙直言不讳地以哥伦布自比:"余得拟可伦布(哥伦布)之列,亦不愧为开创之人。"[1] 宋教仁在1906年阅罢此书后,称其"冒险性及忍耐性均可为顽懦者之药石"[2]。读者对《鲁滨孙漂流记》冒险精神的高度认同,从另一个侧面反映了译者翻译的实效和时人对冒险色彩的内心需要。林译本被收入《说部丛书》的"冒险小说"之列,商务印书馆的广告语尤为直白:"振冒险之精神,勖争存之道力,直不啻探险家之教科书,不仅当作小说读"[3]。进一步地,林译本对冒险的推崇亦见之于其译本序。其中,林纾对中国士大夫津津乐道的中庸精神予以了毫不留情的批判,并慷慨盛赞鲁滨孙"单舸猝出""独行独坐"的冒险精神。

如果说,晚清《鲁滨孙漂流记》汉译本一直被归于冒险小说名下这一事实折射出时人对其阅读的期待视野,那么,这一心理认知在其译入后的大众传媒中亦可窥其大略。清人黄伯耀在《探险小说最足为中国现象社会增进勇敢之慧力》中指出,探险小说使得"读者之感情之想象,一若身亲其境而后快,而勇往之气,勃勃欲动",同时"触发其机关,振奋其神

---

[1] 狄福:《绝岛漂流记》,钱唐跛少年笔译,见笛福:《辜苏历程》,英为霖、沈祖芬等译,南方日报出版社2018年版,第171、219页。
[2] 《宋教仁日记》,湖南省哲学社会科学研究所古代近代史研究室校注,湖南人民出版社1980年版,第317页。
[3] 周振鹤:《晚清营业书目》,上海书店出版社2005年版,第367页。

气"，从而增进"聪颖之思，沉毅之力"。① 之后，嵇翔清在《〈鲁滨孙漂流记〉书后》中称"鲁滨孙诚有冒险精神也"，又称"西国不乏探险人士，而未有如鲁滨孙之为人称道"，原因在于"盖鲁滨孙挟其冒险之能，而负万难之险"。② 可见，"负万难之险"的鲁滨孙"其冒险之能"得到了时人一致的认同。此外，时人对小说摹写战时情状均极生动酣烈这一称颂的背后，同样是尚武精神的支配。

因此，作为西方冒险小说的范本，《鲁滨孙漂流记》译入中国之初就与保国、保种、自强、新民等严肃的目的结合在一起。

三、 尚武倾向与晚清诸译本的文本变异

"明清之际西学知识共时性转移的过程中，火器的制造和使用技术是一个极为重要的事项。"③ 自鸦片战争后，伴随着帝国主义列强军舰大炮对清王朝国门的轰炸，举国上下痛感国力军力的落后和西方军事实力的强大，急于富国强兵，翻译的目光首先投向外国的政治、水师、制造厂局、火轮、舟车、水雷炮弹等军事武器。④ 李鸿章就是一个典型。他坚持认为中国的文武制度远远超过西人，唯一落后的便是军事武器等。此外，梁启超在《中国近三百年学术史》一书中也持相似的看法："'西学'名目，实自耶稣教会入来所创始。其时所谓'西学'者，除测算天文，测绘地图外，最重要者便是制造火炮。阳玛诺、毕方济等之见重于明末，南怀仁、

---

① 耀公：《探险小说最足为中国现象社会增进勇敢之慧力》，载《中外小说林》1907年第12期。
② 参见嵇翔清：《〈鲁滨孙漂流记〉书后》，载《东社》1915年第2期，第29页。
③ 王宏志主编：《翻译史研究 2011》，复旦大学出版社2011年版，第81页。
④ 参见谢天振、查明建主编：《中国现代翻译文学史》，上海外语教育出版社2004年版，第29页。

徐日升等之见重于清初,大半为此。"① 因此,晚清《鲁滨孙漂流记》汉译本中出现强烈的尚武倾向成为一种必然。

(一)战争与武力场面的渲染

晚清《鲁滨孙漂流记》诸译本中的尚武倾向,首先体现在译者对战争与武力场面的渲染中,如沈译本。作为最早的《鲁滨孙漂流记》汉译本②,沈译本是"鲁滨孙三部曲"前两部的缩译本,全书共二十章,约三万字。从篇幅上来说,此译本可谓短小,原作的不少信息被删去不提。然而,在如此精悍的译文中,译者在保留的基础上突出了原著中沦为故事背景的战争场面书写。如在译文第一章第一段中,沈祖芬言简意赅地叙述了鲁滨孙"长兄仕至英国参将,进攻西班牙,没于王事"③。尽管这一叙述基本上是对笛福原著的忠实翻译,但是为什么这一在原作中丝毫不占比重的书写(甚至是笛福刻意淡化的殖民暴力背景)却被保留下来了,而原文中笛福极力强调的荒岛生存部分却被大幅度删去,这本身值得我们深思。④ 再如,译文中称鲁滨孙在见证了野蛮人食人的惊怖场面后,暗中观察并计划袭击野人,于是"分军器与勿赖代"。译者叙述西班牙失事船时,称"适该处有战事,十七人从征以报其德,后败,与勿赖代之父,为野人所俘"。这里的"军器""战事"等字眼,悄然将原著中水手(资本家)在冒险途中

---

① 转引自王宏志主编:《翻译史研究 2011》,复旦大学出版社2011年版,第81页。
② 由于本章主要立足于晚清民国知识界在自觉的国民性改造意识下对原作所作的创造性叛逆,传教士译者英为霖不具备这一文化使命和翻译立场,因此,此处最早的《鲁滨孙漂流记》汉译本只讨论沈译本《绝岛漂流记》,《辜苏历程》暂且不谈。
③ 狄福:《绝岛漂流记》,钱唐跛少年笔译,见笛福:《辜苏历程》,英为霖、沈祖芬等译,南方日报出版社2018年版,第176页。
④ 原著作为清教伦理和资本主义精神的体现,主要突出的是18世纪英国的清教精神和资本主义贸易精神。

所遭遇的小规模武力冲突转化为敌我双方正面的战争行为，实则是一种大张旗鼓和虚张声势的重写行为。经由这一转化，译文中建构起来的战争正义性成为支配人物行动的内驱力。另外，译者对后来漂泊至鲁滨孙荒岛并带离鲁滨孙回英的英国船上十一人的衣着描绘和身份暗示，更是与此倾向深度应和。"内三人不穿军衣，其余八人皆军装打扮，默坐海边。"船长"自思约束不严，以致军心散乱"。此处"军衣""军装""军心"的改译，使原著中鲁滨孙屡屡强调的商船不动声色地变为战船。译者的这一译介策略在整个译文中贯穿始终。如《绝岛漂流记》第十六章（对应的是笛福的《鲁滨孙飘流续记》部分），译者亦通过鲁滨孙描绘了其在南京路遇的商旅中人的"战时戒备"状态："所乘商旅，愈聚愈众，约四百余人。内有一百二十人军装打扮，以防鞑靼来攻。"① 战争与武力渲染始终如一。

这一点在《大陆报》译本和林译本中亦有体现。② 如英国船上的"八个人是军装打扮"③。林译本中鲁滨孙流落荒岛后，亦是"自念以一身避难，在所挟军火"。上述汉译本中文化改写的种种，皆与原著形成了有趣的差异。笛福原作中，鲁滨孙一方面津津乐道他的枪所具备的威力（打响荒岛第一枪宣示岛上主权，震慑星期五臣服自己），另一方面喋喋不休地告知读者，带枪是为了维持生存（自卫和猎食而非诉诸武力征服），其真实目的不过是淡化和掩盖殖民行径的暴力面目，最终为的是洗脱殖民暴力

---

① 狄福：《绝岛漂流记》，钱唐跛少年笔译，见笛福：《辜苏历程》，英为霖、沈祖芬等译，南方日报出版社2018年版，第199、201、202、224页。
② 《大陆报》译本因袭沈译本较多，这一点已有学者指出。如崔文东认为，《大陆报》译者在翻译了一至四回后，直接抄袭沈译本翻成白话。参见崔文东：《翻译国民性——以晚清〈鲁滨孙飘流续记〉中译本为例》，载《中国翻译》2010年第5期，第19—24页。
③ 德富：《鲁宾孙漂流记》，《大陆报》译本，见笛福：《辜苏历程》，英为霖、沈祖芬等译，南方日报出版社2018年版，第290页。

的嫌疑罢了。[①] 19世纪末到20世纪初,冒险小说特别是青少年冒险小说以少年军国主义为时代风貌畅销英国[②],对殖民暴力精神的宣扬与此一脉相承。耐人寻味的是,在经由尚武振兴民族命运的体认和国族设计下,晚清《鲁滨孙漂流记》诸译本对笛福原作战争暴力背景的有意突出,不经意间揭示了鲁滨孙荒岛生存中不可告人的秘密。

(二)对鲁滨孙英武性格的塑造

这一点首先体现在《大陆报》译本中。仅从该译本的章回体回目,即可看出译者对鲁滨孙英雄形象的刻意塑造,以及对其勇武品格的有意强调。如第二回回目中的"雄心又生",第三回的"乘势求自由",第十回的"救同种海畔战野蛮"与"追暴徒",第十一回的"谈保种""救同胞",第十四回的"屡遭劫惊心走海路 强耐寒冒险过雪山",第十六回的"代抱不平",第十八回的"血战野蛮军",以及第二十回的"战退鞑靼种",无不指向鲁滨孙的英武血性。

事实上,不独《大陆报》译本,即便以追求新中庸精神著称的林译本,也着意于突出鲁滨孙的英武品格。不过,较之于《大陆报》译本,林译本对鲁滨孙英勇性格的塑造较为含蓄迂回。译者先通过鲁滨孙父亲对儿子的劝诫来间接表达对勇武品格的崇尚:

> 天下勇健之夫,本以死自励。设更有酣美之境,处于其侧,彼此相较,则就死乐耶?富贵乐耶?汝须知冒险快其壮游,特好高务名之一事。务名之终局,非历危犯险亦必无成功。纵使成功

[①] Daniel Defoe, *Robinson Crusoe: An Authoritative Text, Contexts, Criticism*, ed. Michael Shinagel, New York: W. W. Norton, 1994, p. 41.

[②] Patrick A. Dunae, "Boy's Literature and the Idea of Empire, 1870–1914", *Victorian Studies*, 1980, 24 (1): 119.

亦属分外之获，不能引为常轨。汝必欲为之其中吉凶参半，究不能适合于尔之分际。

事实上，"天下勇健之夫，本以死自励"而"冒险快其壮游"，这一父亲对儿子的劝诫起到的是激将作用。毕竟，生性激进的鲁滨孙绝不可能由于父亲评价自己"殆为中材"就安心认命做个懦夫。因此，好胜要强的鲁滨孙在压抑航海愿望长达一年后，终于按捺不住对新世界的向往，登上了朋友之父的商船前往伦敦。此后，鲁滨孙发出"天下少年冒险者，实无如我之孟浪，且为期亦不如我之久"的喟叹，实乃译者欲纵故擒之改写策略。因为鲁滨孙坚信"少年无识者，尤以成败论英雄"，因此决计"置性命于毋恤"。甚至，"蒙灾冒害，均所弗惜"。① 如此种种，译者便将鲁滨孙的血气方刚活画在读者面前。林译本《鲁滨孙飘流续记》中，鲁滨孙所宣扬的"盛怒而奇勇，均力战而死"② 的勇武精神亦属此类。

（三）对柔弱国民性的批判

除上述两大改写策略之外，晚清《鲁滨孙漂流记》汉译本对尚武精神的推崇和宣扬，还通过译者对柔弱或柔懦等国民性的批判来完成，这显著地体现在沈译本和《大陆报》译本中。沈译本中，译者借鲁滨孙之口来批评中国人的柔弱："余始知支那人之柔懦无用，不能自强也。"③ 与沈译本相似，《大陆报》译本的译者同样借鲁滨孙之口对懦弱的国民予以更加毫不留情的批判："他的国民，也弄惯了，有长睡不醒的，有甘作奴隶的，

---

① 达孚：《鲁滨孙飘流记》，林纾、曾宗巩译，商务印书馆1933年版，第2、6、12、13、31页。
② 达孚：《鲁滨孙飘流续记》（卷上），林纾、曾宗巩译，商务印书馆，出版时间不详，第44页。
③ 狄福：《绝岛漂流记》，钱唐跛少年笔译，见笛福：《辜苏历程》，英为霖、沈祖芬等译，南方日报出版社2018年版，第227页。

有的死不敢出头的。"① 此二译本与梁启超对中国人文弱气质的批判形成了奇妙的互文。

值得一提的是，1909 年的汤红绂插图改编本《无人岛大王》中，插图以直观的方式在短小的篇幅中强调了星期五对鲁滨孙携带的枪支的恐惧。一幅图是鲁滨孙拿枪坐在岩石上，星期五对其屈膝，目光谨慎而恐慌（本书附录图 35）；一幅图是星期五独自跪地对枪行礼（本书附录图 36）。两幅图的视觉冲击力极强，枪支所代表的武力和威力已不言而喻。此二图反映了晚清时人极为复杂的文化心理：一方面是对西方武器以及先进技术威力的恐惧，另一方面是自身崇拜心理的外化。

四、小结

综上所述，在晚清维新志士新民理想的支配下，在对西方骠强之由的想象的思想前提下，晚清尚武精神和冒险小说的倡导成为实现新民理想和国族富强的逻辑步骤，也分别成为《鲁滨孙漂流记》潜入的时代精神和文学环境。在"山雨欲来风满楼"的世界大战前夜，新民理想一方面包含着对国民性柔弱的否定和批判，另一方面表现为对尚武精神的肯定与讴歌。这一体两面的国民性改造理想的实现实践于晚清知识界对冒险小说的引进和改写当中。本节通过对《鲁滨孙漂流记》作为冒险小说进入晚清中国的具体过程的考察，发现汉译本主要通过战争与武力场面的渲染、对鲁滨孙英武性格的塑造、对柔弱国民性的批判等译介策略和改译来实现对尚武色彩的强调，最终目的是让弱国子民脱胎换骨为孔武有力的、有血性的、能够爱国保种的英雄新民。反观英国，从维多利亚到爱德华时期，英国男童

---

① 德富：《鲁宾孙漂流记》，《大陆报》译本，见笛福：《辜苏历程》，英为霖、沈祖芬等译，南方日报出版社 2018 年版，第 330 页。

的精神世界即青少年的尚武精神一面是逃避现实,一面是强烈的历史意识和对帝国遗产的自觉继承。[1]"《鲁滨孙漂流记》吸引未成年读者的很大原因是小说中鲁滨孙的英勇。"[2] 不过,同样是冒险小说和尚武精神,《鲁滨孙漂流记》汉译本致力于反抗殖民,英国男童冒险小说服务于殖民霸权,历史的吊诡在此不言而喻。

---

[1] Patrick A. Dunae, "Boy's Literature and the Idea of Empire, 1870 – 1914", *Victorian Studies*, 1980, 24 (1): 105 – 121.

[2] "'Introduction' written by John Seelye in Johann Wyss", *The Swiss Family Robinson*, London: Penguin Classics, 2007, p. viii.

第二节

诸译本与国民性身体的改造

《鲁滨孙漂流记》潜入晚清中国，是知识界致力于新民理想构建的中间文本。何谓新民？梁启超的《新民说》从方方面面论述了新民的内涵与特征，概括起来不外乎两个方面，一是精神层面，二是身体层面。就晚清诸译本的文本表征而言，译文中充斥的身体话语尚未引起学界的注意。事实上，其中隐含着知识界有关国民性身体改造的愿景。结合鲁迅等知识分子的学医行为和知识界企图疗救病夫国民的文化隐喻，其蕴含的深刻意义有待挖掘。因此，对《鲁滨孙漂流记》诸译本中国民性身体改造此一维度的探讨，不仅有利于深入理解其诸译本参与近代启蒙与救亡这一双向历史任务的具体展开过程，而且对认识近代国民性身体改造的内涵颇有助益。因此，本节以《鲁滨孙漂流记》诸译本中的身体表述为切入点，以晚清民国诸译本为研究对象，辅之以大众传媒的话语实践，考察其诸译本是如何参与近代中国国民性改造大业的，目的在于揭示此一时期国民性身体改造的观念对《鲁滨孙漂流记》的译介策略产生了哪些影响。这一影响就思想潮流在单个译本中的渗透和表征而言是具体而微的，就一个原型文本多个译本的共同呈现而言则是宏观整体的。本节将探讨，国民性身体改造观念伴随着《鲁滨孙漂流记》的译介融入了近代中国文学的"新人"叙事。

—109—

一、 尚力思潮与身体的新使命

晚清思想界对健康身体的关注和借身体来论证政体国事,几乎成为一个时代的特征。这可以从清初发觉其端倪。如王夫子重形体,以"践行"①为人生的原则。颜元极力推崇"强力不倦"②"养身莫善于习动",其"四海溃烂,何有已时乎?"的发问已经开启了以身体的病态隐喻国族命运危机的论调。1895 年,严复的《原强》试图以"血气体力之强"来重塑国民身体,获得了强有力的道德支持,其"三民主义"之"鼓民力""开民智""新民德"更是深入人心。继严复之后,梁启超、孙中山、蔡元培等在保国强种问题上达成共识,为救民族于危难,无不呼吁国人对健康体魄的关注和重视。苏珊·桑塔格(Susan Sontag)富有洞见地指出:"疾病隐喻被运用到政治哲学里,是为了以强化的效果来呼吁人们作出理性反应。"③晚清思想界以病态的身体隐喻衰败的国族命运,目的恰恰在于引发大众的理性反应。当然,这种理性反应更多的是一种国家理性。1902 年,蔡锷在《新民丛报》上撰文,倡言打开国民性身体维度,更是开启了一场历时十七年之久的身体改造运动。至于梁启超,无论是《大同志学会序》中关于"国家之病,殆入膏肓"④的喟叹,还是《论尚武》以身体疾病来隐喻(指涉)国家"奄奄如病夫"的论调,否定疾病之躯,为的是标明体魄健康之新民方可为国富民强的基本前提。

上述近代知识界有关身体的言说策略,已有当代学者关注和研究。黄

---

① 践行就是充分发展形体各方面的机能,并使形体的各部分无不合于道理。
② 颜元:《习斋四存编》,上海古籍出版社 2000 年版,第 98 页。
③ 苏珊·桑塔格:《疾病的隐喻》,程巍译,上海译文出版社 2014 年版,第 86 页。
④ 任公:《大同志学会序》,载《清议报》1899 年 4 月 30 日。

金麟指出,身体在近代中国既是一个"政治性的场域",也是一个"教化权力和知识交结介入的场域"。他细致地探讨了中国近代身体的生成,身体的国家化和工具化发展,并认为,时人所鼓噪的"军国民""新民"与"公民"的身体,皆指向了"身体的国家化生成"。[①] 唐小兵认为:"在近代中国,身体的命运不再是一个'私人领域'无关大局的事情,而成为涉及民族存亡的关键指标,在自强运动、维新变法、辛亥革命等一系列社会运动失败以后,中国的启蒙知识分子除了发现'国民性的孱弱'是国家缺乏竞争力的原因外,中国人的身体状况也内在地决定了在国际交往中的挫败,因此国家与政府主导下的型塑个人身体的运动就大张旗鼓地进行。"[②] 关于近代中国身体和政治(军国民运动、新民运动、新文化运动、公民运动)之间的复杂纠缠,亦有学者做过专门的论述:"身体遭受的细密改造及其内蕴的言说论述就和国家民族之命运、政治变化之变局建立了因果联系。"[③] 由此,身体在近代中国获得了新的使命,而身体与政治的纠缠似乎也是一个不再需要论证的文化事实。然而,近代身体与政治纠缠的思想基础又是什么呢?

中国"传统社会崇尚文治,以文为美"[④],身体一直是一种被压抑的存在。身体作为被权力和道德规训的对象,往往处于被宰制和无以发声的地位。为何到了近代,身体在政治中出场,且能够如此强有力地牵动政治的

[①] 参见黄金麟:《历史、身体、国家——近代中国的身体形成(1895—1937)》,新星出版社2006年版,第27—88页。
[②] 唐小兵:《身体政治的历史幻觉》,载《南风窗》2006年第20期,第88页。
[③] 黄继刚:《身体现代性的生成及其话语向度——以晚近"身体遭逢"为对象》,载《文艺理论研究》2018年第3期,第169—178页。
[④] 李艳丽:《东西交汇下的晚清冒险小说与世界秩序》,载《社会科学》2013年第3期,第183页。

神经呢？究其根源，应与近代尚力思潮的流行紧密相关。①蔡锷的《军国民篇》和梁启超《论尚武》不约而同地鼓吹体育，就连青年鲁迅，亦在《摩罗诗力说》（1907）中宣扬"贵力而尚强，尊己而好战"的摩罗诗人精神。②

如果说，前述鲁迅等人的学医行为折射的是身体所承载的国族政治文化价值取向的话，那么，鲁迅本人以及郭沫若"漂流三部曲"③中主人公爱牟的弃医从文行为同样深具象征意味。可以说，弃医从文宣告了尚力思潮在新文化运动后的式微。④这在鲁迅的文字中能予以求证。他在写于1922年、发表于1923年北京《晨报·文学旬刊》的《呐喊·自序》中感慨，时人"强壮的体格"与"麻木的神情"形成鲜明的对比，并由此发出著名的喟叹："凡是愚弱的国民，即使体格如何健全，如何茁壮，也只能做毫无意义的示众的材料和看客，病死多少是不必以为不幸的。所以我们的第一要著，是在改变他们的精神，而善于改变精神的是，我那时以为当

---

① 郭国灿颇有开创性地论证了近代中国尚力思潮的发生及其与中国近现代文化之间的关联。参见郭国灿：《中国人文精神的重建——约戊戌～五四》，河南大学出版社2016年版。
② 有学者认为，这一新的时代精神给中国文化注入了强力美学的内涵。笔者此处主要侧重于探讨尚力思潮所体现的身体政治，而非探究其美学内涵。参见戴从容：《拜伦在五四时期的中国》，载《苏州大学学报》2003年第1期，第63—67页。
③ 有关郭沫若"漂流三部曲"的内容，参见本书余论部分。
④ 有学者从作为现代医学派生物的卫生现代性（即公共卫生）的角度对青年鲁迅的弃医从文行为做了论析。文章指出，现代医学制度与现代政治制度具有同构性，鲁迅弃医从文的深层原因是他对卫生现代性作为民族国家生命治理技艺的不满。参见王宇：《从"卫生现代性"重审鲁迅的弃医从文》，载《学术月刊》2021年第8期，第163—173页。然而，文化现代性一个不可避免的后果便是群体身体的被组织化。因此，在经历了"五四"短暂的个性解放后，身体以群体为单位被民族国家征用已成为不可逃脱的宿命。

然要推文艺,于是想提倡文艺运动了。"① 这无疑可视作晚清尚力思潮衰颓原因的形象说明。

然而,任何思潮的发生和消亡都不是一蹴而就的。发端于晚清中国的尚力思潮并未在新文化运动后消失殆尽,相反,它以另外的方式得到了延续,并与当时大为流行的尚武思潮纠缠在一起难分彼此。如民国的童子军、军训等运动和活动,在某种程度上就是对晚清尚力、尚武思潮下"军国民"精神的发扬。总之,尚力思潮下,身体与政治紧密纠缠并获得新的使命。身体的重要性在于:它不仅是个人的,更重要的是国家的。要实现国富民强,个人有义务强身健体。强身健体这一基本的生命需要因此被赋予了浓郁的政治内涵。

二、强力、卫生、人口:晚清诸译本中的身体话语

笛福的《鲁滨孙漂流记》中原本就有对病体的恐惧、对裸体的厌恶和仇视。② 18 世纪,健康的身体是中产阶级美德和优越性的题中之义。小说的开头部分,笛福借鲁滨孙父亲之口宣扬身体的健康是中产阶级美德的组成部分。事实上,鲁滨孙也以实际行动践行着这一中产阶级的身体观念。如他在计划搬家选址时第一个考虑的便是卫生健康和淡水。然而,鲁滨孙在对待他者身体时,言说修辞是欧洲中心主义下种族观念和殖民话语的投射。如,描绘星期五的身体和外貌时,鲁滨孙称赞星期五的神情中有种欧

---

① 汪晖:《声之善恶——鲁迅〈破恶声论〉〈呐喊·自序〉讲稿》,生活·读书·新知三联书店 2013 年版,第 205—206 页。
② 王旭峰探讨了笛福《鲁滨孙漂流记》中的疾病书写,认为其中存在身体疾病和精神疾病两种疾病书写。笛福的疾病书写不仅蕴含着作者的帝国意识和殖民思想,而且反映了作者及其所处时代对疾病的认知。参见王旭峰:《论〈鲁滨孙漂流记〉中的疾病》,载《外国文学研究》2019 年第 4 期,第 101—109 页。

—113—

洲人的温柔与和蔼，其肤色既不同于黑人的黑色，也不同于巴西人、弗吉尼亚人和美洲土著的黄色或棕褐色。①在鲁滨孙看来，星期五之所以对他忠心耿耿、形影不离，在于他与黑人、巴西人、弗吉尼亚人和美洲土著的不同，不仅如此，他身上还拥有近似欧洲人温柔与和蔼的美德。唯其如此，他才能够拥有被他的白人主人鲁滨孙称赞的资格。这种人种肤色与文明等级之间的转喻关系已经无须赘言。至于鲁滨孙对土著野蛮本质的妖魔化，小说主要通过食人族残害、吞食、遗弃人的身体等野蛮行径而得以确证。在此前提下，鲁滨孙剿灭食人族的行动获得了文明征服野蛮的高尚（正义）色彩。一言以蔽之，笛福原著中的身体言说主要服务于中产阶级价值观念和海外殖民的诉求。

然而，在晚清民国的《鲁滨孙漂流记》诸译本中，健康的身体是一种具备特定复杂政治内涵的喻指。

（一）强力与卫生的混杂

晚清《鲁滨孙漂流记》诸译本中，身体与政治的纠缠最显著、最直接的莫过于《大陆报》译本。《大陆报》译本充满了对病夫的恐惧，对强力的渴望。译者在第一回便借鲁滨孙之口开门见山地斥责国人为"东方病夫国中人民的脾气，是世界上第一等坏脾气"②。病夫这一话语的思想背景前文已有论述，此处再略加重申。严复和梁启超等诸多晚清知识分子皆曾用病夫喻指当时的政体国事。梁启超感慨："四万万人，而不能得一完备之体格"③，举国皆病夫，而国家沦为病国。病夫与病国之间的置换不动声

---

① Daniel Defoe, *Robinson Crusoe: An Authoritative Text, Contexts, Criticism*, ed. Michael Shinagel, New York: W. W. Norton, 1994, p. 149.
② 德富：《鲁宾孙漂流记》，《大陆报》译本，见笛福：《辜苏历程》，英为霖、沈祖芬等译，南方日报出版社2018年版，第243页。
③ 梁启超：《新民说》，商务印书馆2016年版，第192页。

色。特别是"今日之中国,则病夫也","中国之为俎上之肉久矣","中国""病夫""俎上之肉"之间成为一种等值关系。尤其需要注意的是,这种直接陈述省去了病体与处于危机中的国家二者之间的论证过程。①

更值得注意的是,《大陆报》译本的译者在病夫的基础上做了进一步发挥。如译文的第十七回,译者让英国船主的孀妻质疑鲁滨孙"以国为妻"的信念,而鲁滨孙借机以一段洋洋洒洒的文字论证其崇高性:

> 以国为妻,这一句话是爱国心达到极点的人,才说得来。况且他们的国受他族管辖,若不谋脱羁绊,即到了世界末日,还是做奴才哩!所以他们自顾牺牲一身,与异种贱族大战,战了许久,才能够把祖宗遗传的国独立起来。②

不言而喻,鲁滨孙"以国为妻"的宣示,使其在身体与国家命运的转喻这一基本关系之下,具体而微到了爱国子民选择不婚的政治抉择,这就使得身体与国家命运的转喻关系呈现得更加生动具象:原本属于个人领域的私事与国家命运高度黏合。更为有趣的是,译者借鲁滨孙之口向读者进一步明确了个人婚姻和国家命运之间的奇妙关联:"我本来也想不娶妻。后来又寻思道,我们的国,何等富强。我何必不娶亲,以博名誉呢?"③ 若国家富强,个人方可娶妻,若国家"受他族管辖"而未得独立,国民当

---

① 有学者认为,"东亚病夫"这一"污名性指称","既是西方国家对近代国人的'妖魔化'称谓,也是对近代中国政治体制上的不尊重和嘲弄"。这间接地透露出病夫与近代中国人以及近代中国政治体制之间喻指关系的西方来源。参见黄继刚:《身体现代性的生成及其话语向度——以晚近"身体遭逢"为对象》,载《文艺理论研究》2018年第3期,第170页。
② 德富:《鲁宾孙漂流记》,《大陆报》译本,见笛福:《辛苏历程》,英为霖、沈祖芬等译,南方日报出版社2018年版,第317页。
③ 德富:《鲁宾孙漂流记》,《大陆报》译本,见笛福:《辛苏历程》,英为霖、沈祖芬等译,南方日报出版社2018年版,第318页。

"以国为妻",应与"异族贱种大战"为先。只不过,鲁滨孙来自富强的英国而非病弱的中国,因此,他不需要践行"以国为妻"的信念,只需要训导弱国子民即可。此外,译本中"爱群""保种""军国民"等话语更是俯拾皆是。上文中所引述部分皆为译者的增译,《大陆报》译本完全可视作晚清翻译文学对作为主流社会思潮的新民理想的积极回应。

事实上,除了借由强力身体表达对强力政府和强力国民的渴望之外,《大陆报》译本也体现出一定程度的卫生观念,如原著叙述鲁滨孙埋葬在山洞中死去的老母羊,笛福仅仅平铺直叙地叙述、一笔带过,既不带个人情感色彩,也回避了对瘟疫病毒或卫生方面的细致考量。鲁滨孙之所以埋掉老羊,主要是挖掘一个大坑较之于拖老羊尸体出洞对他来说更为容易而已。① 而《大陆报》译本中,鲁滨孙在掩埋老山羊之前,既有心理活动,也有相应的行动描写:"恐怕疫气传染,忙向口袋里拿出一茎雪茄烟吃了,避这疫气。"此外,这一卫生观念还体现在译者对野人射死星期五的改写中。鲁滨孙"伏着勿赖代的尸,大哭一番",表现出对星期五的不舍与深情厚谊,但免不了遵循船上的卫生习惯:"凡人死在船上,其尸首必掷海中,以免疫气传染。"② 显然,译者让鲁滨孙这样做,为的是突出卫生观念。

(二)养生与尚力、卫生观念的纠缠

与《大陆报》译本的卫生言说不同,《绝岛漂流记》和林译本《鲁滨

---

① 笛福幼年亲历了 1665 年爆发于伦敦的瘟疫,其小说《瘟疫年纪事》(*A Journal of the Plague Year*,1722)便是对此事件的文学表达。从《瘟疫年纪事》逼真的叙述可推断,1665 年的瘟疫无论对笛福还是伦敦人都产生了深远的影响,笛福对瘟疫和卫生应当有非常突出的认识。然而,笛福此处却未让鲁滨孙从卫生角度进行叙述。

② 德富:《鲁宾孙漂流记》,《大陆报》译本,见笛福:《辜苏历程》,英为霖、沈祖芬等译,南方日报出版社 2018 年版,第 276、325 页。

孙飘流记》更多的是传统养生观念和近代卫生观念的混杂。如《绝岛漂流记》中，鲁滨孙的父亲对于儿子不离家"可得养身之理学"的劝诫是一种传统儒家个人修身观念的表达。林译本对于鲁滨孙选址择居的理由是"于养生之道无碍，及泉源可饮者"，这一言说传达的则是中国传统文化中的养生概念，译者对健康身体的理解停留在"发肤亦可全体"的传统认知上。[①]

不过，林译本亦打上了尚力思潮的时代印痕。如鲁滨孙离家远航后对于冒险的反思，虽"为生人所不历之境地"，但"体力且因而强健"。[②] 译者对强健身体的推崇，可以视作对此一时期身体观念的应和。沈译本则进其一步，近代卫生观念的表达较林译本更为显著。如同样是叙述鲁滨孙流落荒岛的选址，他考虑的前两个条件为："一须地势高燥，旁有清泉可汲；二须少受日光，免触瘴气"。另，沈译本中，鲁滨孙不仅在猎取食物时表现出明确的卫生观念，如每捕得猎物，必定要"察其皮肉"，"使无碍于卫生"。而且，他对偶然间在洞中发现的即将死去的老山羊的态度，明白无误地表达出其卫生观念。鲁滨孙见到垂死之羊的第一反应是"此洞外面黑暗不见天日，内似沙石铺成，无潮淫瘴疠之气"，于是，"次日，牝羊已死，余恐染疫气，遂牵至洞外，掘土埋之"。[③]

总之，晚清《鲁滨孙漂流记》诸译本中，笛福笔下的鲁滨孙对健康身体的崇拜和对病体、裸体的恐惧被转换为一种国民性身体的修辞隐喻，因

[①] 《孝经·开宗明义》载："身体发肤，受之父母，不敢毁伤，孝之始也。"林译本在此突出地呈现了这一点。参见达乎：《鲁滨孙飘流记》，林纾、曾宗巩译，商务印书馆1933年版，第43、2页。
[②] 达乎：《鲁滨孙飘流记》，林纾、曾宗巩译，商务印书馆1933年版，第30页。
[③] 狄福：《绝岛漂流记》，钱唐跛少年笔译，见笛福：《辜苏历程》，英为霖、沈祖芬等译，南方日报出版社2018年版，第187、188、194页。

—117—

而具备了截然不同的内涵。与此同时，因为这一国民性身体构筑在中国传统的养生文化上，并与西方舶来的卫生观念拼合，从而具备了多维复杂的意涵。

三、卫生观念和人口诉求：民国诸译本中的身体话语

黄金麟论述了近代以来身体的国家化生成过程，认为近代中国在国力和国权成为主要价值的情况下，身体被当作重振国权与国力的工具，军事化的调养和规格化的调教成为实现这一目的的途径。他强调："在国力、国权成为主要价值所在的情况下，身体的欲望成为首先需要节制的对象，其次则是对身体机能进行一个军事化调养和规格化的调教，希望以此来达到重振国权与国力的目的。这种企图不单显现在对个别身体的调养和规约上，同时也显现在整体人口素质与健康状态的提升和教化上。"[①] 这一说法可谓切中晚清以来身体改造运动的要害。梁启超在《论尚武》中论述了青年男女节制欲望的重要性。"弱冠而后，则又缠绵床笫以耗其精力，吸食鸦片以戕其身体"，结果"血不华色，面有死容"，"合四万万人，而不能得一完备之体格"。[②] 不过，尽管在晚清知识分子梁启超等的眼中，身体与政治的纠缠更多的诉诸强国保种的政治意愿，对身体健康的提升主要停留在身体的政治化用途上，但到了民国，已经悄然间转化为对于整体人口素质与健康状态的提升和教化上。民国《鲁滨孙漂流记》汉译者具有清醒而自觉的近代人口意识，这突出地体现在译本对卫生观念的大力宣扬上。

较之于晚清，民国《鲁滨孙漂流记》教科书译本摒弃了晚清诸译本中

---

① 黄金麟：《历史、身体、国家——近代中国的身体形成（1895—1937）》，新星出版社2006年版，第86页。
② 梁启超：《新民说》，商务印书馆2016年版，第192页。

对强力身体崇拜的宣讲行为，晚清诸译本中旗帜鲜明的身体政治书写大大弱化，更多地体现为译者对现代卫生观念的强调，这一举动似乎呈现出了一种去政治化的尝试。

民国诸译本这一尝试的背后，是优生学的引入和进入课堂。"优生学的观点在新文化运动时被引入中国，并很快成为主流话语，与革命者口中的优胜劣败相互呼应。"特别是"在战争背景下出于强国的目的，优生学从 1929 年被列入课标，优生学和育种因其实际效用从 1936 年列入新课标。1941 年的课标中甚至用优生与民族代替了进化在以往占据的位置"。[①] 因此，民国汉译本中出现卫生话语对原著的改写便不足为怪了。

同样是叙述鲁滨孙埋葬老山羊，徐霞村译本中，译者这样交代事情的经过："我觉得与其把它曳出去，倒不如掘一个大坑，把它埋起来容易。于是，为了避免臭味冲鼻起见，我便把它在那里下了葬。"显而易见，与晚清《鲁滨孙漂流记》诸译本相似，徐译本传达的是鲁滨孙的卫生观念，只不过相对隐晦罢了。再有，徐译本中，鲁滨孙在日记中宣扬了身体观念：健康有力的身体是创造美好生活的前提。"我的健康和体力的恢复，我已经奋力去制造那些我所缺乏的东西，竭力使我生活井然有序。"此外，鲁滨孙在西班牙人的失事船中获得了"几瓶很名贵的补身酒"亦体现出对健康身体的重视。此处的语义逻辑是：补身—养身—健康有力的身体—制造所需物品—生活归于井然有序。这种对卫生的重视突出地体现在徐译本中：

[①] 朱晶：《论民国时期科学理想与社会诉求的建构——以进化论的传播为例》，载《上海交通大学学报》（哲学社会科学版）2019 年第 3 期，第 101 页。潘光旦作为优生学者，其《民族特性与民族卫生》是商务印书馆出版的优生、文化、生物系列图书之一。参见潘光旦：《民族特性与民族卫生》，商务印书馆 1937 年版。

吃完晚饭之后，我吩咐"星期五"驾一只独木舟把我们因为没有时间的缘故而遗留在战场上的那些火器取来。第二天，我又吩咐他去把那些野人的尸体埋掉，因为他们暴在日光之下，不久就要有害于人了。此外我又叫他把他们这野蛮的宴会中所剩下的人体也通通埋掉；我知道那边有很多，但是我却不敢自己去埋；不，假使我到那边去，我一定连看都不敢看。他很快的做完了这些事情，并且消灭了一切野人的痕迹。因此当我第二次去时，假如不是由于那林角，我简直看不出是在那里了。①

同样是书写鲁滨孙命星期五去埋尸，原著透露的是诺瓦克所说的鲁滨孙对自己攻击行为的深感不安，是与《鲁滨孙飘流续记》中鲁滨孙从横冲直撞的欧洲水手中挽救马达加斯加土著出于相同的动机②，说到底是出于一种对殖民暴力行为的歉疚。徐译此处显然是出于卫生观念的考虑，即"因为他们暴在日光之下，不久就要有害于人了"。

此外，《小朋友》连载的长篇图画故事《鲁滨逊漂流记》更是具有显著的卫生观念。插图中鲁滨孙刷洗居所的清洁习惯凸显了其根深蒂固的卫生意识。（见本书附录图50）③ 此外，在同期页面底端的"封面说明"中，有对本期封面内容的提示：英国小朋友在盥洗室里洗手、洗脸，等待清洁检查。这种文本之外对卫生观念有意无意的强调和呼应，在客观上与文本故事内容形成了一种有趣的互文。不难见出，无论是《小朋友》刊载本对

---

① Daniel Defoe：《鲁滨孙飘流记》，徐霞村译，香港商务印书馆1957年版，第170、92、182、229—230页。
② Maximillian E. Novak, *Transformations, Ideology, and the Real in Defoe's Robinson Crusoe and Other Narratives*: *Finding "The Thing Itself"*, Newark: University of Delaware Press, 2015, p. 141.
③ 参见《鲁滨逊漂流记》，载《小朋友》1948年第894期，一四〇片段。

卫生观念的宣扬,还是杂志封面的无声暗示;无论是封面图画,还是相应的文字说明,都从侧面折射出民国时期大力倡导的卫生观念。① 而这与民国初年对学校卫生学的看重以及 20 世纪 30 年代新生活运动倡导的清洁观念是一致的。

  晚清以来,颇受欢迎的英国哲学家赫伯特·斯宾塞(Herbert Spencer)在《社会静力学》(*Social Statics*)的《卫生监督》一文中提到,苏格兰的东方医学会主张"采取措施,像保护人民的财产一样保护他们的健康,是国家的职责";《泰晤士报》声称,"枢密院应负责帝国的健康问题"。② 这足以解释晚清《鲁滨孙漂流记》诸译本中已经出现端倪的卫生话语之缘由。更为重要的是,晚清时期,人们接受西方卫生观念和优生学的背后有着更为深广的民族国家命题,这可在福柯的《安全、领土与人口》中获得答案。福柯在此文中指出,人口问题诞生于 18 世纪中期,人口危机与安全、消灭瘟疫与饥荒成为社会迫切关注的问题。到了 19 世纪,伴随着生理学、医学和统计学的产生,统计学开始对人口进行干预与调节。人口数量、质量成为主权国家实力的特征,人口首次呈现出正面意义。事实上,笛福的《鲁滨孙漂流记》间接地呈现了身体疾病与人口数量之间的关系。③

---

① 原文为:"一群英国的小朋友,在盥洗室里,老师指导他们做清洁的活动:洗脸,洗手,……准备清洁检查。"参见《鲁滨逊漂流记》,载《小朋友》1948 年第 879 期,六五片段页下。
② 参见赫伯特·斯宾塞:《社会静力学》,张雄武译,商务印书馆 1996 年版,第 192 页。
③ 王旭峰也指出了欧洲人的传染病和新大陆人口骤减之间的关系,还进一步分析了笛福在《鲁滨孙漂流记》中掩盖新大陆劳动力短缺的原因,即笛福内心深处深厚的帝国殖民意识。

这里需要强调的是，西方儿童的发现亦与人口问题的产生紧密相关[①]、儿童鲁滨孙故事中的基督教倾向也与17—18世纪儿童的高死亡率相连。伴随着西学东渐下五四新文化运动中儿童的发现，民国知识分子对儿童身体和健康的关注也达到了前所未有的高度。在这个意义上，不但不能忽略民国汉译本中的卫生话语，更不能无视这一书写背后知识精英对民族国家人口问题的关注。[②]

因此，是否可以说，既然近代身体与政治之间的捆绑已经发生，那种单纯地寻觅对身体健康本身的追求如何可能？从表面来看，民国教科书译本中动用卫生话语对原著进行的改译（或文化改写）是一种去政治化的尝试，但是从其思想背景来审视，它只不过是身体政治的另一种变形而已。让身体回归原初的存在意义似乎已无可能。

四、 小结

综上所述，国民性身体的改造成为晚清以来的时代命题，《鲁滨孙漂流记》诸译本中的身体话语既折射出时代语境中身体重要性的急剧凸显，又反映出其为政治所强力征用的事实。从晚清到民国，尽管《鲁滨孙漂流记》诸译本呈现出既交叉又变异的文本复杂性，体现出时代精神的渐进和变化，但不变的是"身体成了积贫积弱的近代中国人在步履蹒跚的历史中抓住的一根'救命稻草'"[③]。"身体的出场在一定程度上有效纾解了变法

[①] 人口学家马尔萨斯本就是基督教神父。关于西方儿童的发现与人口之间关系的探讨，参见菲力浦·阿利埃斯：《儿童的世纪——旧制度下的儿童和家庭生活》，北京大学出版社2013年版。

[②] 这背后同样有现实因素。1910—1911年的鼠疫席卷了整个中国东北，并直接促进了检疫、防疫等现代公共卫生制度的建立。

[③] 唐小兵：《身体政治的历史幻觉》，载《南风窗》2006年第20期，第88页。

或改革的焦虑，并成为政治、军事乏力之后产生的替代性话语途径。"① 笛福的《鲁滨孙漂流记》中，健康的身体作为中产阶级美德的组成部分奠定了其优越性，而鲁滨孙对残害、吞食人身体的野蛮人的痛斥主要是殖民观念与种族优越性的折射。与此相应的，在晚清民国谋求民族国家进步、希望的现代性新秩序中，《鲁滨孙漂流记》诸译本中身体的言说和阐释对应着近代启蒙运动中现代理想国民的塑造过程，且这种现代性的生成过程表征出挥之不去的政治隐喻色彩。

---

① 黄继刚：《身体现代性的生成及其话语向度——以晚近"身体遭逢"为对象》，载《文艺理论研究》2018年第3期，第176页。

第三节

诸译本对自由的想象

前文提到，特定时期的意识形态和诗学对文学翻译有着重要的影响，晚清民国的《鲁滨孙漂流记》汉译突出地体现了这一点。上一节讨论了在近代尚力思潮和卫生观念的影响下，《鲁滨孙漂流记》作为冒险小说的潜入与文本变异，本节主要探讨西方自由主义思潮进入中国后，近代知识界所经历的冲突融合在诸译本中的呈现。立足于国民性改造的精神维度，无论是严复的"鼓民力、开民智、新民德"，还是梁启超的"新民说"，都将国民的精神心灵作为新民理想的最终归宿。因此，笔者通过梳理鲁滨孙在晚清民国汉译本中的形象变迁，探讨西学东渐下诸译本中知识精英对自由精神的想象。

一、单数的自由与复数的群治

作为20世纪三大主要思潮之一，自由主义的产生与演变不仅是中国社会内部变迁和西方刺激结合的产物[①]，还作为近代中国知识分子追求现代化的思想潮流之一，切实而显著地贯穿了对国民性改造的整个过程。这一对于西方自由主义思想的改造过程，逻辑起点是个人，终点则是民族国

---

① 兰梁斌：《20世纪中国自由主义思潮研究》，博士学位论文，西北大学，2013年。

家。因此，单数的个人与复数的国民共同构成了近代中国自由主义思想的两个方面。

(一) 单数的个人：自由与近代个体意识的萌蘖

如果说晚明的个性解放思潮标志着商业化经济发展过程中个体意识的觉醒，那么晚清输入的西方自由主义思潮则引发了思想界关于个体价值的苦苦思索。西方自由主义思潮输入之初，晚清思想家往往将之与老庄思想中的相关概念进行比附和阐释，如严复首先在老子和中国传统典籍当中发现了自由。严复把自由置于天演的过程中加以解释，"自繇"等词便是在老子的思想基础上创造出来的概念。庄子的"逍遥游"表达的是一个人精神的自由自在与不受任何束缚[1]，与"在宥"皆被视为近似个人主义的概念[2]。此外，儒家思想中内省、自反、慎独的一面也在这一过程中被拿来诠释自由主义思想的相关概念。

严复而外，晚清对自由的思索者和推崇者不乏其人。梁启超《论自由》更是视自由为公理，为立国之本，这无疑是对自由地位的进一步强调："'不自由，毋宁死。'斯语也，实十八九两世纪中，欧美诸国民所以立国之本原也。自由之义，适用于今日之中国乎？曰：自由者，天下之公理，人生之要具，无往而不适用者也。"[3] 至近人章太炎，其"独"是一种跳脱了严复、梁启超社会族群意义上的个人之独，已经带有五四时期个体启蒙的色彩。

然而，正如有学者所言，西方自由主义思想中个人主义原则之个人自

---

[1] 许抗生：《道·自然·自由·和谐——略谈老子道家的基本思想》，载《诸子学刊》2009年第1期，第105—111页。
[2] 参见余英时：《中国思想传统的现代诠释》，江苏人民出版社2003年版，第20页。
[3] 梁启超：《新民说》，商务印书馆2016年版，第104页。

由主要强调的是个人的权力，中国传统文化中的个人自由主要强调的是一种个人自由的意志，并局限在不与他人发生关系之时。儒家所说的"由己"体现的是自由思想，并不处理主体间的关系，只是突出个体的自我实现。[1] 道家所说的"逍遥游""在囿"强调的是单数个体与自我相处时的行为选择。晚清大肆宣扬自由的思想家严复、梁启超之辈，是在社群和族群的意义上来谈论个人自由的。这种对单数的个人自由意识的强调，到了民国以后才开始接近西方自由主义的本质。

从民族家国改造到个人改造始于杜亚泉的《个人之改革》。[2] 1916年，陈独秀倡导以西方的个人主义取代中国传统的集体主义。[3] 陈独秀的"最后觉悟之觉悟"反对传统，呼喊启蒙，个性解放与政治批判携手同行，相互促进，揭开了中国现代史的新一页。五四新文化运动时期，个性解放和人的觉醒的呼声响彻云霄。1929年，陈寅恪在所作的王国维纪念碑铭中发出了"独立之思想，自由之精神"的呼吁，虽然此口号主要针对学术研究而言，但未尝不是一代大师对未来国人精神气质的想象与憧憬。

然而，民国时期对个性解放的强调并不意味着已经完全摆脱了始自晚清的自由观念。其一，个体自由仍被视为个体不与他人发生关系而独自面对自我时的自由。余英时指出，即便到了五四知识分子那里，其"言自由则附会于庄生逍遥"[4]。此现象证明了民国时期所流行的自由观念的彻底程度未出晚清之右。其二，这种对单数个体自由的设想更多的是一种伦理维度上的对于理想社会的憧憬，其着眼点是由单一个体构成的群体社会乃至

---

[1] 参见张师伟：《西学东渐背景下中国传统"自由"思想的现代转换及其影响》，载《文史哲》2018年第3期，第143—154、168页。
[2] 参见伧父：《个人之改革》，载《东方杂志》1914年第12期。
[3] 参见李泽厚：《中国现代思想史论》，东方出版社1987年版，第11页。
[4] 余英时：《中国思想传统的现代诠释》，江苏人民出版社2003年版，第283页。

民族国家。质言之，民国自由主义思潮的兴起不但并未完全摆脱晚清思想家有关单数个人自由意识的藩篱，相反，始终笼罩在先群治后国民而后国家的政治愿景之中。

(二) 复数的国民：群治与理想国民的想象

儒家素有兴、观、群、怨的诗教传统，对群己关系的重视和对中国传统文化品格的塑造可想而知。尽管晚明涌现了个性解放思潮，然而，末世王朝思想的微光因未取得知识界一致的认同而流于昙花一现。到了晚清，伴随着知识精英对于时局危机的持续思索和反复体认，对单数个人独立自由的向往很快为对理想国民的想象而替代。复数的国民作为沉默的大多数进入了近代知识精英政治理想的改良视野。

作为群体的国民进入知识精英的视野后成为后者大力改造的对象，缘由在于，近代知识精英认识到前者文明与开化的觉悟程度与近代社会和国族命运息息相关。如《新民议》《论中国国民之品格》"明确地把中国的悲剧归结为国民性的问题，批评国人缺乏民族主义、缺乏独立自由意志以及公共精神，认为这些缺点是中国向现代国家过渡的一大障碍"[1]。1899年5月24日，神户华侨同文学校举办梁启超先生的欢迎会时，梁启超对祖国落后的原因进行了扼要概括：

> 日本国民只不过是中国之十分之一，但能打胜中国，这是日本国民能牺牲生命为国尽忠，但是，我国的国民大多是重视个人的利益，而以营利为重而不顾国家……[2]

---

[1] 刘禾：《跨语际实践——文学，民族文化与被译介的现代性（中国：1900～1937）》（修订译本），宋伟杰等译，生活·读书·新知三联书店2014年版，第60页。

[2] 参见汤志钧编：《中国近代思想家文库·梁启超卷》，中国人民大学出版社2014年版，第7页。

梁氏的这一观点，既代表了近代知识精英视单数个人之自由为手段、视国家民族之自由为目的认知，也是维新派和革命党人重视群的原因所在。值得注意的是，1902年，梁氏除翻译了《十五小豪杰》外，另有《论自由》《论小说与群治之关系》等文章问世。"《十五小豪杰》是服务于译者新民动机的一篇力作。"①译文对这一少年英雄群体的突出背后是梁氏改良群治的强烈诉求。质言之，梁氏等人的"小说界革命"与"新国民说"致力于近代中国作为国民整体的、复数的人的改造这一民族事业。

当然，"'群'的概念在这一时期的中国思想界十分流行，但各个思想家对这一概念的解释也有所不同"。尽管如此，晚清思想界"群"的概念强调"共同体观念及其在道德上的优先性"，即强调总体的自由优于个人的自由，基本上是一个公约的看法。严复"今之所急者，非自由也，而在人人减损自由，而以利国善群为职志"着眼于族群的生存，而非个体的独立。梁启超主张"合多数之独而成群也"以及群体进化，认为群是一种社会组织。正如汪晖所指出的，晚清"群"概念的流行，其目的在于实现社会动员并最终建立现代民族国家。②

到了民国，知识界极力标榜的个性解放也打上了这一政治理想的思想烙印。晚清知识精英对于经由社会动员而建立现代民族国家的文化改革思路为民国知识界所继承。以鲁迅为例，他在《文化偏至论》（1907）中旗帜鲜明地提出了"任个人而排众数"的观点。无论《域外小说集》《摩罗诗力说》《药》对国民性改造的倡言，还是《狂人日记》"救救孩子"的

---

① 王彬：《科幻探险中的家国梦——论梁启超〈十五小豪杰〉翻译中的伦理建构》，载《中国翻译》2016年第1期，第41页。
② 汪晖：《现代中国思想的兴起》（下卷 第一部 公理与反公理），生活·读书·新知三联书店2004年版，第945、948、879、886—887页。

呼声，皆可以视作以个性解放为旗帜的新文化知识分子在人的觉醒下对理想复数国民的关切。因此，民国知识界对于个体自由的伸张并未完全超越晚清群治的思想框架。

正是在这一思想背景下，《鲁滨孙漂流记》"旅行"到了近代中国。其作为冒险小说的潜入过程，事实上也参与并反映了近代中国思想界与欧美自由主义思潮融合与改造的过程。

二、独立又爱群的鲁滨孙

晚清《鲁滨孙漂流记》诸译本一个共同的特征是译者对原著中鲁滨孙的个人主义思想加以斧正，鲁滨孙因此而变异为一个为了同伴和同种的利益而奋力战斗的爱群英雄。其中最典型的译本莫过于整体创造性叛逆最大的《大陆报》译本。

"自由主义最核心的原则是自由。"① 因此，《大陆报》译本中，不只独立自主的鲁滨孙热爱自由，就连鹦鹉也概莫能外。当鲁滨孙欲留下对方作为陪伴，条件是自己回报后者以食物并教其说话时，鹦鹉果敢地回敬："这是很好，但是你不得束缚我。"② 鹦鹉尚且如此，何况人乎？译者的用意不言自明。

然而，《大陆报》译本中，独立自主的鲁滨孙不仅热爱自由，而且更加爱群。"我生平以爱群为志，凡有益于国民之事，即把我这斗大的头颅送他，也是甘愿的。"③ 因此，第三次冒险独自幸存时，原著中个人主义至

---

① 李强：《自由主义》，东方出版社2015年版，第169页。
② 德富：《鲁宾孙漂流记》，《大陆报》译本，见笛福：《辜苏历程》，英为霖、沈祖芬等译，南方日报出版社2018年版，第271页。
③ 德富：《鲁宾孙漂流记》，《大陆报》译本，见笛福：《辜苏历程》，英为霖、沈祖芬等译，南方日报出版社2018年版，第261页。

上的鲁滨孙只是用"几顶帽子,一顶便帽,两只不成对的鞋"结束了有关同伴全部溺亡的船难叙述,更是没有哭天抢地的举动。① 《大陆报》译本中,译者则借机大肆渲染主人公的爱群品格。鲁滨孙"眼中泪下如注",叹气道:"我生平是最爱群的。今日一般人皆死了,单单留下我这一条性命。在这荒岛,又无一点儿粮食,想亦不久必死了,最可怜是我的同行许多人霎时间都死了。""一般人""同行许多人"与"我这一条性命"形成了鲜明的对照,为悲伤的情感书写奠定了基础。为此,鲁滨孙由"眼中泪下如注"到"大哭起来",情绪完全崩溃。这里,鲁滨孙的爱群首先是一种对于同伴和同种的爱护之情。译文中鲁滨孙时不时地以"同伴"称呼他人,这与革命党人的"同志"称谓内涵接近,具有一种天然的对于同类的感召力。因此,当鲁滨孙所在的船遭遇险境时,自然是同船之人不顾个人安危一齐用力将船摇近陆地。而只有众人的足迹重落到雅卯司的陆地才有大家的欢喜。可想而知,怀揣爱群之心的鲁滨孙如何能够坐视同种人被他种人残忍戕害。当鲁滨孙听闻野蛮人绑缚了一个白种人杀而烹之时,不仅大喊"今日野蛮倘把我同胞杀害了,我抵死也要报复这仇,以达我爱群之目的",并且在心里默念道:"这是救我同胞的义务,即是被野蛮夹活吃下肚子里,我也不怕。"甚至,鲁滨孙借西班牙人之口称自己为爱种之人。因此,爱群爱同种的鲁滨孙还要发表长篇大论来针砭时弊,进而痛斥那些不爱种并且不爱土地之人,在他看来,那些人"专好同种杀同种",甚至本就是"同种代异种杀同种"的"谬种"。因此,星期五解救鲁滨孙的乡

---

① Daniel Defoe, *Robinson Crusoe: An Authoritative Text, Contexts, Criticism*, ed. Michael Shinagel, New York: W. W. Norton, 1994, p. 35.

导后，鲁滨孙再次申明自己爱群的精髓："同人有难，理合相救"。①

值得注意的是，鲁滨孙的爱群是一种超越种族肤色界限的群体意识，这与原著形成了极大的反差。鲁滨孙不仅对于同种人，对于黑种人也极为爱护。如笛福原著中，鲁滨孙因为贪图钱财而将摩尔少年秀丽（Xary）卖给西班牙船长。为了掩饰其见利忘义的形象本质，鲁滨孙以自己与西班牙船长的约定为由，粉饰了这一利己行为可能遭遇的批评与诟病。而他所说的秀丽皈依基督教信仰十年后即可换取人身自由的说法（约定），仅仅是一种掩盖真实动机的修辞罢了。显然，如此见利忘义置他人利益于不顾的鲁滨孙是《大陆报》译本的译者所不能接受的。因此，译者不仅让鲁滨孙以义勇善感的形象示人，还通过其他人物对鲁滨孙行动的反应来进一步强调鲁滨孙的爱群与利他行为。在译者笔下，秀丽是因为受到鲁滨孙爱群之心的感染而自愿当苦工的。甚至，秀丽决计以牺牲个人自由为代价来回应鲁滨孙的爱群之心。因此，秀丽不是被鲁滨孙卖给西班牙船长的，而是自己主动"到船主家中工作"的，他这样做的目的是想让鲁滨孙取其身价"去做些小经纪"来养活自己。② 经过这番改写，鲁滨孙不仅被洗脱了出卖秀丽的嫌疑，而且突出了其爱群思想的感染力。

再如，鲁滨孙在荒岛上目睹野人食人后的残骸已"不知不觉眼眶中涌出爱群的万斛英雄泪，大哭一场，彷徨于累累的尸骨左右，不忍舍去。直至薄暮，始回洞中，又哭了一夜"。其爱群之情，跃然纸上。因此，爱群的鲁滨孙不允许星期五称呼自己为"主人翁"（Master），而是称呼 Mister

---

① 德富：《鲁宾孙漂流记》，《大陆报》译本，见笛福：《辜苏历程》，英为霖、沈祖芬等译，南方日报出版社 2018 年版，第 265、284、287、288、306、284 页。

② 德富：《鲁宾孙漂流记》，《大陆报》译本，见笛福：《辜苏历程》，英为霖、沈祖芬等译，南方日报出版社 2018 年版，第 262 页。

（先生）。Master 与 Mister 虽只有一字之差，但主人到先生的变化背后是译作对原作主仆等级关系的颠覆和消解。几乎必然的是，与秀丽相似，星期五也被鲁滨孙的爱群行为感化，成为一个"良善的人，很有爱群的心"。① 如此一来，鲁滨孙爱群而奋不顾身的形象又得到了间接的佐证，并且获得了不容置疑的力量。

这一从个到群的变化，还体现在译文对鲁滨孙偶遇沙滩脚印这一著名情节的改写当中。笛福原作中，使鲁滨孙和他的读者吃惊的是，鲁滨孙在海边漫步时偶然在沙滩上发现了一个单独的脚印。② 这一单个脚印的出现打乱了鲁滨孙平静的岛居生活，他因此而惶惶不可终日。然而，《大陆报》译本中，鲁滨孙"忽见沙上足印，纵横错杂"③的情节改写，使其成为一个极富隐喻色彩的细节。孤零零的单个脚印被译者改写为纵横错杂的多个足印，用意何在？结合前述文章所指出的鲁滨孙的爱群意识，便可寻得答案。从一到多，从单数到复数，改写的背后是译者根深蒂固的群体意识。

论述至此，"悖论"似乎在于：鲁滨孙既爱群，又重视个人自由，如何平衡这一组矛盾呢？《大陆报》译本中，译者采取的叙事策略是将个人（自由）整合进群体（团体或社会）的利益。鲁滨孙的独立是为了更好地爱群，他所追求的个人自由往往是一种建立在群体关系中的自由。于是，译本第一回，译者旗帜鲜明地借鲁滨孙之口来诠释自己关于个人与社会关系的思考：

---

① 德富：《鲁宾孙漂流记》，《大陆报》译本，见笛福：《辜苏历程》，英为霖、沈祖芬等译，南方日报出版社 2018 年版，第 274、292 页。
② Daniel Defoe, *Robinson Crusoe*: *An Authoritative Text*, *Contexts*, *Criticism*, ed. Michael Shinagel, New York: W. W. Norton, 1994, p. 112.
③ 德富：《鲁宾孙漂流记》，《大陆报》译本，见笛福：《辜苏历程》，英为霖、沈祖芬等译，南方日报出版社 2018 年版，第 272 页。

>人生幼时，受父母的教育，自然有孝顺感谢的义务。但是对国家上，自己便是一个国民。对社会上，自己便是一部机关。大凡年纪已长的人，便要挺身做国家社会上的公事，要使我的国家，为堂堂正正不受侵害的独立国家，要使我的社会为完完全全不受破坏的自由社会，这才算得个人。

在《大陆报》译本中，鲁滨孙认为，一个能够使国家独立不受侵害、社会自由不受破坏的人才是真正的个人。个人的自由与社会、国家的独立自由紧密关联，甚至以后者为目的。因此，译者还让流落荒岛的鲁滨孙思考如何在岛上"结一团体，他日把这岛兴旺起来，成了一个独立国"。① 这与康有为《大同书》想象未来中国的逻辑何其相似。

因此，尽管"自由"一词在《大陆报》译本中反复出现，然而，这里的自由不是我个人的自由，而是我们共同的自由。② 与原著的孤苦寂寞不同，鲁滨孙在每个关键之处都有人陪伴并极力与他人合作。因此，鲁滨孙在竭力追求自我的自由之外，还想方设法成全他人乃至动物的自由。离岛回英时，他吩咐所解救的西班牙船上诸人，要开笼放出鹦鹉以还其自由。

总之，《大陆报》译本通过章回体式回目的书写、大量的议论性（或阐释性）语句以及情节改写将笛福原著改头换面。在其"革命化书写"（李今语）中，鲁滨孙形象以群己合一的方式呈现在读者的面前。晚清从西方引入的"个人"概念，在民族国家危亡的历史境遇中，被轻松地整合进了国族和社会的命运。

---

① 德富：《鲁宾孙漂流记》，《大陆报》译本，见笛福：《辜苏历程》，英为霖、沈祖芬等译，南方日报出版社2018年版，第243、268页。
② 《大陆报》译本中，复数的"我们"往往以"（大家）我等""我同行的人""众人"等词语呈现。

事实上，将"冒险鲁滨孙"转变为"中庸鲁滨孙"[①] 的林译本也呈现出将个人整合进群体的趋势。因为中庸之道本就包含了对人与人之间群己关系的平衡度量。尽管林译本中的中庸是一种不同于传统的"惟不为中人之中，庸人之庸"的新中庸，但这种独行独坐的新中庸并不以舍弃群体关系为目标。

《绝岛漂流记》的序言和译文无不体现了晚清将个人自由整合进社群关系的逻辑归宿。序言中，高梦旦谓"病废如诵先，犹不自暇逸以无负于其群"，揭示了译者沈祖芬的爱群立场。译文中，鲁滨孙在救得星期五后称："自此，余多一同伴矣。"并颇为满足地宣称："余二人同居二年，彼此相依，此间之人，当无有若余与彼之相得也。"[②] 鲁滨孙和星期五成为相依相爱的同伴，其对自由的理解与诠释同样体现出群中之个的思想倾向。这当然还可在《鲁滨孙漂流记》西方重写本《瑞士家庭鲁滨孙》汉译本中听到余音：小鲁滨孙们（洛萍生的四个孩子）离家的合法性基于从父母远游。父亲洛萍生更是旗帜鲜明地指出："人之所以异于禽兽者，惟其能群耳。"[③]

群体观念，是晚清鲁滨孙追求个人自由的支点。

三、 自我与友爱的鲁滨孙

如前所述，晚清《鲁滨孙漂流记》诸译本中的个人被整合进了群体。

[①] 李今：《从"冒险"鲁滨孙到"中庸"鲁滨孙——林纾译介〈鲁滨孙飘流记〉的文化改写与融通》，载《中国现代文学研究丛刊》2011年第1期，第119—137页。

[②] 狄福：《绝岛漂流记》，钱唐跛少年笔译，见笛福：《辜苏历程》，英为霖、沈祖芬等译，南方日报出版社2018年版，第172、197、198页。

[③] 戈特尔芬美兰女史：《小仙源》，商务印书馆编译所编译，商务印书馆1914年版，第62页。

一定程度上，鲁滨孙失去了在18世纪英国文化中的个人主义风貌，具备了恩义并重的儒家风范，是一个以群之利益为落脚点的率性而为的人。当时间的车轮进入民国，经历了五四新文化运动的洗礼，英美自由主义所推崇的个人主义、个性解放等要义开始逐渐为知识分子所重视，并出现了由边缘（思潮）向中心（意识形态）靠拢的趋势。

五四运动最大的功绩在于发现了个人。民国时期新产生的《鲁滨孙漂流记》诸译本基本都产生于五四运动之后①，因此，与晚清诸译本相比，爱群的倾向有所变弱似乎无须讶异，特别是如《大陆报》译本般凭借大段议论来直接宣示爱群立场的文字，基本上不再见诸译文。一定程度上，民国诸译本中的鲁滨孙更接近于笛福原著中以个人主义为处事原则、我行我素的鲁滨孙。王汎森准确地指出，新青年与革命青年关心的对象不同，前者关心"独立自主、个人主义"②。

然而，思想运动之于文学文本特别是翻译文本的效果并不一定能够立竿见影。何况思想的运动不仅有变异，也有绵延；不仅有凸显，也有蛰伏。③尽管五四运动中个人主义和思想解放的呼声甚高，但晚清汉译本中爱群的弱化并不代表民国译本中对爱群色彩的全部抹除。事实上，晚清诸译本中以个人为起点、以群体为终点的自由思想以另外一种形式延续了下来，这就是鲁滨孙友爱倾向的凸显。

---

① 据现有资料来看，除严叔平译本的初版本早于1928年以外，民国《鲁滨孙漂流记》汉译本基本上都产生于20世纪30年代，如彭兆良译本为1932年，顾均正、唐锡光译本为1934年，徐霞村译本为1937年，等等。
② 王汎森：《思想史与生活史的联系——"五四"研究的若干思考》，载《政治思想史》2010年第1期，第23页。
③ 参见葛兆光：《中国思想史导论——思想史的写法》，复旦大学出版社2013年版，第56页。

如以忠实原作著称的徐霞村译本。不同于晚清《大陆报》译本中译者在译文中长篇大论式地鼓吹个人有对国家和社会的应尽义务，徐译本在一定程度上突出了以自由为核心的个人观念。如，同样是鲁滨孙出卖佐立，晚清诸译本将其予以改写以凸显鲁滨孙的爱群品性；徐译本中，鲁滨孙则以自由捍卫者的姿态来拒绝西班牙船长："因为他曾忠心地帮助我得到自由，现在我实在不肯再把他的自由出售。"而且，徐译本此处的"自由"一词非常接近西方自由主义思潮中的自由内涵（个体行动的主动权）。这足以见出西方自由主义思潮在民国所发生的渐变以及译者的认识。这一对于自由的理解还体现在当鲁滨孙流落荒岛独自与寂寞为伴时，译者保留并突出了原作中他对荒岛独居状态的享受：

> 我现在过得非常舒服，因为我已经把我自己完全交给上帝，听凭造物的处置，心平气和了。这使我的生活比社交的生活还好，因为每当我发愁没有人谈话的时候，我便问自己：这样和我自己的思想谈话，并且有时和上帝神交，不比与世人来往好吗？（原文为陈述句，徐译本反问式的翻译增强了鲁滨孙对个人自由状态的满足感。）

此时远离尘嚣的鲁滨孙俨然一个慎独自修的个人主义者。然而，崇尚自由的鲁滨孙又强烈地渴望着同伴的出现。与晚清《鲁滨孙漂流记》诸译本相似，徐译本中的群不仅不是个人自由的羁绊，相反，是实现个人自由的重要前提和基础。于是，将个人自由整合进群体（团体或社会）利益的改写策略再次得到延续。如，鲁滨孙流落荒岛初期大肆感叹"没有一点援助，没有一点安慰，没有一点忠告"，而在荒岛独居三年意欲逃脱时，内心深处充满了对群的深切呼吁："他们甚至在一二十个人一起走的时候还要被杀，况且这独自一人，无甚抵抗力的我呢？"因此，徐译本中的鲁滨

孙时常遭受着"缺乏伴侣之苦"的折磨,他最大的愿望是:

"只消有一两个,不,只消有一个人从那船上逃到我这里,使我得到一个同伴,一个人类来交谈和往来就行了!"在我这些年的孤寂的生活中,我从没有觉得过这样起劲,这样需要人类的伴侣,这样感到缺乏伴侣的悲恨。①

显而易见,徐译本中的群意识已经由晚清诸译本中对被侮辱与被欺凌的同种独立自由的极力渴望,发展为一种基于人道主义思想之上的更具普世意识的友爱之群意识。译者自然不仅超越了原著的殖民意识和文明等级论,也进一步发展了《大陆报》译本等晚清译本中超越种族肤色界限的群体意识,是一种消除了文野等级差别并以整个人类为边界的大群体观念。

徐译本之外,民国时期的其他教科书译本中的群倾向也相当突出。以严叔平译本为例,译者借鲁滨孙之口宣称:"一个人除去了矫抗的习气,在合群一方面最相宜,事事都能稳妥。"②鲁滨孙和星期五在原有的主奴关系之外,多了一层互助友爱的成分。而这种互助友爱不仅和向来重视群己关系的中国文化传统有关,同时继承自晚清思想界企图借助西方的自由思想来服务国民性改造大任的政治理想,它对群与个二者关系的探索有了新的变异:以个体能动性为主要内涵的个体自由被大为推崇。③民国时期,社会建构的出发点换成了个人,但群意识依然稳固:它被置换为新中国、新社会等变体。个人的自由以实现新中国、新社会的美好理想为最终目

---

① Daniel Defoe:《鲁滨孙飘流记》,徐霞村译,香港商务印书馆1957年版,第30、130、85、119、127、177页。
② Daniel Defoe:《鲁滨孙漂流记》,严叔平译,崇文书局1928年版,第6页。
③ 这可以从民国报刊上看出趋向。如光升对个性和自由的呼吁是与国民性改造的诉求紧密交织的。参见光升:《中国国民性及其弱点》,载《新青年》1917年第6期,第14—24页。

标，落脚点依然是社会、民族和国家。刘禾认为，启蒙与救亡、个人主义与国族主义互相盘结，两种话语中间存在张力，并非简单对立①，可谓揭示了时代真相。

四、小结

尽管民国汉译本中鲁滨孙的爱群倾向有所淡化，但是并未彻底消失。某种程度上，晚清民国《鲁滨孙漂流记》汉译本整体上突出的以群化个的特征是这一倾向的延续，这自然蕴藏着晚清以来新民理想下国民性改造精神维度的时代呼声。这一强烈的时代呼声遍及社会的方方面面，不单精英知识分子主导下的汉译本，大众传媒宣传中的《鲁滨孙漂流记》改编本也呈现出群压倒个的趋势。②李泽厚认为："第一代中国近现代知识分子已经在政治上、思想上接受了西方的自由、民主和个人主义，但他们的心态并不是西方近现代的个体主义，而仍然是自屈原开始的中国传统的承续。在中国这一代近现代意义的知识分子身上所体现的，倒正是士大夫传统光芒的最后照耀。"③换言之，"他们大都与清末民国间的政治有千丝万缕的关系，学者、革命者和教育者集于一身，正是五四新文化运动倡导力量的共性，也是第一代近代知识分子的特点。他们不是后继的启蒙者要去补前此辛亥革命的救亡者的不足，而是他们自始则承担着救亡和启蒙的双重重

---

① 参见刘禾：《跨语际实践——文学，民族文化与被译介的现代性（中国：1900~1937）》（修订译本），宋伟杰等译，生活·读书·新知三联书店2014年版，第96页。
② 如谈片《新绝岛漂流记》的新闻消息。内容是伦敦的一艘名为"代恭"的帆船载煤前往南美，途中船主病亡，后遭遇沉船，最后众人幸得获救的故事。船中水手二十二人，学徒七人，大家共同生活，不再是笛福笔下鲁滨孙的独自幸存故事。参见《新绝岛漂流记》，载《时报》1910年2月26日。
③ 李泽厚：《中国现代思想史论》，东方出版社1987年版，第211页。

任。革命与启蒙并举是这一代革命知识分子强烈的价值取向,并符合中国所面临国势凌夷、文明落后的双重困局"①。事实上,不仅第一代知识分子,辛亥革命之前的林纾和五四新文化运动之后的徐霞村等《鲁滨孙漂流记》的译者们也有此倾向。

---

① 陈万雄:《五四新文化的源流》,生活·读书·新知三联书店1997年版,第185页。

第三章 文化传统深层融会下的《鲁滨孙漂流记》

比较文学学者叶维廉曾提出"文化模子"说，他认为，一个民族的文化模子影响着自身对异己文化的理解，这在文学翻译中是常见的现象。① 李泽厚亦有言："真正的传统是已经积淀在人们的行为模式、思想方法、情感态度中的文化心理结构"，因为"传统既然是活的现实存在，而不只是某种表层的思想衣装，它便不是你想扔掉就能扔掉、想保存就能保存的身外之物"。② 因此，在考察了晚清民国国民性改造视野中《鲁滨孙漂流记》诸译本所发生的创造性叛逆后，需要对它与中国文化传统中深层勾连和交通的方面做出探讨。

本章包括三节，试图追问中国传统文化在《鲁滨孙漂流记》中国化历程中所发生的深层影响。第一节探讨《鲁滨孙漂流记》与自强不息的进取观念和愚公移山的民间乐观精神的契合，第二节主要研究的是游历文化精神如何支配和左右了中国人对《鲁滨孙漂流记》的创造性化用，第三节则论述感伤传统与《鲁滨孙漂流记》汉译本所体现的抒情面向。第一节对诸译本中进取精神的探讨涉及中国传统文化的现实关怀层面，第二节对游历话语的考察则诉诸对中国人超越精神的探讨，第三节关涉的是传统文化的美学精神。这三个方面无不呈现出中国传统文化强烈的主体精神

---

① 参见葛桂录：《含英咀华——葛桂录教授讲中英文学关系》，中央编译出版社2014年版，自序第6页。
② 李泽厚：《中国现代思想史论》，东方出版社1987年版，第42、43页。

面向。余英时认为:"中国的两个世界(即超越世界和现实世界)则是互相交涉,离中有合、合中有离的。"① 这一认识正好能回答为何《鲁滨孙漂流记》诸译本中既蕴含着现实关怀又包含着超越精神这一双重的主体精神表达面向。与此同时,中国文化自有的感伤和抒情传统,在近代又获得了有别于西方现代的现代性,成为王德威所说的"抒情现代性"。因此,《鲁滨孙漂流记》汉译本中自强不息的进取精神、游历精神以及感伤品格对原著的改写,既反映了中英文化的本质性差异,又呈现出中国文化误读的必然性,因为"此种'译述本土化',将想像的西方进步世界在小说中转化为中国旧道德的'在地实践',诚为中国回应现代性冲击的独特遗迹"②。不仅如此,译本所呈现的误读之处还是两种文化的深层契合之处。

---

① 余英时:《中国思想传统的现代诠释》,江苏人民出版社2003年版,第7页。
② 黄宗洁:《从"国体"到"身体":现代性下的想像认同——〈从少年中国到少年台湾〉评介》,载《东华汉学》2015年第22期,第238页。

第一节

自强不息与诸译本的进取精神

如前所述，笛福的《鲁滨孙漂流记》之所以能够在晚清译入中国后至今不衰，除了极力声张和呼应了文本潜入的时代精神之外，更重要的是与中国文化传统本身的契合和勾连。勒弗菲尔也富有洞见地指出了"文本构成中传统力量"①的重要性。在深广的中国文化传统中，自强不息的进取精神成为《鲁滨孙漂流记》中国化的内在动力之一。

一、自强不息精神及其要义

余英时指出："中国思想的最可贵之处则是能够不依赖灵魂不朽而积极地肯定人生。"②此一观点发人深省。的确，富于实践理性精神的中国文化传统（李泽厚语）素来不缺乏自强不息这一行动哲学的温暖烛照。

"自强不息"一词最早见于《周易·乾·象传》："天行，健。君子以自强不息。"③《周易》作为"仰则观象于天，俯则观法于地"的古代经

---

① André Lefevere, *Translation, Rewriting, and the Manipulation of Literary Fame*, London and New York: Routledge, 1992, p. 34.
② 余英时：《中国思想传统的现代诠释》，江苏人民出版社2003年版，第31页。
③ 陈鼓应译为："天道运动不止，这便是〈乾〉卦的意象。君子因此要自觉奋勉，永无止息。"参见陈鼓应、赵建伟注译：《周易今注今译》，商务印书馆2016年版，第9页。

典，既诠释天道，亦探究人道。最突出的莫过于运动变化的宇宙观贯穿于文本始终。正如张岱年等指出的，此处的"健含有主动性，能动性以及刚强不屈之义。君子法天，故应自强不息。自强不息也就是努力向上，绝不停止"①。正因为天道运动不止，所以行人道的君子必须自觉勤勉，并且永无止息。换言之，由于客观世界变动不居，因此，人应当在生命历程中充分发挥主观能动的作用，唯其如此，方可掌握自己的命运。《周易》之后，后世儒家更强调"知其不可为而为之"的主体精神，而孔子、孟子毕其一生周游列国宣讲治国理想的行为本身，就是《周易》这一自强不息精神的生动写照。《论语·卫灵公》载："君子求诸己，小人求诸人"，孔子以实际行动展示了儒家所宣称的"求诸己"这一积极进取、刚健自强的精神。到了荀子这里，"锲而舍之，朽木不折；锲而不舍，金石可镂"的主体姿态也是对自强不息精神的生动演绎。因此，有学者称："《易传》作者视'自强不息'为君子的必备品格与孔孟荀对主体力量、主体地位、主体意识的肯定和重视有一脉相承的关系。"② 此外，《礼记·大学》引汤之《盘铭》"苟日新、日日新、又日新"，强调的依然是宇宙的不断创化。正因为此，身处变化宇宙中的主体之人必须奋斗不止。

更为重要的是，"《周易大传》把自强不息、厚德载物、刚中、及时、通变有机地结合起来，形成了一个以刚健为中心的宏大的生活原则体系"③。因此，既然始于《周易》的自强不息融入了"一个以刚健为中心的宏大的生活原则体系"，那么，这种始见于《周易》的自强不息精神自

---

① 张岱年、程宜山：《中国文化与文化论争》，中国人民大学出版社1990年版，第18页。
② 邵汉明主编：《中国文化精神》，商务印书馆2000年版，第84页。
③ 张岱年、程宜山：《中国文化与文化论争》，中国人民大学出版社1990年版，第21页。

然不独为知识界所抱持。事实上,在长达几千年的文化传承中,自强不息的进取精神已渗透于国人的集体无意识深处,并积淀成为一种普遍的民间意识形态。进言之,自强不息经由神话、寓言故事、成语、民间谚语等民间文化沉淀在普通民众内心深处,成为一种隐而不显又自然而然的处世态度。《列子·汤问》中所讲述的愚公移山故事就闪烁着普通民众进取精神的光芒。《山海经》中精卫填海的故事,茅盾将其与刑天的神话故事并举,认为二者"都是描写象征那百折不回的毅力和意志的"[①]。此外,《山海经·海外北经》中夸父逐日的故事,亦突出地体现了个体奋进不止、以有限生命追求无限永恒的愿望。至于"活到老,学到老"等民间谚语,更是反映了这一积极进取、刚健自强精神的普遍化和社会化,并成为一种不假思索的真理话语为人所接受和信奉。

概言之,自强不息的实质为自立之道。作为一种生活原则,它指的是一种刚健有为的主体精神,主要强调人应当发挥主体性、能动性和独立性,并以百折不挠的精神战胜艰难险阻,从而最大限度地完成对外部世界的征服乃至自我价值的实现。

然而,因之于对国族命运的担忧和知识界前所未有的文化焦虑,自强不息的进取精神流布至近代后被注入了新的内涵:偏重于强调个人的主动精神和奋进姿态。与此同时,这一时期出现了号召国民自强不息的思想运动。如1861—1894年掀起的洋务运动,又称自强运动。[②] 1898年,严复在《天演论》译序中不仅申述"自强不息为之先",并且将自强与保种紧密相

[①] 茅盾:《中国神话研究初探》,江苏文艺出版社2009年版,第86页。
[②] 参见冯志杰:《中国近代翻译史》(晚清卷),九州出版社2011年版,第33页。

连："自强保种之事"。①《天演论》的出版在晚清知识界甚至大众中引起强烈反响，"自强""自卫""自治""自存"等成为风行一时的词汇，成为时代风气和精神的透镜。甚至，有革命青年以"自强"为笔名发表文章。②以上诸种，足见当时自强不息精神举国风靡的情状。自强不息精神的核心要义为：主体的自强精神与国家的进步命运深度扭结。质言之，个体的进取精神被整合进了国族的进步富强当中。梁启超在《大同志学会序》中呐喊："以古人自期，以天下为己任，斯岂非孔子所谓狂者进取乎？"③正是民族文化传统中以天下为己任的精神追求，最终在近代导向了个人进步直接关乎民族国家进步的建构逻辑，并成为时代的最强音。有学者考察得出，1895—1924年中国经历的诸多社会思潮中，其中之一便是进步观念。④由此，个人的自强等同于国家的进步，原本属于一己之事的自强不息增添了国族道义的成分，具备了支配民族国家命运的伦理维度。

因此，晚清民国《鲁滨孙漂流记》诸译本中，自强不息的进取精神具备了自我实现和国族兴旺的双重维度。换言之，作为进取精神的主体性追求包含着两个层面：追求个体自我的奋斗不息，追求自我对国家民族命运的能动有为。

---

① 参见赫胥黎：《天演论》，严复译，欧阳哲生导读，贵州教育出版社2014年版，译《天演论》自序第27页。
② 1900年，中国留学生在日本横滨创办了中国近代第一个具有革命倾向的刊物《开智录》，冯斯栾以"自强"为笔名在刊物上发表文章。参见冯志杰：《中国近代翻译史》（晚清卷），九州出版社2011年版，第163页。
③ 任公：《大同志学会序》，载《清议报》1899年4月30日。转引自汤志钧、陈祖恩编：《中国近代教育史资料汇编·戊戌时期教育》，上海教育出版社1993年版，第267页。
④ 参见金观涛、刘青峰：《中国现代思想的起源——超稳定结构与中国政治文化的演变》（第一卷），法律出版社2011年版，第257页。

二、进取精神的个体维度

不可否认,笛福的《鲁滨孙漂流记》宣扬了工业革命时代资产阶级的乐观精神和进取精神。然而,原作的进取精神另有内涵。韦伯指出,笛福的《鲁滨孙漂流记》中,主人公的辛勤劳动和创造活动与其清教伦理背景密切相关。说得更为直接一点,鲁滨孙在荒岛上毫不懈怠的生产劳动是服务于增加上帝的荣耀的,而非致富的直接经济目的使然。[①] 事实上,除此清教伦理维度之外,资本主义作为永动机,无限制的商业开拓欲望是促使鲁滨孙劳动不息、创造不止的另一重要原因。概言之,清教伦理和资本主义精神成为鲁滨孙辛勤劳动和创造发明的根本动力。与此相照,余英时指出,"中国人相信价值之源内在于一己之心而外通于他人及天地万物",无论是"良知"还是"三尸",总之,"人具有一种内在的精神力量,督促自我不断向上奋斗"。进一步地,余英时将中国人对自我的态度称为"依自不依他"的人生态度。[②] 这一观点可谓抓住了自强不息精神的关键,对于理解晚清民国诸译本中鲁滨孙的进取精神颇有助益。这突出地体现在诸译本中鲁滨孙的自我追求上。

(一) 晚清诸译本中进取精神的自我维度

笛福的《鲁滨孙漂流记》中,鲁滨孙因不满于安稳的中产阶级生活而选择离家远航。到了晚清民国诸汉译本中,鲁滨孙离家远行的理由出奇一致地变成了大丈夫对于个人抱负的追求。诸译本突出了"鲁滨孙三部曲"

[①] 参见马克斯·韦伯:《新教伦理与资本主义精神》,于晓、陈维纲译,陕西师范大学出版社2006年版。
[②] 参见余英时:《中国思想传统的现代诠释》,江苏人民出版社2003年版,第25、26页。

第一部中主人公的三次冒险以及第二部中的环球旅行经历，译者在鲁滨孙长途跋涉的过程中，增添了大量的自我明志书写。一改原著追利逐利的资本家形象，鲁滨孙作为一个自强不息的主人公呈现在近代中国读者的阅读视野中。此处以译本产生的先后顺序一一述之。

沈译本的译者钱唐跋少年自幼染足疾，病废的身体状态使其极易与"因事系狱"而身陷"不遇之志"的笛福产生共鸣。① 加之受时代精神的刺激，受家兄革命倾向的影响，沈氏"不恤呻楚，勤事此书"成为情理之中的事。因此，具有个人生命体悟的译者，将不畏磨难且以自我实现为宗旨的个人志向渗透在译文的翻译中。如笛福原作中，鲁滨孙对第二个哥哥离家之事以"一无所知"一笔带过。而沈译本中，译者赋予鲁滨孙次兄以游历为抱负的外出动机。② 在这一游历书写的前期"造势"下，鲁滨孙的游历志向不但是"颇有次兄之志"的体现，而且能在"父母诰戒，亲朋规劝"③之后更加深切笃定。刚健有为的使命感成为鲁滨孙行动的主旋律。

《大陆报》译本中，鲁滨孙的游历之志同样坚不可摧。在接受父亲规劝后，仅仅几个礼拜便"雄心勃勃，远游冒险之志，又一发而不可遏止了"。他的自我表白是"以达我的志向为重"。因此，对执意出海的鲁滨孙而言，父亲的劝诫注定徒劳无力。此外，译本第七回，鲁滨孙猎得山羊欲吃羊肉时，却因无锅炉烹制未能如愿，因此而心情郁郁。然而，这一因器

---

① 笛福因写诗讽刺迫害非国教徒被投入监狱。John Richetti, *The Life of Daniel Defoe*, Chichester: John Wiley & Sons Ltd, 2015.
② 沈译本此处为译者增译，笛福原著中鲁滨孙关于次兄的描写并无任何细节上的交代，只是一笔带过："至于我的次兄，其下落如何，我不得而知，这如同我的父母亲不知道我的下落一样。"Daniel Defoe, *Robinson Crusoe: An Authoritative Text, Contexts, Criticism*, ed. Michael Shinagel, New York: W. W. Norton, 1994, p. 4.
③ 参见狄福：《绝岛漂流记》，钱唐跋少年笔译，见笛福：《辜苏历程》，英为霖、沈祖芬等译，南方日报出版社2018年版，第176页。

物匮乏而带来的不悦感，很快为其强大的刚健自我所消除："大丈夫何事不能为？即是一个世界，也能制造出来。难道区区器具，不能制造吗？"①寥寥数语，一个乐观奋进、刚健有为的主体形象呈现在读者面前。

林译本中，尽管译者突出地呈现了鲁滨孙对新中庸精神的求索之旅（李今语），然而，其根本动力依然是他的不懈追求。对志向锲而不舍的探求赋予了鲁滨孙"父母在""仍远游"的行动以合法性，译者不仅不担心读者对他"不孝"行为的指责，而且有信心让读者对他生出敬佩之情。

尤为值得注意的是，传教士英为霖译本《辜苏历程》也闪烁着中国传统文化中"天生我材必有用"以及有志者事竟成的乐观色彩。②无论是译文中鲁滨孙自称"天生我做人，四肢完全，五官齐备，必有用处"，还是鲁滨孙制成烟筒和瓦器后"可见人唔怕有能，有志者自然得成"③的怡然自得，无不折射出中国文化传统中个体对于远大志向的积极追求。

总之，晚清诸译本中，在对个人志向的执着追求上，鲁滨孙是一个"路漫漫其修远兮，吾将上下而求索"的志向笃定之士。《小仙源》中，宣扬团结协作的洛萍生，也充分认识到每个"文化之民""曲尽其长"是最终"成绩乃懋"的必要前提。④进取，是自我实现的基石。

（二）民国汉译儿童版中进取精神的自我维度

同样，关于鲁滨孙初次远航的动机叙述，民国教科书译本基本上沿袭

---

① 德富：《鲁宾孙漂流记》，《大陆报》译本，见笛福：《辜苏历程》，英为霖、沈祖芬等译，南方日报出版社2018年版，第243、244、270页。
② 《辜苏历程》依然体现出中国文化传统深层化合异域文本的力量。然而，《辜苏历程》的中国化是传教士为了实现文本的广泛传播和传教，因此与晚清诸译者存在区别。
③ 《辜苏历程》，英为霖译，见笛福：《辜苏历程》，英为霖、沈祖芬等译，南方日报出版社2018年版，第69、76页。此处显然是译者对于"有志者事竟成"的化用。
④ 戈特尔芬美兰女史：《小仙源》，商务印书馆编译所编译，商务印书馆1914年版，第49页。

了晚清汉译本的翻译策略，译者在原著鲁滨孙受漫游思想激发的基础上进一步发挥①，并最大限度地呈现了鲁滨孙对自我主体精神的捍卫。如严叔平译本，鲁滨孙自称："好像我的天性，只配的乘长风破万里浪，况且我的磨砺我自己，遇事总是望艰难险阻里头走"②。唐锡光、顾均正译本中，译者直接强调了个人志向的重要性："我的志向却在航海。此外一点也不能引起我的兴趣。我对于航海已经成了癖好"③。此处需要指出的是，表面来看，尽管同时期的徐译本是对原著的忠实翻译，诸如"我的脑袋里从小便充满了漫游的思想"，"我却一心一意地想航海"④，但上述航海话语因为脱离了原著语境，内涵已悄然间发生了变化。⑤徐译本依然奠基于刚健有为的儒家文化传统。

与晚清汉译本大为不同的是，民国《鲁滨孙漂流记》教科书译本大大保留了笛福对鲁滨孙独居荒岛后的生产劳动和发明创造的书写，并且在此基础上宣扬了鲁滨孙自强自立和刚健有为的品质。如，顾均正、唐锡光译本第五章"探险和创造"对鲁滨孙的创造行为予以了热情赞扬。严叔平译本更是不惜笔墨地叙述了鲁滨孙的各项生产劳动。鲁滨孙持续不辍的掘土挖洞行动，极易让人联想到意欲移除门前两座大山而决计挖土不止的愚

---

① 笛福笔下的鲁滨孙动辄用"rambling thoughts"或"wandering inclination"来解释自己的远航动机。Daniel Defoe, *Robinson Crusoe: An Authoritative Text, Contexts, Criticism*, ed. Michael Shinagel, New York: W. W. Norton, 1994, p. 4.
② Daniel Defoe:《鲁滨孙飘流记》，严叔平译，崇文书局1928年版，第3页。
③ 狄福:《鲁滨孙飘流记》，顾均正、唐锡光译，开明书店1949年版，第1—2页。
④ Daniel Defoe:《鲁滨孙飘流记》，徐霞村译，香港商务印书馆1957年版，第2页。
⑤ 徐译本中鲁滨孙有关漫游的说法客观上成为对原著漫游修辞的挪用。笛福《鲁滨孙漂流记》中，主人公的真实动机是通过商品贸易和殖民活动从而获得最大程度的利益回报，"漫游的想法""漫游的倾向"只是掩人耳目的托词罢了。另，西方的漫游传统与中国的游历传统所携带的文化内涵也有区别。前者与殖民探险活动紧密关联，有关后者内涵的探讨详见本书本章第二节。

公。此外，译者对主人公刚健有为精神的宣扬还显著地体现在《小朋友》连载的图画本《鲁滨逊漂流记》改编本中，如"鲁滨逊天天努力地工作"①，鲁滨孙自制的船是"用坚苦的工作得来的报酬，也是用百折不挠的精神去工作，所得到的最后胜利"②。不过，抛开特定时空的文化背景不论，原著中鲁滨孙为了生存不怕失败而反复试验的精神，本就与中国文化传统中的自强不息精神深层相通。

三、进取精神的国族维度

受时代精神的鼓荡，晚清民国诸译本中，译者在自强不息进取精神的传统内涵中融入了主体对国族命运积极关注的新含义。进取的自我进而由个体上升到了国族层面。

（一）晚清汉译本中进取精神的国族关怀

如前文所述，晚清汉译本基本上是对笛福"鲁滨孙三部曲"前两部的译介。第二部中，鲁滨孙的足迹已延伸到了中国。耐人寻味的是，此时的鲁滨孙极尽污蔑中国之能事，大到吏治腐败、军事松弛，小到"瓷房子"华而不实、卫生脏乱、人民吸食鸦片、精神萎靡不振，等等。③ 有趣的是，这些充满文化偏见的讨伐之辞，成为文化自信心急剧崩溃的晚清译者借以

---

① 《鲁滨逊漂流记》，载《小朋友》1947年第871期，二三片段。
② 《鲁滨逊漂流记》，载《小朋友》1948年第879期，六五片段。
③ Daniel Defoe, *Robinson Crusoe/The Farther Adventures of Robinson Crusoe*, London and Glasgow: Collins, 1953. 这应当和笛福的中国观有关。关于笛福的中国观，学界已有一些研究成果，参见陈兵：《清教徒笛福笔下的中国》，载《中国文学研究》2018年第1期，第161—167页。管新福：《西方传统中国形象的"他者"建构与文学反转——以笛福的中国书写为中心》，载《文学评论》2016年第4期，第139—147页。王丽亚：《论笛福笔下中国形象的两极性》，载《江西社会科学》2012年第11期，第80—85页。

进行自我文化批判的现成材料。他们每每借题发挥，以此来针砭时弊，进而宣传自强精神之于民族国家的重要性。

沈译本序言中，高梦旦陈述沈祖芬的翻译动机为"激发其国人冒险进取之志气"，目的显然是"以药吾国人"。正因为此，沈译本处处体现了对自强不息精神和自食其力品格的推崇。"鲁滨孙三部曲"第二部中，鲁滨孙强调其一个侄子也是"已能自食其力"。在谈及长城时，译者借鲁滨孙之口轻蔑地指出："支那人之柔懦无用，不能自强也。"① 译者深厚的文化焦虑跃然纸上。这里，鲁滨孙对自强的认识已经由第一部中的个体自强上升到中国人是否能够自强、国族能否兴旺的高度了。

《大陆报》译本第十九回（对应的是《鲁滨孙飘流续记》部分）中，鲁滨孙侄子可谓深得自强之要义。此处情节大致为：先是鲁滨孙同行的水手因强奸妇女而被当地村人杀死，后是水手同伴为其报仇而放火杀人，结果是受害妇女所在的村落被"杀得尸横遍野，血流成渠"。事毕，妇女所在村子的一位老者在鲁滨孙面前哭诉村人所遭遇的浩劫，结果未等鲁滨孙开口，鲁滨孙侄子迫不及待且"恨铁不成钢"地警醒老者：

> 他们蛮横的举动，确是他们一班人不是。但是你们的国，若不速速自强，使人人皆练到军国民资格，恐不久必有一国来灭你。倘你们的国，已经能自立了，则此番的事，也不怕他们了。②

在此，译者虽然认识到肆意强奸与疯狂屠杀的暴力行径是"蛮横的举动"，但却以一句"确是他们一班人不是"轻松而匆忙地掩盖了其极度缺

---

① 狄福：《绝岛漂流记》，钱唐跛少年笔译，见笛福：《辜苏历程》，英为霖、沈祖芬等译，南方日报出版社2018年版，第171、214、227页。
② 德富：《鲁宾孙漂流记》，《大陆报》译本，见笛福：《辜苏历程》，英为霖、沈祖芬等译，南方日报出版社2018年版，第326页。

乏道义的残酷本质。不仅如此，译者着重强调的是如若不吸取这一惨痛教训，未来可能发生的更为严重的后果。与此同时，此暴力行为亦因为所具备的"杀鸡儆猴"作用而增强了合法性："若不速速自强，使人人皆练到军国民资格，恐不久必有一国来灭你。"唯有人人自强，国家方可自立，并最终不惧外敌凌辱。这种强者为尊的逻辑背后，依然是译者将个体的自强上升到民族国家宏观层面的政治观念在支配。林译本《鲁滨孙飘流续记》中，译者林纾在直接抒发翻译过程中内心的忧虑愤懑时，表达了对自强精神的强烈渴求：

> 此书在一千七百六十五年时所言，中国情事历历如绘，余译此愤极，至欲碎裂其书，掷去笔砚矣。乃又固告余曰："先生勿怒，正不妨一一译之，令我同胞知所愧耻，努力于自强，以雪此耻。"余闻言，气始少静，故续竟其书。[1]

哀其不幸，怒其不争。林纾的愤怒应该能够代表晚清一代知识分子的普遍心态。与前述《大陆报》译本译者的叙述根由类似，林纾愤怒的原因也是国人的不自强，他渴望的当然是真自强。因此，林译本中，鲁滨孙称"天下人果能自力其力，则百凡灾害均可驱除"[2]。译者深信，只要人人"自力其力"，整个国家便可以战胜一切艰难困苦（"百凡灾害"）。

（二）民国汉译儿童版中进取精神的国族维度

与晚清汉译本相异，民国教科书译本的一大特征是放弃了对"鲁滨孙三部曲"第二部的译介，因此，译者无法借助旅行至中国的鲁滨孙针砭时

---

[1] 达孚：《鲁滨孙飘流续记》（卷下），林纾、曾宗巩译，商务印书馆，出版时间不详，第56页。
[2] 达孚：《鲁滨孙飘流续记》（卷上），林纾、曾宗巩译，商务印书馆，出版时间不详，第46页。

弊，从而大发国族当自强之宏论。然而，这不等于说他放弃了对国族进取层面的追求。如顾均正、唐锡光译本中，进取有为的鲁滨孙拯救星期五，教育星期五不但改写了笛福原作的殖民本质，而且超越了种族的偏见和国族的狭隘，具备了普世性的维度。同样，《小朋友》连载的图画本《鲁滨逊漂流记》的结尾，译者跳出故事，站在评论家的立场宣扬故事的真义："这鲁滨逊勇敢的故事，得到了世界上老年人的欢心，也鼓励着年轻人的进取。"① 这里对"世界上""老年人"和"年轻人"进取心的"鼓励"，凸显的依然是摒除种族偏见的世界胸怀。

1947 年，文艺理论家杨晦建议青年读者将《西游记》《鲁滨孙漂流记》和《母亲》三部小说做一种比较的研究，理由在于：

> 孙悟空、鲁滨孙和伯惠尔这三个人物，产生在三个不同的时代，然而，却有着一个共同点，就是，他们都在走他们要走的或者说是应该走的道路，都是有着坚定的信心，坚强的意志，使出了他们全部力量，不怕艰难，不怕困苦，不灰心，不退缩地去实现他们的志愿。我们这个时代的青年，因为中国社会的特殊性质，就站在这三个人物的三个时代的边沿；我相信，这三部小说，对于我们的青年读者，都有着非常重大的意义，值得推荐。②

杨晦的这种认识，是始自晚清绵延至民国的知识分子心理夙愿的普遍写照。

四、小结

笛福《鲁滨孙漂流记》宣扬的是中产阶级的致富神话，但客观上又给

---

① 《鲁滨逊漂流记》，载《小朋友》1948 年第 901 期，一七六片段。
② 杨晦：《笛福和他的〈鲁滨孙飘流记〉》，载《时与文》1947 年第 2 期，第 15 页。

读者提供了生存神话的阐释可能。《鲁滨孙漂流记》文本本身与生俱来的多层面解读空间，以及中国传统文化强大的包容性，为其中国化创造了更多的可能。一方面，作为18世纪的畅销书，《鲁滨孙漂流记》在问世之初就深受大众喜爱。厨娘、仆从等中下层读者因其所处的人生境况，极易与作为隐喻的鲁滨孙荒岛处境共鸣，并视其为生存神话。"鲁滨逊的故事之所以在这些读者中流行，是因为它体现了在恶劣生存环境中人还有战胜不利的客观环境的可能，从而为读者的困苦生活带来一丝希望的曙光。"[①] 事实上，不仅英国读者在《鲁滨孙漂流记》中看到了希望的曙光，在素来推崇锲而不舍、自强不息精神的中国读者当中，鲁滨孙百折不挠的精神和斗志满怀的精神面貌也极易为其找到知音。特别是在晚清民国民族国家遭逢数千年不遇之变局的危急关头，无论是知识精英还是普通民众，个人的、民族的情感和生存处境交织在一起，身处危局中的人们都能在最短的时间内获得心领神会的感悟。"苟无进取力，即无保守衡"[②] 是上自精英下至民众的普遍认知。无独有偶，晚清汉译本《小仙源》中，洛萍生教导儿子们"使人人有漂流绝岛之一日，与世相隔，非自力作，无以延生"[③]，目的依然是倡导自力更生的精神。

正如英国文化研究专家雷蒙·威廉斯（Raymond Williams）在《文化的分析》一文中所言，一个社会的传统文化总在试图回应当下的利益和价

---

① 惠海峰、申丹：《个人主义、宗教信仰和边缘化的家庭——重读〈鲁滨逊漂流记〉》，载《外国语文》2011年第4期，第18页。
② 赵炳麟：《赵柏岩诗集校注》，余谨、刘深校注，巴蜀书社2014年版，第140页。
③ 戈特尔芬美兰女史：《小仙源》，商务印书馆编译所译，商务印书馆1914年版，第50页。

值体系，那些被选择的传统应当是跟随当下社会成长的。[1] 林译哈葛德小说之所以能吸引晚清众多学者是其能"顺利寄生在中国传统小说的惯性期待之上"[2]。进取精神所反映的现世事功维度，其内在逻辑是近代中国对儒学的强化事功和经世致用的展开。[3] 晚清民国《鲁滨孙漂流记》汉译与自强不息的进取精神之间的深度勾连亦可以作如是观，不过，它更加突出了近代主体性的产生，即自我主体性和现代民族国家主体性的双重主体性之产生。

---

[1] *Cultural Theory and Popular Culture: A Reader (5th edition)*, ed. John Storey, London and New York: Routledge, 2019, p. 35.
[2] 王宏志主编：《翻译史研究 2011》，复旦大学出版社2011年版，第140页。
[3] 金观涛、刘青峰：《中国现代思想的起源：超稳定结构与中国政治文化的演变》（第一卷），法律出版社2011年版，第221页。

第二节

游历与诸译本的超越精神

上文讨论了中国传统文化中的自强不息精神在晚清民国《鲁滨孙漂流记》中国化过程中的作用，本节的主要宗旨在于探究游历文化精神在诸译本中的具体呈现。质言之，诸译本俯拾皆是的游历话语背后，蕴藏着中国文化传统中"逍遥游"的超越精神，而鲁滨孙对自然风景的游观态度亦是游这一文化精神的题中之义。① 因此，考虑到游历话语的重要性和典型性，本节以晚清《鲁滨孙漂流记》诸译本中的游历话语作为重点观察对象，考察其产生的深层文化根源——中国人的游历精神，从而说明游的文化精神是如何对笛福《鲁滨孙漂流记》的中国化产生深层影响的。

一、游历精神与游之超越

正如有学者所指出的，中国古代并非一个凝固稳定的乡土社会，而是充满了各类游人流民以及游之活动的世界；游的精神体现在中国社会的政治、社会、文学、艺术、哲学、宗教等众多领域，游之精神，游的行为，

---

① 目前学界有个别论者如李今敏锐地捕捉到了汉译本中优游的生活姿态和译者对自然景观的描写，然而仅仅是点到为止。参见李今：《晚清语境中汉译鲁滨孙的文化改写与抵抗——鲁滨孙汉译系列研究之一》，载《外国文学研究》2009年第2期，第99—109页。

—159—

既在政治、经济及社会、政策上产生过重要的作用,也影响了中国人的处世态度与精神动态。① 概言之,游历精神贯穿了整个中国文化传统,而游在内在于己的行动者维度中展现出超越性的意涵。

(一) 游历精神

春秋战国是游历精神成为时代精神和普遍观念的时期。时人普遍好尚游历,力图以周礼规范社会秩序的孔子,宣称"父母在,不远游,游必有方",就从侧面反映了游历活动的广泛性。孔子也是怀揣"道不行,乘桴浮于海"(《论语·公冶长》)之志的好游之人,"志于道""游于艺"(《论语·述而》)是其理想的一部分。庄子更是以"逍遥游"的自由心灵和超越精神著称于后世。

降及汉代,游士游侠之风依然兴盛。司马迁作《史记·游侠列传》本就是对当下现实的有感而发。魏晋时期的玄学清谈之风则大半浸润着庄子的游之精神余韵,阮籍、嵇康等名士的放浪不羁、自由处世风度就是游在现实人生的生动具体呈现。延及唐朝,"青年士人在参加举业之前到全国各地漫游",更是"当时的社会风尚"。②

至于晚近的明代后期"是一个士绅阶层普遍热衷于游历的时代——不是奉公旅行,而是为了自娱"③。行万里路成为读万卷书的文人骚客普遍的热衷对象,好游历之风使得明代的游记文学分外发达,"《徐霞客游记》游

---

① 参见龚鹏程:《游的精神文化史论》,河北教育出版社2001年版,第24—147页。
② 孙荣:《文人壮游》,华文出版社1997年版,第31页。
③ 卜正民:《纵乐的困惑——明代的商业与文化》,方骏、王秀丽、罗天佑译,广西师范大学出版社2016年版,第203页。卜正民从私人旅行和路程书籍的兴盛角度论述了晚明的游历之风,甚至指出了作为香客面貌出现的游历女性,详见该书第194—209页。

历之广、涉境之奇、文字之多，均可谓古之所无"①。因此，如《西游记》这般人物在路上寻求真义与超脱的古典小说最终成书于晚明，本就是游之时代精神刺激的产物。

到了晚清，游历精神又一次全面复兴。晚清知识分子在掀起救亡图存的政治活动时，"无论是保守的维新派人士，还是资产阶级革命派，……每每用历史上的游侠义士相号召，以激发时人的勇气，砥砺其斗志"。因此，"那些沉沦于江湖的豪侠义士就这样再度振起，成为社会政治斗争的中心，或切近中心的关键。千百年来游侠'千里诵义，为死不顾世'的品格，至此因有'驱逐鞑虏，恢复中华'的社会大革命的洪流融入，升华为一种更崇高远大可歌可泣的不死的精神，感召了一批又一批的热血志士赴难走急，视死如归，俨然形成中国历史上侠之崛起的第三个高潮"。② 与此同时，近代旅外游记，如康有为、梁启超更是以游记肩负起文化交流与文化批判的使命。③ 尽管中国儒生本来就有"读万卷书，行万里路"的传统，但在顾炎武之前，这主要是指儒生在行万里路中体会儒家经典，了解天地神州之博大而求万物一体，修身的重点在于个人精神状态。在顾炎武那里，"行万里路，读万卷书"有了新的含义，就是为了社会调查、获得知识和救国。④

因此，在中国源远流长的游历精神的支配下，《鲁滨孙飘流续记》被

---

① 龚鹏程：《游的精神文化史论》，河北教育出版社2001年版，第238—239页。
② 汪涌豪：《中国游侠史论》，上海人民出版社2016年版，第130、132页。塞万提斯的《堂·吉诃德》被译为《魔侠传》足以见出当时游侠精神的风行。
③ 参见梅新林、俞樟华主编：《中国游记文学史》，学林出版社2004年版，第15页。
④ 参见金观涛、刘青峰：《中国现代思想的起源——超稳定结构与中国政治文化的演变》（第一卷），法律出版社2011年版，第166页。

译者诠释为"中国游记"部分，其中的游历之眼光显而易见。① 王国维谓："以我观物，故物皆著我之色彩。"西人的冒险记在中国人眼里成了游记。国人游历精神的深层积淀可见一斑。

（二）游之超越

游本身是一种脱离于主流秩序之外的生存状态，因此与生俱来地具有一种超越世俗的自由精神。《说文解字》谓："游，旗旌之流也。"由此，游如旗之随风而动，颇有从容自得之意味，后引申为以人为主体的出游、嬉游之游。游本身具有神与物游的超越意义，这一超越义指向了一种优游而乐的超越精神。龚鹏程将农民游民的关系比作土与水的关系，前者是固着于乡土的，后者是游于江湖的。从游的主体去看自己，游士也好，游侠也罢，自然是优游的、超脱于现实俗务羁绊的，这就是游的超越意义。

学者论及游，必追溯至道家。必须承认，庄子的游本身极富超越的向度。无论是其"乘天地之正，而御六气之辩，以游无穷者"，还是"乘云气，御飞龙，而游于四海之外"（《庄子·逍遥游》），莫不给人一种"乘物以游心"（《庄子·人间世》）的绝世姿态。特别是大鹏鼓翅的"逍遥游"的主体精神活动臻于悠游自在、无挂无碍的境界，每每令人向往而欣羡不已。庄子的物与人本就没有区隔，正如"庄周梦蝶"，蝶与庄周彼此难分，"神与物游"，物与人是混融的存在。朱良志认为，庄子的"物化"将人从"对象"中拯救出来，让生命自在显现。② 因此，云气、日月、四海无论是作为自然还是物化世界，皆是庄子游心的载体，一切皆与游相

---

① 崔文东在文章中使用了"中国游记"一词。事实上，晚清汉译者的确是以游历的眼光来诠释鲁滨孙中国之行的。参见崔文东：《翻译国民性——以晚清〈鲁滨孙飘流续记〉中译本为例》，载《中国翻译》2010 年第 5 期，第 19—24 页。
② 参见朱良志：《中国美学十五讲》，北京大学出版社 2006 年版，第 5—9 页。

关。当然，游的至途是优游自在。与庄子相比，孔子的"乘桴浮于海"自然有"道不行"的现实困厄所驱使，其游也仅仅是一种"方内之游"，无法与庄子之"方外之游"相媲美。然而，其思想上亦具有解脱超越的要求。① 之后的魏晋时期，文人卧游重在精神之游而非身体之游。

历史滚滚向前，游的精神界面却愈趋于"狭义化"。随着定居社会形态的渐趋形成，浸润在春秋战国时期游士诸子身上的游之超越精神逐渐萎缩为后世的游侠精神。一开始这种游侠精神尚且"流动不居、洋溢于天地间、人人可能得而有之"②，但在晚清发生了嬗变，主要表现为晚清志士"推崇尚武精神、平等意识和锄强扶弱等方面"③。无论是谭嗣同、章太炎等提倡游侠精神鼓吹"民气"的议论，还是梁启超提倡"尚武之政府"与"强有力之贤士大夫"，皆属此类。晚清知识分子正可谓以出世的精神，做入世的事业。不过，总体说来，即便游历之游的超越精神趋于现实世界，但超越面依然是其浓厚的底色。"'天'不可知，可知者是'人'，所以只有通过'尽性'以求'知天'。"④ 游显然是"尽性"的一种表达途径。甚至，游成了危如累卵的时局下知识分子纾解文化焦虑的唯一的和有效的途径。

总之，在游历精神的支配下，"无论在中古时代还是在现代中国"，"一个反复出现的主题是游历：头脑中的游历，身体的游历，无论是前往异国他乡，还是从北到南或从南到北，无论是进入佛教的乐园净土，还是

---

① 参见孙荣：《文人壮游》，华文出版社1997年版，第2页。
② 陈平原：《千古文人侠客梦》（增订本），北京大学出版社2018年版，第209页。
③ 参见金观涛、刘青峰：《中国现代思想的起源——超稳定结构与中国政治文化的演变》（第一卷），法律出版社2011年版，第263页。
④ 余英时：《中国传统思想的现代诠释》，江苏人民出版社2003年版，第28页。

游观幽冥"。① 有趣的是，游历主题还进入了晚清翻译文学，《鲁滨孙漂流记》的译介突出地体现了这一点。优游和游观成为译本中鲁滨孙游历活动的两个主要方面，前者主要为精神的漫游，后者主要为身体的旅行。

二、鲁滨孙游历之优游

如前所述，中国人拥有源远流长的游历传统，游历精神也沉淀在意识深处。因此，一定程度上，笛福《鲁滨孙漂流记》中茕茕孑立、形影相吊的鲁滨孙流落荒岛的故事满足了中国人集体无意识深处关于游历四方的期待，而鲁滨孙汉译本无疑寄予了读者关于超越世界的文化想象。这种文化错位的跨时空想象，主要表现为诸译本将原文主人公的冒险行动转化为游历精神的改写当中。远游重在自我理想的实现和对外在世界的理解。与笛福笔下那个孜孜不倦的经济个人主义者不同，汉译本中的鲁滨孙俨然是一个遗世独立的游士君子形象。"家，在此代表世俗社会；出游，则开启了自然世界（山水），及人文的意义世界（师友）。"② 因此，鲁滨孙的离家远游具有了超越意义。

不可否认，笛福原著中的鲁滨孙具备了一定的漫游精神，脑海中当然也产生过漫游的想法。然而，在西方思想传统中，漫游者并非一个新形象。③ 正如瓦特所指出的：笛福生活的时代的"某些重要的倾向"，"使他的主人公与文学作品中绝大多数的旅行者区分开来。与奥托里古斯不同，

---

① 田晓菲：《神游——早期中古时代与十九世纪中国的行旅写作》，生活·读书·新知三联书店 2022 年版，第 13 页。
② 龚鹏程：《游的精神文化史论》，河北教育出版社 2001 年版，第 244 页。
③ 参见李猛：《自然社会——自然法与现代道德世界的形成》，生活·读书·新知三联书店 2015 年版，第 34 页。笛福原著中，鲁滨孙甚至将自己离群索居的荒岛生活称为流放。

鲁滨孙·克鲁索不属于一个活动在尽管广阔但仍扎根于他所熟悉地区的商业旅行者；与尤利西斯不同，他也不是一个试图返回家园、返回故乡的不情愿的航海者；获取利润是克鲁索唯一的使命，整个世界都是他的领地"。① 瓦特这一观察颇有见地。麦基恩也指出运动（身体旅行、精神活动）在其荒岛生涯中所扮演的角色。② 近年来，有学者进一步指出，《鲁滨孙漂流记》的漫游说辞基于现实中殖民地移民因素的支配。也就是说，漫游曾被欧洲人视为野蛮人的行径。在《鲁滨孙漂流记》出版的前几年，随着英印之间矛盾的加剧，殖民者（英国移民）在殖民地的生存空间逐步缩小，英国政府的移民政策面临棘手的境地：可能获益最大的英国移民转而反对移民政策。在此前提下，作为移民殖民地政策的坚定支持者，笛福笔下的鲁滨孙形象及故事的设置某种程度上是为了鼓舞前往殖民地的白人，如罪犯、流放犯等：尽管鲁滨孙是个罪人且遭遇绝境，但他努力克服一切困难，从而过上了让人艳羡的生活。所谓鲁滨孙的漫游修辞是为了缓解殖民者对野蛮人的仇视，最终目的是为英国政府的移民政策辩护。③ 与汉译本中鲁滨孙的游士和游侠气质不同，笛福笔下的鲁滨孙原本是商业资本家，所谓的漫游精神仅仅是一种掩盖真实动机的修辞，最终的动机除榨取和掠夺殖民地的财富之外别无其他。因此，鲁滨孙的漫游精神与中国传统社会之间存在着根本的张力。④

---

① Ian Watt, *The Rise of the Novel：Studies in Defoe, Richardson, and Fielding*, London：Penguin Books, 1963, p. 69.
② Michael McKeon, *The Origins of The English Novel (1600 – 1740)*, Baltimore and New York：The Johns Hopkins UP, 1987, p. 327.
③ *The Cambridge Companion to "Robinson Crusoe"*, ed. John Richetti, Cambridge University Press, 2018, pp. 150 – 152.
④ 参见李猛：《自然社会——自然法与现代道德世界的形成》，生活·读书·新知三联书店 2015 年版，第 1—40 页。

中国文化传统中的游历者无论是游侠还是游士，背后的文化动机与西方截然有别。除了对地理空间的想象和探索是西方漫游者和中国游历者的共同之处外，二者更多地呈现出中西文化之间的巨大差异。中国文化传统中的游侠是侠肝义胆的独行侠式英雄，热衷游历的游士是心怀天下、俯仰苍生的士大夫，二者都是志在四方的好男儿，都以天下寄寓鸿鹄之志。由于《鲁滨孙漂流记》中叙述者、主人公和故事人物三者合一，因此，同是小说人物和主人公的叙述者在以游士自居的同时，不可避免地在人物身上寄寓了游侠的愿望，这就使得鲁滨孙兼具游士和游侠的复合特征，客观上产生了一种文人侠客的叙述效果。鲁滨孙既是附庸风雅、赏景吟哦的游士，也是漠视成规、以自己的原则行事的游侠。

具体而言，鲁滨孙汉译本中的游历话语俯拾皆是。如沈译本对鲁滨孙游历之志的标榜，《大陆报》译本关于鲁滨孙远游动机的强调（从远游天下到环游地球），林译本对新中庸精神的游历探求，不一而足。如前所述，远游具有超越色彩，同时，被视为一种"自我转化的历程"。"周游天下，是超越空间的限制，向世界无限拓展……游，在此便含有自由、不受拘束、超越固定界域等等意义。"① 有学者认为，中国文人理想的人生境界为：少年行侠—中年游宦—老年游仙。② 由于少年行侠是文人理想的人生境界的第一阶段，晚清鲁滨孙诸译本中，鲁滨孙屡屡被塑造为一名少年游侠，他以四海为家，信奉"四海之内皆兄弟"，拯救星期五及其父亲和西班牙人的行动，本身为实现游侠志向的实践活动。这种主人公日常生活中

---

① 参见龚鹏程：《游的精神文化史论》，河北教育出版社2001年版，第156、37页。另，传教士译本《辜苏历程》所呈现出来的宗教层面上的自我转化色彩更是浓厚。
② 参见陈平原：《千古文人侠客梦》（增订本），北京大学出版社2018年版，第209页。

游的切近性，折射出来的是晚清以来游的超越意义之上的现实色彩。

先以沈译本为研究对象。《绝岛漂流记》中的鲁滨孙是一个以超越为怀的游士。鲁滨孙秉持的生活姿态是"优游自得""抚景流连，赏玩不置""优游自适"，因此，在荒岛上料理好衣食住行及有鹦鹉陪伴后，他快意满足，称："家中日用之物，一应俱备。虽孑然独处，而猫狗鹦鹉等日侍左右，优游自得，俨若有天伦之乐矣。"鲁滨孙在离岛回英之前，平定了西班牙船上的哗变叛乱，船上之人原本对于归国还是留岛踌躇不已，然而在得知鲁滨孙视荒岛为世外桃源后，立刻决计"不愿归国，欲留此处"。① 不难发现，鲁滨孙所宣扬的优游的荒岛生活的强大感召力。有学者指出："自从魏晋南北朝中国文化的超越层面形成后，道家的无为和规范取消主义一直以道德乌托邦的形式，保存在中国文化的超越意识中。"② 鲁滨孙的荒岛变身为世外桃源的背后，其支配作用同样是乌托邦思想的超越意识。

再如，林译本中，鲁滨孙兼具超越与现实的双重精神面向。林纾在译者序中旗帜鲜明地指出："然吾观鲁滨孙氏之宗旨，初亦无他，特好为浪游。"译文中，鲁滨孙更是以"周览世界""遨游宇内"作为游历之志。无论是译者序还是译文内容，林译本中鲁滨孙所呈现出来的文人壮游姿态的背后，不仅是鲁滨孙对"生平固好海天之游"的体认，更重要的是，译者对于时代所鼓荡的游侠精神的呼应。正因为此，鲁滨孙父亲深知儿子的好游脾性，不惜浪费口舌苦苦力劝，鲁滨孙也暂时"力遏其壮游之念"。然而，游历既然是鲁滨孙的志向，又怎会随意弃之不顾？果不其然，"数

---

① 狄福：《绝岛漂流记》，钱唐跛少年笔译，见笛福：《辜苏历程》，英为霖、沈祖芬等译，南方日报出版社2018年版，第189、191、195、189、203页。
② 金观涛、刘青峰：《中国现代思想的起源——超稳定结构与中国政治文化的演变》（第一卷），法律出版社2011年版，第285页。

日以后，训辞渐忘，壮心复炽"，鲁滨孙决计克服一切去"周览世界"。作为好游之士，鲁滨孙自称"风致"如"文人"，因西班牙船主"仁厚修洁"方才与其同行。鲁滨孙身上文人的清高与道德的自觉更是显露无遗。将巴西种植园的经历总结为"羁旅"，更是对传统文人历来以"羁旅"自况游历的体认。然而，因之于晚清以来游侠之风大盛的时代氛围，林译本中的鲁滨孙身兼游侠气质："且以壮游之乐，告我父母，谓人世百艺，悉不能沦我探险之乐。"① 在此，壮游与探险相互交织，其中的游侠意味不言自明。于此，林译本比沈译本多了一重晚清游侠的现实面向。

除上述两个译本具有突出的超越面向外，《大陆报》译本也值得注意。"渴望人生的轰轰烈烈，期盼实现生命的最高价值，古来视为悲苦的离别，便一转而充满豪情。"② 鲁滨孙一开始便宣称："平生无他思想，常想孑身航海，乘风破浪。"③ 鲁滨孙的直率潇洒中包含着对现实人生的超越诉求。到了民国严叔平译本这里，游之优游更是让人目迷神醉："我的心里就是一心要想去飘海。""人生在世，做一切事业，再没有探险快活的。"④ 游历之超越精神与洒脱情怀之著无须赘言。

综上所述，较之于原著，晚清诸译本中鲁滨孙的离家远游多了一丝遨游天下的洒脱与旷达。

---

① 达孚：《鲁滨孙飘流记》，林纾、曾宗巩译，商务印书馆1933年版，序第1页，第5、27、31、4、5页。
② 夏晓虹：《晚清文人妇女观》，作家出版社1995年版，第113页。
③ 德富：《鲁宾孙漂流记》，《大陆报》译本，见笛福：《辜苏历程》，英为霖、沈祖芬等译，南方日报出版社2018年版，第242页。
④ Daniel Defoe：《鲁滨孙飘流记》，严叔平译，崇文书局1928年版，第2、11页。

三、 游观与主体性的释放

晚清《鲁滨孙漂流记》诸译本中,鲁滨孙的游历精神主要体现了优游之乐的向度,这一优游之游在鲁滨孙对自然的游观中获得了最大程度的主体性释放。

（一） 在自然中游观

"自庄子以来,士大夫们发现山川之美,在于可居、可游,从而使自己在社会中得不到满足的心灵找到了一个最佳的安顿之地。所以,他们爱自然表现为将自己融入大自然之中,从而得到一种己与万物同一的感受。"① 不可否认,"文人的纷纷走近自然,游历山水,实质上就是反抗现实,寻求慰藉与解脱"②。前述孔子"道不行,乘桴浮于海"的标榜背后,是思想上的解脱超越诉求,而实现途径——到自然中去解忧散怀更是为学者所频频论及。"亲近自然,爱好山水之成为封建士大夫文人生活的有机构成部分,滥觞于先秦,发展于两汉,风行于魏晋、盛唐。从此而后即作为一种生命体验、文化模式而深深积淀于知识阶层的内心之中。"③ "山水之游既是一种实践活动,也是一种审美意识"④,这几乎成为一种共识。与此同时,游的超越义寄形于游观自然,似已成定理。这与笛福笔下鲁滨孙的精神实质形成了巨大的反差。

笛福的《鲁滨孙漂流记》中,"描写与抒情被压缩到最低限度"⑤,

---

① 布丁:《文人情趣的智慧》,浙江人民出版社1992年版,第166页。
② 梅新林、俞樟华主编:《中国游记文学史》,学林出版社2004年版,第15页。
③ 孙荣:《文人壮游》,华文出版社1997年版,第1页。
④ 梅新林、俞樟华主编:《中国游记文学史》,学林出版社2004年版,第6页。
⑤ 黄梅:《推敲"自我"——小说在18世纪的英国》,生活·读书·新知三联书店2015年版,第48页。

"岛上的自然景象需要的不是敬仰,而是开发;克鲁索看到他的任何地方的田产都需要经营,而无暇注意它们也构成了一种景色"①。一言以蔽之,对笛福笔下的鲁滨孙而言,自然风景作为物,仅具商品的开发和买卖属性。然而,在汉译本《鲁滨孙漂流记》中,自然风景却成为鲁滨孙观赏吟哦的审美对象。段义孚认为:"风景是一种心灵和情感的建构。"②"风景以及环境'不仅仅是人的物质来源或者要适应的自然力量,也是安全和快乐的源泉、寄予深厚情感和爱的所在,甚至也是爱国主义、民族主义的重要渊源'"③。

《大陆报》译本中,译者在翻译《鲁滨孙飘流续记》时,不独鲁滨孙,那个儿子在里斯本经商的英国人也颇有几分游历精神:"我本好游玩山水,故欲由旱路走,庶几领略风光,增些阅历也好。"游山水、采风俗成为他的追求目标。再次踏上环球远航之旅的鲁滨孙,对山水的赏玩和连续赞美不得不让人注意。"那时候夕照在山,远望一派修竹,真是佳景。一行人驻马赏玩,赞不绝口。""行了数日,到一地方。只觉天气温和,风清日丽,景物秀美,雪聚花浓。众人各驻了马,赏玩不已"。对风景的言说自然不是多此一举,鲁滨孙此类对风景的赏玩种种是典型的游观行为。"在船上散步,看不尽山明水秀,鱼跃鸢飞。天气晴明,真是赏心乐事。"鲁滨孙总是以游观的姿态去发现、观察和言说风景。"众人随着车夫走。一

---

① Ian Watt, *The Rise of the Novel: Studies in Defoe, Richardson, and Fielding*, London: Penguin Books, 1963, p. 73.
② 段义孚:《风景断想》,张箭飞、邓瑗瑗译,载《长江学术》2012年第3期,第45页。
③ Yi-Fu Tuan, *A Study of Environmental perception, Attitudes and Values*, New Jersey: Prenticehall, Inc, 1974. 转引自黄继刚:《"风景"背后的景观——风景叙事及其文化生产》,载《新疆大学学报》(哲学·人文社会科学版)2014年第5期,第106页。

路上看些灵山秀水,查些风土民情。"① 游观既贯穿了《大陆报》译本中鲁滨孙"漂流"的行踪,也成为其"漂流"的终极目标。

(二) 主体性的释放

晚清诸译本中,自然作为风景是鲁滨孙游观中的审美对象。作为风景的自然又与中国文人根深蒂固的桃花源意识结合在一起,指向一种有关未来的乌托邦想象。有学者指出,从类型学的角度看,"'桃花源'、'后花园'和'大观园'有着内在结构上的同一性,是中国文学中三个颇具典型意义的乌托邦建构。它们……均是以'自然'作为其原始根基和人性尺度的,是以'自然'(天道)与'人文'(人道)的遥契圆融为其美学境界的"②。人的主体性产生于这一"遥契圆融"的美学境界中。《西游记》中的主体诞生于其对美的无功利的赏玩中。与妖魔激烈战斗的孙行者(悟空)从未忘记抚景流连、吟诗酬唱,便是主体之逸的极致体现。晚清《鲁滨孙漂流记》汉译本与此相似,冒险家鲁滨孙变异为游赏美景的"鲁行者"。此处姑且以沈译本为观察对象。③

沈译本中,鲁滨孙"对于异乡山水,抱持着观赏游览之心情;对于生活,也不是以'工作'和'日常生活'去面对,而是游戏之、欣赏之、享受之"④。这与鲁滨孙以工作为天职的清教徒生活截然相反。须知,在清教

---

① 德富:《鲁宾孙漂流记》,《大陆报》译本,见笛福:《辜苏历程》,英为霖、沈祖芬等译,南方日报出版社2018年版,第302、305、312、320、329页。
② 冯文楼:《从桃花源、后花园到大观园——一个文学类型的文化透视》,载《陕西师范大学学报》(哲学社会科学版)2006年第5期,第104页。
③ 《大陆报》译本对沈译本颇有因袭之处。译者在译本的回目上以"游子"称呼鲁滨孙,而"故人"和"知己"字眼更是指向了游者重视的交游活动。参见笛福:《辜苏历程》,英为霖、沈祖芬等译,南方日报出版社2018年版;《大陆报》1902—1903年第1—4、7—12期。
④ 龚鹏程:《游的精神文化史论》,河北教育出版社2001年版,第197页。

伦理和资本主义精神下，鲁滨孙极力反对游手好闲，他深恶痛绝这一无所事事的行为（漫游是野蛮的可耻的）。相反，汉译本中，鲁滨孙每日在岛上散步，观赏岛中风景，这难道不值得省察？沈译本中，鲁滨孙称自离岛归英后，"至伦敦则风景悬殊，大有今昔之感，审视之下，一若生平未经此处"。译者笔下的《鲁滨孙飘流续记》，鲁滨孙再次申明游历与游观的诉求。"众皆未见欧洲旱地风景，思欲一扩眼界，以长见闻。"甚至，在述及同行之人在经过葡萄牙首都马德里时，游观的姿态更是鲜明："本欲小憩数日，瞻仰该国风俗及各处胜景，无如残年已近，须赶紧就道"而作罢。再如，鲁滨孙与同行之人"结伴同行"向马德里进发时，明明"山形峻峭，羊肠鸟道，险阻异常"，但他似乎毫不介意，笔锋一转，称："跬步间，峰回路转，景致极佳"。后众人至法国境内四康南省（加斯科涅）时，鲁滨孙更是忘不了对风景描绘一番："修竹茂林，葱葱一色，颇有春景。"紧接着，一行人到了普鲁士，鲁滨孙大赞："此处天气温和，风景秀美。余在马上，赏玩不已。"①《西游记》中，唐僧师徒在与妖魔交战的间隙，小说或插入景物描写，或添置一段诗赋，取经之旅在某种程度上成为吟诗作赋之旅。《绝岛漂流记》的风景叙述和人物游观之姿，与此大有异曲同工之处。

不过，受制于特定的历史条件，时人对鲁滨孙漫游行为的超越解读掺杂了一定程度的现实关怀。署名"顾国"的作者在一首题名为《鲁滨孙》的诗中这样写道：

　　破浪欣乘万里风，只身飘泊类飞蓬。

　　瀛洲有路无人到，争似桃源在域中。②

---

① 狄福：《绝岛漂流记》，钱唐跛少年笔译，见笛福：《辜苏历程》，英为霖、沈祖芬等译，南方日报出版社2018年版，第204、208、209、212页。
② 顾国：《鲁滨孙》，载《学生文艺丛刊汇编》1911年第2期，第312页。

鲁滨孙乘风"破浪","只身飘泊",状如"飞蓬",而仙人岛"瀛洲""有路无人",因为觅得"域中""桃源"更重要。与此乐观刚健的入世立场相异,避世的心理趋向似乎成为三四十年代一种不容忽视的声音。

《英国文学史纲》(1937)中,金东雷认为,《鲁滨孙漂流记》"是一部遗世独立的小说。大约特莘心中很厌恶当时的政治,意欲托而逃世,作此自遣"①。尽管金东雷对《鲁滨孙漂流记》的此一看法是一种文化上的误读,但也传达出时人普遍的阅读眼光。无独有偶,在《新桃花源记》的电影宣传广告中,作者剧透此为雷电华公司的影片《鲁滨逊家庭漂流记》,称主人公们"与世隔绝,自耕自食,自织自衣,自筑自居,创造了一个桃花源"。② 鲁滨孙俨然成为桃花源的代言人。

"山野闲人,僻居世外,无财用窘迫之虑,无争夺变乱之忧。居处饮食,皆求诸一家一身,人生之乐,无以逾此。"③ 也许,在战火纷飞的三四十年代,因为暂避战火而居家漂流的瑞士一家人,超越世俗的岛居生活更能引起时人的共鸣。不过,汉译本中视荒岛为桃花源这一理想化的看待方式与西方人的接受心理拉开了距离:毕竟海难和流落荒岛与世隔绝的生存现实是一种强加在主人公身上的艰难处境,本身并无多少浪漫可言。汉译本中所说的远离尘嚣的乌托邦想象只是一种超越诉求的消极表达罢了。

正如有学者所指出的,桃花源等代表的乐园空间属于静态封闭的体

---

① 金东雷:《英国文学史纲》,吉林出版集团有限责任公司2010年版,第165页。
② 诸葛龙:《新桃花源记》,载《亚洲影讯》1940年第19期,第2页。此处《鲁滨逊家庭漂流记》指的是《瑞士家庭鲁滨孙》。有趣的是,诸葛龙同样刻意抹除了电影的瑞士来源,采用"鲁滨逊家庭漂流记"来翻译"Swiss Family Robinson"。这在民国并不鲜见,前文对民国《瑞士家庭鲁滨孙》和《鲁滨孙漂流记》在传播和接受上的趋同已多有论及。
③ 戈特尔芬美兰女史:《小仙源》,商务印书馆编译所译,商务印书馆1914年版,第69页。

系,乌托邦则是一个动态开放的空间。《绝岛漂流记》以静态的乐园空间取代原作动态开放的空间背后,是中国文化中游历传统的支配使然。不同于仙乡桃源强调的避世、寿命、安乐等凸显静态简朴、完美自乐的命题,晚清译者在乌托邦叙事中注入政治、冒险等内容,强调主权尊严、文明进步等信仰,指涉经由现代化营造出的完美社会国家。① 《鲁滨孙漂流记》汉译本既呼唤着仙乡传统,又溢出了以往的仙乡范畴,具有了近代中国传统与现代冲突融合下独一无二的现代性色彩。

四、小结

《鲁滨孙漂流记》汉译本特别是晚清汉译本中将冒险、转译为远游,折射出传统观念与现代观念的较量和博弈。游历所具备的超越精神面向在晚清汉译本中尤为显著。"纵浪大化中"的鲁滨孙无疑为近代中国人重建古老的桃源梦提供了心理上的补偿。荒岛变身桃源,成为近代中国人众里寻他千百度的精神故乡。② 这才是《鲁滨孙漂流记》中国化的其中一大深层心理动机。剑胆琴心、剑气箫心、读书击剑一直是文人关于自我超越的理想幻梦。"游侠之所以令千古文人心驰神往,就在于其不但拯救他人,而且也拯救自我。"③ 笔者认为,《鲁滨孙漂流记》汉译本中的游历话语及

---

① 参见颜健富:《晚清小说的新概念地图》,北京联合出版公司2018年版,第182—183、171页。
② 笛福笔下的鲁滨孙的荒岛则不然。诺瓦克指出,尽管笛福的《鲁滨孙漂流记》包含了一些乌托邦的因素,但鲁滨孙并未将岛屿视为乌托邦或伊甸园,而是一种当时英国生活的投影。原因可能在于,与对理想社会的思索相比,笛福对英国的现实问题诸如宗教宽容等更为关切。Maximillian E. Novak, *Translations, Ideology, and the Real in Defoe's Robinson Crusoe and Other Narratives: Finding "The Thing Itself"*, Newark: University of Delaware Press, 2015, pp. 186-190.
③ 陈平原:《千古文人侠客梦》(增订本),北京大学出版社2018年版,第209页。

景物描写来自游历这一中国传统文化精神中游之超越的深层影响和规约。同时，在晚清民国经历了历史性的嬗变，诸译本不仅在救亡和启蒙的历史使命下呈现出对现实人生的超越，而且笼罩了一层摆脱不掉的现实色彩（从沈译本以超越为怀的游士到《大陆报》译本中的游侠、林译本中的游士游侠）。与此同时，晚清诸译本中鲁滨孙游历的超越行为特别是对风景的赏玩，开拓了原作的审美空间。有意思的是，忧与游作为游历文化传统下游仙文学的永恒主题，同样体现在晚清民国《鲁滨孙漂流记》的汉译本中。

第三节

感伤传统与诸译本的抒情面向

前文论述了进取精神和游历精神在晚清民国《鲁滨孙漂流记》译介中所发生的深层作用。事实上，支配《鲁滨孙漂流记》翻译中文本改写的力量不止于此二者，中国文化中的感伤传统也是主导文本变异的一股不容忽视的力量。遗憾的是，晚清《鲁滨孙漂流记》汉译本中的感伤书写作为一种透明的存在，历来为论者所视而不见。因此，基于文本在跨语际中所经历的椭圆折射①，本节力图考察《鲁滨孙漂流记》汉译本在感伤文化传统及其近代转型过程中的具体呈现。

一、感伤传统与抒情向度

作为游历文化传统的另一面，感伤在中国文化传统中具有深广的文化基础，并与感时伤世传统融合，成为近代一股不容忽视的文化思潮。

（一）游之感伤与感时伤世传统

中国文化中，游历的文化精神传统包含着感伤的一面。学者龚鹏程对此曾做了细致而精彩的论证，他将农民和游民的关系比作土与水的关系，可谓形象透辟。前者固着于乡土，后者游于江湖。如果从与游之主体相对

---

① 丹穆若什认为："世界文学是民族文学的椭圆折射。"David Damrosch, *What is World Literature?*, Princeton and Oxford: Princeton University Press, 2003, p. 281.

立的乡土一方（农民）的视角审视游，游的主体则被视为漂泊无依的，因此也带上了感伤的色彩。换言之，游的感伤精神，是一种由居人意识反照出来的游之精神，隐含着观看视角的差异。此外，历史上主流意识形态对游民的持续打压，使得游之活动本身蒙上了一层消极的、负面的、边缘的色彩。伴随着时间的推移，游的感伤一面又内化在作为行动者主体的游子身上，成为一种自怨自艾的哀怜式感伤。游民几乎等同于流民，游也与"无根之浮萍"的含义几乎等同。① 进一步地，游人远离家乡故土，对故国家园的眷顾之情自然甚于常人。因此，游之感伤便突出地体现为一种乡土之情与故园之思。

除游之感伤外，中国文化中有着根深蒂固的感时、伤世传统。游人作为游荡于时空中的浪子，对故乡、时间、自我处境有着比一般人更为敏锐的感受。因此，游之感伤不仅与乡土之情和故园之思紧密结合，还与感时、伤世相纠缠，于是晚清所遭遇的现代性危机便迅速汇入抵抗现代性风暴的抒情大潮。

（二）中国文学中的感伤书写与《鲁滨孙漂流记》的抒情面向

感伤是因感触而悲伤，是低沉的生命情绪。② 中国作为诗歌的国度，历来就有"诗可以怨"的诗教传统。自有诗起，感伤便如影随形。无论是春秋战国时期《诗经》国风中的"穷苦之言"，还是紧随其后的《楚辞》，莫不传达着诗人的行旅哀叹和羁旅忧伤。③ 到了《古诗十九首》，闺怨诗之征人思妇本就关乎游人与行旅，伤别离主题更是给后世中国文学投下了浓

---

① 参见龚鹏程：《游的精神文化史论》，河北教育出版社2001年版，第66页。
② 徐国荣：《中古感伤文学原论——汉魏六朝文士生命观及其文学表述》，中国社会科学出版社2001年版，第3页。
③ 朱良志较为细致深入地分析了楚辞的感伤气质。参见朱良志：《中国美学十五讲》，北京大学出版社2006年版，第79—88页。

重的感伤氛围。到了高歌猛进、自信雄健的唐代，发端于《诗经》《楚辞》的羁旅诗日趋走向成熟，游子"客行悲故乡""意恐迟迟归"的忧惧依旧绵亘不减。诗歌而外，宋词元曲和明清小说，同样少不了感伤的成分。元曲中的"断肠人在天涯"延续的无疑还是羁旅文学的感伤传统。感伤成为羁旅文学书写的主调之一。

降及晚清，伴随着反理学的潮流以及魏晋玄学和名士风度的复活，行旅文学中的感伤传统更是融于情之深处。情的辩证又被视为晚清文论的重要议题之一（王德威观点）。事实上，晚清知识分子无论是梁启超的"笔端常带感情"，还是林纾译书的"泣涕不能自已，进而感动天下读者"，所说的情，说到底是一种感伤的气质。感伤汇入了晚清情的写作潮流。反过来说，晚清情的标榜主要是一种对感伤的强调。《老残游记》中刘鹗宣扬"哭泣论"[1]即为文本表征之一，晚清《鲁滨孙漂流记》的汉译再次印证了这一点。这不仅突出地体现在译者将鲁滨孙的冒险逐利之旅转化为漂流（飘流）感伤之旅，而且体现在鲁滨孙的感伤气质上。

不过，晚清《鲁滨孙漂流记》汉译本中，鲁滨孙的感伤更多的是一种政治感伤性。不管是沈译本中鲁滨孙对"支那人之柔懦无用，不能自强也"[2]的批评，还是《大陆报》译本中鲁滨孙"想起我不幸漂流这岛，一生事业，大抵泯没了"[3]的感叹，皆属此类。因此，鲁滨孙一想到自己无

---

[1] 刘鹗在《老残游记》自序中多次提到"哭泣"。如："盖哭泣者，灵性之现象也，有一分灵性即有一分哭泣，而际遇之顺逆不与焉。"再如："灵性生感情，感情生哭泣。""哭泣"成为富于感情和灵性的标志。参见刘鹗：《老残游记》，三秦出版社2016年版，自序第1页。
[2] 狄福：《绝岛漂流记》，钱唐跛少年笔译，见笛福：《辜苏历程》，英为霖、沈祖芬等译，南方日报出版社2018年版，第227页。
[3] 德富：《鲁宾孙漂流记》，《大陆报》译本，见笛福：《辜苏历程》，英为霖、沈祖芬等译，南方日报出版社2018年版，第268页。

法建功立业便越思越苦。这里最值得玩味的是，林译本《鲁滨孙飘流续记》中，鲁滨孙叙述星期五思念父亲时"情感忽生，泪落如沈"[1]。情与泪彼此呼应，情与感伤两相等值。"感伤"俨然成为"情"的代名词。

概言之，晚清《鲁滨孙漂流记》汉译本中的感伤其来有自，不仅表现为主人公旅途的悲伤，还体现为主人公的感伤气质。

二、感伤的旅程

如前文所述，晚清《鲁滨孙漂流记》汉译本保留了原作主人公积极主动的精神，然而，在进取和超越之外，又多了一层浓郁的感伤基调。

（一）标题之哀伤

有学者认为："标题作为现代文学文本构成的最先入眼的部分，其实具有重要的结构和释义功能。"[2] 事实上，不独现代文学文本，自从小说诞生以来，标题就承担着重要的释义功能，中西皆不例外。因此，尽管晚清《鲁滨孙漂流记》汉译本属于翻译小说的范畴，但其标题的结构和释义功能应当引起研究者的重视。严复谈及翻译时称"一名之立，旬月踟蹰"[3]，便揭示了译者在翻译过程中对重要概念和术语的反复斟酌。尽管晚清是学界公认的译述时期，然译名的翻译从来不是随心任意之事。《鲁滨孙漂流记》汉译本标题看似是对原著简单直接的对译之结果，事实上，却折射出西方文学文本在汉语语境中经受的中国文化融化之力。

---

[1] 达孚：《鲁滨孙飘流续记》（卷上），林纾、曾宗巩译，商务印书馆，出版时间不详，第27页。
[2] 金宏宇等：《文本周边——中国现代文学副文本研究》，武汉大学出版社2014年版，第9页。
[3] 赫胥黎：《天演论》，严复译，欧阳哲生导读，贵州教育出版社2014年版，译例言第29页。

这可在其与笛福原著标题的对照中得以见出。笛福的 *Robinson Crusoe* 是经历了多次印刷排版之后的产物，初版标题为"约克郡水手鲁滨孙·克鲁索的生活和奇异冒险：在河口附近的美洲海岸荒岛独自生活二十八年，因海难失事，全船人皆丧生，唯有他一人独自幸存。该故事记录了他被海盗俘虏的经过"①。无须赘言，如此冗长的标题极富叙述性色彩，不仅呈现了小说的主要情节，还具有近似故事梗概的释义功能。两相对照，从晚清开始，除传教士英为霖译本《辜苏历程》②之外，《鲁滨孙漂流记》汉译本有《绝岛漂流记》《鲁宾孙漂流记》《鲁滨孙飘流记》等。不难见出，"漂流记"作为译名的关键词，成为译者不约而同的选择。甚至，不仅晚清诸译者，民国及尔后的《鲁滨孙漂流记》重译本，除了主人公译名（音译）有差异外，事件表述一般在"漂流记"与"飘流记"之间徘徊。③ 耐人寻味的是，尽管晚清《鲁滨孙漂流记》以冒险小说的身份流通传播，然其汉译标题却只字不提"冒险"或"历险"，取而代之的是"漂流"和"飘流"这一"离题万里"的译名。其中的原因何在？

弃"险"不用的背后，不仅是译者的良苦用心，更是中国传统文化视

---

① 标题原文为：The Life and Strange Surprising Adventures of Robinson Crusoe, of York, Mariner: Who lived Eight and Twenty Years, all alone in an un-inhabited Ifland on the Coaft of America, near the Mouth of the Great River of Oroonoque; Having been caft on shore by Shipwreck, where-in all the Men perifhed but himself. With An Account how he was at laft as ftrangelydeliver'd by PYRATES。 Daniel Defoe, *Robinson Crusoe: An Authoritative Text, Lontexts, Criticism*, ed. Michael Shinagel, New York: W. W. Norton, 1994, p. 2.

② 如同约翰·班扬的 *The Pilgrim's progress* 的汉译本《天路历程》一样，传教士英为霖粤语译本《辜苏历程》的标题宗教色彩非常浓厚。

③ 民国《鲁滨孙漂流记》教科书译本基本沿用了林纾、曾宗巩译本的译名，如严叔平译本，顾均正、唐锡光译本，徐霞村译本，等等。《鲁滨孙漂流记》汉译本中的主人公译名则有"鲁滨孙""鲁滨逊""鲁宾逊""鲁宾孙"等。

离家远行为悲苦的观照视角使然。无论是与水关系密切的流离之"漂流",还是因风而起的飘摇之"飘流",前者如浮萍般随水而"漂流",后者如秋叶般遇风而"飘荡",无不传达出一种由外力支配而不能自主的零落感伤。进言之,不论是水的哲思①,还是风的美学,感伤情感在晚清《鲁滨孙漂流记》汉译本标题中的渗透,使得笛福原著的奇异冒险色彩瞬间荡然无存,积极昂扬的乐观主义情怀也被蒙上了一层浓郁的感伤情调。

沈译本中,游子鲁滨孙的"光阴忽忽"之感便是感时之明证。如鲁滨孙在离家三十五年后归英返家,感叹"岁月如流,为之浩叹";时年七十二岁的鲁滨孙结束了环球旅行后,更是慨叹"岁月如流,百年一瞬"。② 而前述林译本中鲁滨孙自伤身世的慨叹成为文人伤世的文本印证。这种岁月流逝、功业未建的自我紧张感以及士大夫感世伤世的心理情绪皆源自中国文化中的感伤传统。

因此,无论是晚清《鲁滨孙漂流记》汉译本标题中"漂流记"(飘流记)的反复沿袭,还是译本中一叙三叹的旅程之感伤,根由皆在于深具游人之感伤情怀的中国文化传统。"漂流记"的反复应用,与其说是后来译者翻译惯例的因袭使然,毋宁说是"漂流记"的译法打通了译者对笛福小说最直接的内心感知。③ 从笛福的"冒险"到"漂流",中间的差别不止毫厘。"漂流"作为汉译本的题眼,体现的是中国文化中感伤传统的力量。

---

① 如沈译本中,鲁滨孙用"昔时田园之乐,付诸流水"形容自己的丧妻之痛,流水的不可复得之感伤由此可见一斑。参见狄福:《绝岛漂流记》,钱唐跛少年笔译,见笛福:《辜苏历程》,英为霖、沈祖芬等译,南方日报出版社2018年版,第215页。
② 狄福:《绝岛漂流记》,钱唐跛少年笔译,见笛福:《辜苏历程》,英为霖、沈祖芬等译,南方日报出版社2018年版,第190、203、236页。
③ 黄杲炘译本的译名是个例外,译者采用"历险记"这一直译的译法。然而,译本的籍籍无名一定程度上证明了"历险记"显然无法与"漂流记"在读者文化心理上的感召力上相抗衡。参见黄杲炘:《鲁滨孙历险记》,上海译文出版社1997年版。

—181—

（二）基调之伤悲

尤为值得注意的是，除了标题所呈现的感伤之外，晚清《鲁滨孙漂流记》译本的译者要么大幅度删减原著中鲁滨孙荒岛生活的书写（沈译本、《大陆报》译本），要么将鲁滨孙在岛上制造工具与从事生产活动作为一种抒发旅途之感伤的背景性存在，并将之置于主人公漂泊生涯寻道的书写之中（林纾、曾宗巩合译本），这与卢梭极力推崇鲁滨孙的荒岛故事并视其前后的叙述为累赘的插曲形成了显著的分歧。具体而言，与卢梭致力于宣传自然教育的宗旨不同，晚清汉译者如此译述的用意在于突出主人公漂流历程的悲愁情绪。①

正因为对漂流部分有意识的突出，晚清《鲁滨孙漂流记》诸译本在主人公追求事功和超越精神的前提下②，多了一层感伤的基调。主人公对羁旅生涯中行路难之苦的叙述便是其主要表达方式。同时，鲁滨孙对异域风景的游赏也成为抚慰心灵伤痛的必要选择。

如沈译本《绝岛漂流记》对鲁滨孙流落荒岛独自幸存后情状的书写："回视诸同人均漂泊无遗，影只形单，彷徨彼岸，不知此时驻足何地。定睛细视，乃荒岛苍凉，杳无人迹，不觉转喜为悲。"③ 显而易见，此处鲁滨孙游历带来的优游解脱之"喜"，已瞬间为"漂泊无遗""影只形单"所冲淡和代替，感伤的情绪满溢于笔端。而译文中出现的鲁滨孙有关行路难之喟叹，颇有李白《行路难》的意蕴。后者反映的是理想遭遇碰壁后诗人

---

① 刁克利也注意到了《鲁滨孙漂流记》汉译本中的这一现象。参见刁克利：《翻译学研究方法导论》，南开大学出版社2012年版，第330页。
② 晚清《鲁滨孙漂流记》汉译本中的游历话语蕴含着译者对超越精神的追求，而译者对鲁滨孙形象自强不息的文化改写则主要突出的是其追求事功的一面。
③ 狄福：《绝岛漂流记》，钱唐跛少年笔译，见笛福：《辜苏历程》，英为霖、沈祖芬等译，南方日报出版社2018年版，第185页。

嗟叹人生羁旅的困苦。沈译本中，鲁滨孙作为游子的行旅忧思与哀婉叹息浸润在译者的字里行间，而且，对行旅悲苦的感伤并未彻底消除。即便在回到（故园）英国后，鲁滨孙亦久久不能释怀。"泣涕叙别后情节"这一颇具感伤回望的动作表明了这一点。《大陆报》译本《鲁宾孙漂流记》中，鲁滨孙离家前的父子交谈笼罩在感伤的氛围下。尽管译文中鲁滨孙父亲挽留儿子的情节（以未来旅途可能遭遇不测加上流涕劝诫）与笛福原作基本吻合①，但鲁滨孙的整个行程充斥着无尽的感伤则是译本创造性叛逆的体现。译文不仅增加了鲁滨孙远行后对父母慈爱的回忆，还将其感伤情绪赋予了之后的每一个情节或行动书写，如英国船主的病故，遭受摩尔人限制人身自由时感伤得难以自持，等等。正是在感伤情感的支配下，叙离情、谈苦况成为鲁滨孙回英后的直接行动。林译本《鲁滨孙飘流记》中，译者借助鲁滨孙父母之口来叙写漂流之苦，鲁滨孙离家远航同样被视为艰险之途。尽管译文对鲁滨孙父母劝辞的渲染更多的是为了突出鲁滨孙意志的坚定——"单舸猝出"，但其"临命忧惶""忧患之心未已"及其关于"年命何若""自寻灾害"的持续忧伤却实实在在地伴随着"飘泊人鲁滨孙""枯岛"生涯的始终。因此，林译本中的鲁滨孙每每以"飘流之人"自居，而其于荒岛"得生之余日，尽纳诸悲梗之中"便是感伤旅途的扼要概括。②

毫无疑问，笛福笔下鲁滨孙的行商探险之旅在晚清文人义士眼中成了充满苦楚的漂泊之旅，晚清汉译本的这一改写突出了鲁滨孙作为天涯行客的无可奈何之感。这种不自主、不由己的状态更是大大消解了原作中鲁滨

---

① 有关笛福原作中情感书写的讨论，有学者做了深广的思想背景讨论。参见金雯：《启蒙与情感——18世纪思想与文学中的"人类科学"》，载《华东师范大学学报》（哲学社会科学版）2022年第1期，第2—14页。
② 达孚：《鲁滨孙飘流记》，林纾、曾宗巩译，商务印书馆1933年版，序第1页，第4、6、52、117、52页。

孙迫不及待、一心一意、迎难而上之远航新世界的表达。漂泊无依也好，哀怨彷徨也罢，晚清汉译本中的感伤是确定无疑的。

概言之，鲁滨孙的冒险逐利之旅以及异域冒险故事"旅行"至中国后，在与中国文化传统碰撞之下，于不动声色间，变异为一场感伤的旅程。

三、感伤的鲁滨孙

在冒险逐利的远洋航行变异为感伤的旅程后，原作主人公鲁滨孙的形象特质也发生了质的变异。与笛福笔下的鲁滨孙不谈感情只谈利益、无惧风险行动坚定相照，晚清汉译本中的鲁滨孙情深义重、充满忧伤。概言之，理性的鲁滨孙变异为感伤的鲁滨孙，并在不同的译本中呈现出一定程度的差异。

（一）沈译本：鲁滨孙展抱负的"游子泪"

在晚清汉译本飘零情绪的氤氲下，沈译本中，鲁滨孙俨然是一个行走在感伤的旅程中的漂泊旅人，其感伤主要源自游子的行旅情怀。译者对原著中鲁滨孙初次远航的行前过程做了明显的重写。与原著鲁滨孙的坚定决绝不同，沈译本多了一层对鲁滨孙悲伤心理活动的书写："惟亲年垂老，恝置远游，悲从中来，不觉流涕。"因此，鲁滨孙幸存荒岛后，第一反应是对同为天涯行客的同伴殒命的感伤："回视诸同人均漂泊无遗，影只形单，彷徨彼岸，不知此时驻足何地。"鲁滨孙的悲伤主要由对同人（共同远游漂泊之人）不幸遭际的共情而激发。鲁滨孙的感伤体现的是游人对交游之友的重视。因此，鲁滨孙并未将勿赖代（星期五）以奴仆待之，而是视其为朋友："余二人同居二年，彼此相依，此间之人，当无有若余与彼之相得也。"这种彼此相依、二人相得分明是游人交游活动中同病相怜的行游情感的传达。不独如此,鲁滨孙还借他人之口来言说行旅生涯的苦痛。小说的尾声部分,被鲁滨孙解救的西班牙船主感叹:"行路艰难,同伴寡俦,不觉黯然,伤心默坐,作咄咄书空状。"① 这种行路难的喟叹以及同伴友朋的缺乏,交织成为游子行旅生涯中最大的感伤源泉。

与此同时,作为游子,鲁滨孙自然是身怀乡愁的,因此,当他离开荒岛回到英国后,乡愁扑面而来。"虽乡音未改,而鬓毛已衰,亲友中竟无一相识者。"② 此段译文显然是对唐代诗人贺知章《回乡偶书二首·其一》的化用,其中满溢的是游子的羁旅感慨。因此,饱尝行旅之苦的鲁滨孙,在娶妻生子后,自然颇为珍惜安定的家庭生活。在笛福笔下,鲁滨孙关于回英后娶妻生子与妻子亡故的书写仅仅通过三言两语便匆匆概括完毕,并因此招致了后世文人和批评家的不满。狄更斯称笛福的《鲁滨孙漂流记》为缺乏感情之作,瓦特将之归因于经济个人主义的经济理性并对其做了专门分析。沈译本对此书写做了突出的创造性叛逆。妻子去世后,鲁滨孙悲伤得不能自已,对亡妻的悼念浸润着劳燕分飞的感伤之情。

  伉俪之笃,无过于此。不图相聚七载,中道分飞,膝下雏儿尚未成立,苍苍者天,何不使玉镜常圆耶?弥留之际,悲怛几绝,此后独居寡偶,几如作客勃腊西尔无异。③

鲁滨孙的情深义重不得不让人感慨。译者笔下的鲁滨孙是一个热爱故乡和家庭生活、厌弃客居行旅生活的回头浪子。尽管游历生涯在一定程度

---

① 狄福:《绝岛漂流记》,钱唐跛少年笔译,见笛福:《辜苏历程》,英为霖、沈祖芬等译,南方日报出版社2018年版,第177、185、198、202页。
② 狄福:《绝岛漂流记》,钱唐跛少年笔译,见笛福:《辜苏历程》,英为霖、沈祖芬等译,南方日报出版社2018年版,第204页。
③ 狄福:《绝岛漂流记》,钱唐跛少年笔译,见笛福:《辜苏历程》,英为霖、沈祖芬等译,南方日报出版社2018年版,第215页。

上致力于对日常生活的反抗和释放而且能部分和暂时地实现这一目的,但鲁滨孙最终是为了回归正常的(定居家庭)生活。

(二)《大陆报》译本:鲁滨孙爱人类的"英雄泪"

《大陆报》译本中,译者在回目部分便将鲁滨孙的感伤之情以言简意赅的方式呈现了出来,如第八回回目"见肘胫痛哭残骸"、第十二回回目"上孤坟洒泪哭双亲"、第十七回回目"得鸳偶中途悲破镜"等,其中的"痛哭""洒泪哭"以及"悲破镜"所蕴含的感伤意味自不待言。然而,与沈译本不同的是,《大陆报》译本中鲁滨孙洒的不再是为个人羁旅而悲的游子泪,而是一心为天下苍生(其他文明与人种)操劳悲痛的英雄泪。

鲁滨孙秉持着"莫向死人哭,但向生人哭"的信念。由于鲁滨孙并非弱国子民,因此译本赋予了他为他国(支那)乃至其他人种(野蛮人)哀其不幸、怒其不争的旁观者和指引者(导师)角色。首先,《大陆报》译本中的鲁滨孙借助自己作为旅人的目力所见,以理智的态度表达了对支那人未来的忧虑。最突出的体现莫过于译本的第二十回,译者借大写之口欲抑先扬地揭示了中华文明古国盛世掩盖下的重重危机:"支那民居比栉,城市繁华,田畴沃衍,车马络绎,真是一个好地方。但是路途上臭味难闻,加以土荒地废"。这种让人忧虑的国家现状不仅是土地的荒废和公共卫生条件的恶劣,更体现在防御工事(长城)的有名无实上。当"中有一个支那人","得意扬扬,手舞足蹈,自夸","这城是天下第一奇物、第一工程",陷入自大不自知时,"我等"报之以毫不留情的蔑视:"这城只可御鞑靼,因鞑靼的军器,只用弓矢。若我们西洋各国,皆是火炮,若攻此城,不出十日,恐怕一千英里的长城,皆变做沙土飞扬哩!"紧接着,大写又追加了一句冷笑:"支那人真是不可思议。他说这城是防鞑靼的,现今支那已被鞑靼夺去五十余年了。"① 作为中华民族历来引以为豪的长城，在欧洲人眼中却沦为丑陋虚弱的存在。这种对中华国力的轻视、对其防御工事（长城）的讽刺，溢于言表。土地荒芜、国力不济，昔日的天朝上国沦落到此番衰败景象，真是令人感叹。

这里真正令人担忧和绝望的在于，荒芜的风景不但成为野蛮落后的表征符号，也成为殖民暴力合法性施与的场所。在这一情形下，鲁滨孙局外人和旁观者角色的主要意义在于，以近乎理智的语言点醒了作为读者的弱国子民的无尽悲伤。

鲁滨孙为野蛮人的遭遇而悲伤，展现出侠骨柔肠的感性向度。当鲁滨孙偶然发现了一堆残肉剩骨并推测这可能是"野人杀人为食"的残留物时，一贯勇敢决绝的他竟然流下了"爱群的万斛英雄泪"："我那时不知不觉眼眶中涌出爱群的万斛英雄泪，大哭一场，彷徨于累累的尸骨左右，不忍舍去。直至薄暮，始回洞中，又哭了一夜。"② 值得注意的是，鲁滨孙的英雄泪跨越了种族的界限，是一种对于天下苍生普遍的关怀和同情。这不仅是人道主义情感的真实流露，而且在帝国主义疯狂推行殖民政策暴力掠夺世界的当时尤为难能可贵。这当然又折射出中国传统文化中仁爱的力量，但主要源于弱国子民的自我情感代入使然。

（三）林译本：鲁滨孙感时忧世的"文人泪"

与其他晚清《鲁滨孙漂流记》汉译本相较，林译本最为突出的特色就是对鲁滨孙作为文人伤世的感伤改写。如鲁滨孙对患难、祸患的天道规律

---

① 德富：《鲁宾孙漂流记》，《大陆报》译本，见笛福：《辜苏历程》，英为霖、沈祖芬等译，南方日报出版社2018年版，第332、334、334—335页。
② 德富：《鲁宾孙漂流记》，《大陆报》译本，见笛福：《辜苏历程》，英为霖、沈祖芬等译，南方日报出版社2018年版，第274页。

之认识，说到底是中国传统文人对于困厄的态度。遭遇野人的潜在威胁时，鲁滨孙感慨"脱此野人之手难矣"。于是，绝望中的鲁滨孙"既自伤身世"。笛福原著中，鲁滨孙对食人族恐惧的书写事实上是一种种族话语的表达，到了林译本中，被置换为一种文人对于自我身世的哀伤。须知，中国古代文人历来有伤乱离的传统。何况，在晚清家国命运岌岌可危的遭际中，处于巨大文化焦虑中的林纾，其感时忧世之情更是充满了古今兴亡的国族命运之叹。因此，林译本中，以"行旅者"自称的鲁滨孙，经过法国途中路遇风雪陷入困境，用"留逆旅二十日"来抒发一己之叹。① "逆旅"者何也？李白在《春夜宴桃李园序》一诗中发出千古文人之感叹："夫天地者，万物之逆旅；光阴者，百代之过客。而浮生若梦，为欢几何？"天地永恒，时光易逝，浮生如梦，人生在世不过是一个短暂的存在。这一人生如寄的感叹与历来士大夫文人的感时忧世兴叹交织在一起，增加了译本的感伤基调。再如，在林纾、曾宗巩合译《鲁滨孙飘流续记》中，鲁滨孙遍及全书的行客说辞，无不指向了他以客自居的天涯行客的身份体认和行人如寄的真切感受。

余英时认为，中国人将人视为一个既有理性也有情感、既有意志也有欲望的生命整体来看待。② 因此，在晚清知识分子眼中，遇海漂泊、远离故国、无依无靠的鲁滨孙俨然是一个处于感伤旅程中的游子，他身上必然要折射出中国文化中游之精神的感伤一面。进言之，鲁滨孙身上不仅携带着晚清知识分子有关游子"客行悲故乡"的感伤因子，而且烙印着晚清文人士子感时伤世、忧国忧民的文化心理。

---

① 达孚：《鲁滨孙飘流记》，林纾、曾宗巩译，商务印书馆1933年版，第141、205页。
② 参见余英时：《中国思想传统的现代诠释》，江苏人民出版社2003年版，第24页。

总体来说，由于感伤的旅程本身所具有的空间流动性，鲁滨孙这一漂泊主体之哀怨与感伤具体体现在去国（家）（抉择）之悲、"行路难"的旅途喟叹、漂泊无依的感伤当中。具体而言，晚清《鲁滨孙漂流记》汉译本中，鲁滨孙的感伤由游子行旅之喟叹，到英雄寄怀于天下苍生（普遍人类）的事功追求，再到士大夫文人关于传统价值的担忧，呈现出"政治感伤性"（袁可嘉语）的增强趋势。《大陆报》译本与林译本中，这一与政治深度纠缠的忧生忧世感伤气息更多地承继了传统文人的感时忧国情怀。危如累卵的时局下，这当然与"近代的士群体的身心漂泊、事业缥缈、命运无定"①密切相关。然而，除了时局使然外，晚清《鲁滨孙漂流记》汉译本具有浓厚的感伤基调另有根由，译者对文本的感伤改写自有其文学史的独特意义。

四、小结

综上所述，晚清《鲁滨孙漂流记》诸译本中的感伤书写，是中国文化中的感伤传统使然，其中既有游历精神内在的感伤，也有历代文人士大夫之感时伤世传统的激发。在此文化传统力量的深层化合之下，鲁滨孙的漂流历程变异为感伤的旅程，鲁滨孙变异为有情有义、感情浓烈的多愁善感之人。晚清汉译本中的鲁滨孙，既是感时伤世的文人士子，也是热血满怀的革命青年，还是充满时空悲叹的士大夫。这种对个人内心体验的描写不仅丰富了原著主人公的形象内涵，而且成为抵抗西方现代性风暴的中国壁垒。从这一意义上说，晚清《鲁滨孙漂流记》汉译本中的感伤书写及其文化价值弥足珍贵。《鲁滨孙飘流续记》中，中国长城被鲁滨孙嬉笑讥讽为

---

① 彭玉平、邓菀莛：《士不遇主题的近代嬗变——以康有为、梁启超诗词为中心》，载《安徽大学学报》（哲学社会科学版）2016年第4期，第49页。

无用之物，在士人群体和民族国家双重命运漂泊无依的心理前提下，晚清汉译本借感伤来抒发内心的双重忧虑，既是对自我和国族命运的关注，也是抵御西方殖民暴力和现代性霸权的方式。概言之，经由诸译本中感伤之抒情的改写，晚清《鲁滨孙漂流记》译者筑造了一座抵御西方殖民暴力和现代性霸权的情感长城。

  晚清汉译本中的感伤书写意义何在？恐怕沈从文的看法能帮我们回答这一问题。"抒情是在历史暴力下，吾人唯一赖以苟全乱世、安身立命的寄托。"[①]从这个意义上看，抒情成为译者（晚清知识分子）疗救自我的手段。毕竟岌岌可危的乱世，生存是极难之事。苟活又谈何容易？这是晚清《鲁滨孙漂流记》汉译本中感伤书写所具备的一大价值。它更大的意义在于，感伤传统在晚清这一特殊历史阶段所具备的新的意义向度：中国"抒情现代性"的发生。林译本中，译者对"约以文化，则徐徐可动以感情"[②]极尽标榜，情被视为文明的标志，在西方文明等级论甚嚣尘上的晚清，它具有了现代性的意义。中国文化的知识传统从来都不缺乏感性的成分，抒情是近代中国知识分子一种委婉而迂回的抵抗西方现代性的方式。

---

① 参见王德威：《抒情传统与中国现代性——在北大的八堂课》，生活·读书·新知三联书店 2018 年版，第 130 页。
② 达孚：《鲁滨孙飘流续记》（卷上），林纾、曾宗巩译，商务印书馆，出版时间不详，第 45 页。

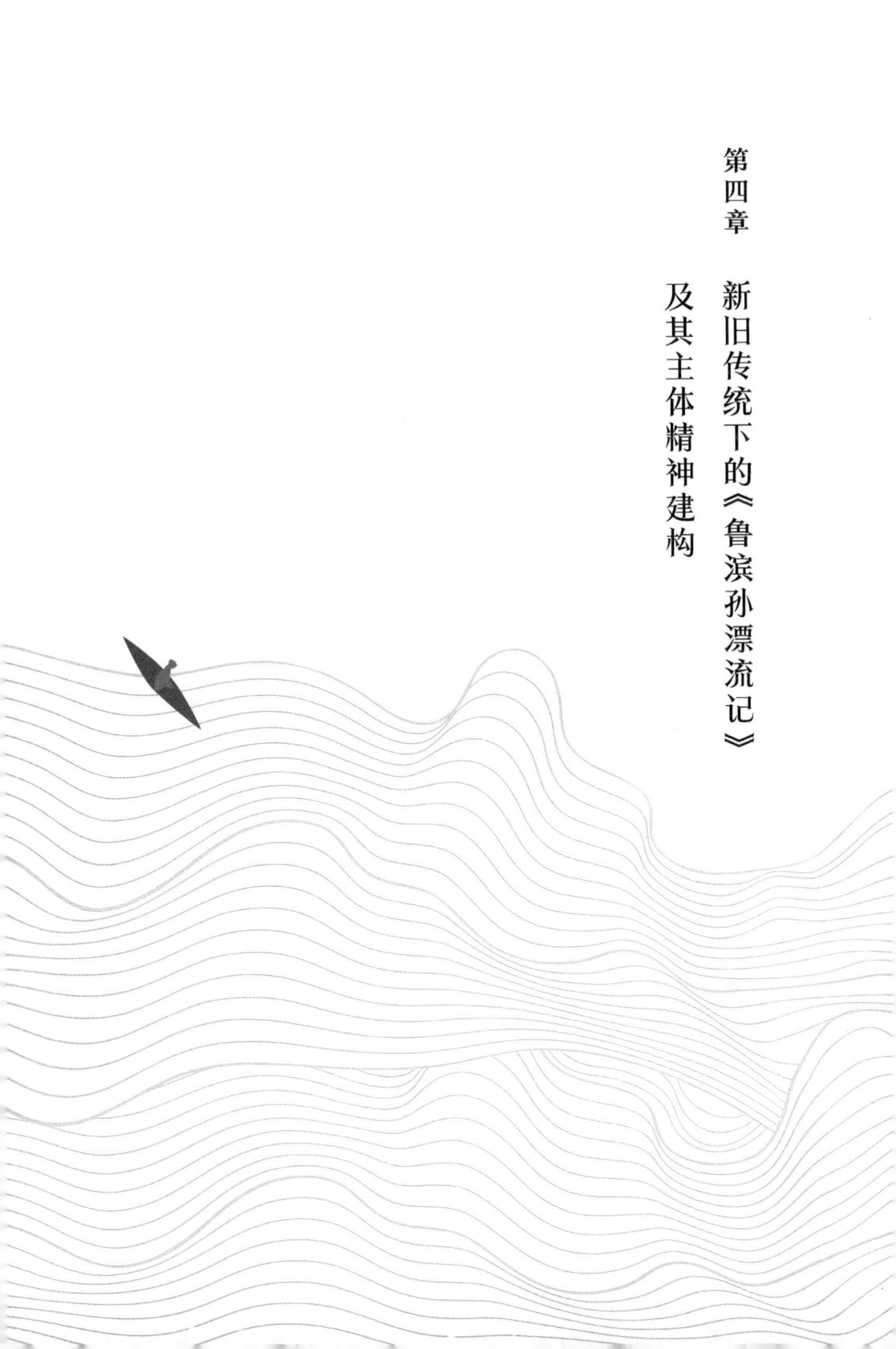

第四章 新旧传统下的《鲁滨孙漂流记》及其主体精神建构

雅思贝斯（Karl Theodor Jaspers）认为，知识分子群体的文化行为直接影响和改变着社会的精神面貌。①《鲁滨孙漂流记》之所以"旅行"到中国并"落地生根"从而为一代代的读者所阅读、了解、熟悉、接受的前提是，近代知识分子作为民族国家的良心和文化担当，在文化建构中发挥了史无前例的能动力量。域外小说的译介成为晚清以来知识分子构建理想社会的文学力量和思想资源已是不争的事实。《鲁滨孙漂流记》在近代中国这一危如累卵的时局与西学东渐的文化背景下潜入，既承载着近代知识分子对新国民的想象，又浸润着对理想新国民主体精神的建构意识。

本书前三章分别对《鲁滨孙漂流记》中国化的整体面貌、其在时代精神和文化传统新旧两方面力量支配下所发生的变异进行了多层面的透视。在汉译《鲁滨孙漂流记》所呈现的近代知识界对理想新国民想象的基础上，第四章将探讨它在中国化进程中所呈现的主体精神建构面向，试图从理论的高度对其中国化的深层文化动机予以追问，主要目的在于提炼晚清民国知识分子的主体精神建构在这一进程中的多维呈现。本章主要分三节具体探讨：激越品格的现实欲求，独立品格的伦理建构，以情补理的美学建构。其中，第一节诉诸社会现实的迫切需要，第二节直指主体性

---

① 卡尔·雅思贝斯：《时代的精神状况》，王德峰译，上海译文出版社2013年版。

建构的伦理羁绊，第三节则指向现代中国人感性生命的形塑。一言以蔽之，《鲁滨孙漂流记》的中国化既是伦理的，又是现实的，同时是美学的。

第一节

激越品格的现实欲求

近代中国风靡一时的进化论思潮刺激了"未来时"的时间观念,这一观念进一步作用于人的心灵。经历了激烈的"动""静"之辩后,倡"动"哲学得以产生。与此同时,中国文化传统中自有的进取精神和文化观念是一种不可忽视的力量。此二者皆为塑造近代中国人激越品格的思想基础。晚清民国《鲁滨孙漂流记》的中国化深刻而典型地反映了这一逻辑进程。

一、"未来时"与倡动哲学

(一)进化论与"未来时"

自1898年严复译入赫胥黎《天演论》(又名《进化论与伦理学》)之后,晚清有关社会进化的思想观念一时间风靡全社会,并在短时间内深入人心。与此同时,中国"与天争胜"的传统观念自有其进化观的色彩,金观涛称其为"中国式的进化论"。[1] 因此,在知识精英的大力宣传和诠释下,在中国文化传统中自有的进化论思想的支配下,进化等同于进步,社会达尔文主义的进化论因此成为近代中国人的新天道。这显然与历来主张

---

[1] 参见金观涛:《中国现代思想史的起源——超稳定结构与中国政治文化的演变》(第一卷),法律出版社2011年版,第277—278页。

虚静、守持的中国文化中保守的一面形成了鲜明的对比。

不仅如此，进化论作为新天道还遍及一切人文社科领域，文学观念自然也深受影响。如胡适的《文学进化观念与戏剧改良》称："文学乃是人类生活状态的一种记载，人类生活随时代变迁，故文学也随时代变迁，故一代有一代的文学。"① 因此，作为治世救国的利器和推动社会进步的强力工具，"小说为文学之最上乘"的论调逐渐获得了知识界普遍的认同。

尤为值得注意的是，进化论所取得的新天道地位进一步触及了近代中国人的时间观念。

晚清民国时期也是西方现代主义运动如火如荼进行之时。未来主义作为一大流派，在俄国尤为声势浩大。未来派诗人马雅可夫斯基《把未来揪出来》的声音响彻欧陆。未来成为西方现代主义者希望的寄居所在。而这一对未来的热情洋溢的想象在近代中国臻于极致。②

1900—1930年，未来成为一个无以名之的巨大力量。王汎森指出，在西方知识的大量引入、进化论思想的引导、以未来为尊的新型乌托邦思想的引入以及辛亥革命的成功等因素作用下，近代中国（晚清民国）产生了一种不同于以往的新未来观，它代表了一种对无限理性力量的乐观情绪，想象力有多高，未来就可能有多高，一切由有限变为无限。因此，"社会发展史就好比是一列火车，开向美好的'未来'，作为个人，安心地坐上

---

① 胡适：《文学进化观念与戏剧改良》，载《新青年》1918年第4期。参见胡适：《胡适论文学》，夏晓虹选编，安徽教育出版社2010年版，第30—31页。
② 这一现象还可以从近代中国涌现出来的大批向未来挺进的政治小说和科幻小说中得以窥现。前者如梁启超的《新中国未来记》（1902）、《未来教育记》（1905）、《新纪元》（1910）和《新中国》（1910），后者如颐琐的《黄秀球》、陈天华的政治小说《狮子吼》、包天笑的《千年后之世界》（1904）和杨心一翻译的威尔斯的《八十万年后之世界》（又名《时间机器》，1907）。

车跟着往美好'未来'前进,生命的行为与抉择,应该心安地被'未来'所决定"①。认识到这一历史现象,民国《鲁滨孙漂流记》汉译儿童版译者舍弃原作第二部的另一个原因就变得清晰了:少年作为国族命运新的和最主要的担当者,主人公永远"在路上"这一永动状态的"制造",有利于鼓舞儿童大胆地离开家庭的庇护(束缚)去寻求和探索新的天地。

1910年,蔡元培在《中国伦理学史》中提出"故西洋学说则与时俱进"的观点,将中国古书中的"与时偕行""与时俱化""与时俱新"等说法概括并综合为"与时俱进"。② 李大钊提出"今我"的概念,倡导青年最重要的责任在于"善用'今',以努力为'将来'之创造"③。这些皆充满了对社会进步的乐观信念。正如王汎森所言,近代知识界眼中的未来"代表了一种对无限理性力量的乐观情绪","带有巨大的行为驱动力"。④

事实上,中国文化传统中原本就有"逝者如斯夫,不舍昼夜"的直线型时间观念,孔子的"往者不可谏,来者犹可追"亦道出了对未来世界的看重、期许和乐观精神⑤。因此,在严复等人诠释的进化论思潮流播开来后,中国文化传统中自有的线性时间观愈发突出为一种直线型的时间观

---

① 王汎森:《中国近代思想中的"未来"》,载《探索与争鸣》2015年第9期,第70页。
② 参见:《"与时俱进"源于蔡元培》,载《海南档案》2004年第4期,第45—50页。
③ 李大钊:《今》,载《新青年》1918年第4期,第310页。
④ 王汎森:《中国近代思想中的"未来"》,载《探索与争鸣》2015年第9期,第69页。
⑤ 近代思想中的未来与中国古代思想中的未来有所不同。王汎森指出,传统概念中的未来具有更远、更不确定的含义。"晚清以后,在思想家的世界中,不可知的事物变得更有力量,不可知的'未来'渐渐压倒了已知,与现实离得愈远的'未来'吸引力愈大。"参见王汎森:《中国近代思想中的"未来"》,载《探索与争鸣》2015年第9期,第65页。

念，并最终演变为一种对过去、现在、未来地位新的不平衡认识，未来成为取代过去和现代的宇宙时间，取得了前所未有的合法性以及无以复加的崇高地位。

（二）动静之辩与倡动哲学

如前所述，在晚清进化论成为新天道、面向未来成为时人主流时间观念的前提下，主动的倾向成为社会观念的必然趋势。当然，晚清民国作为中西文化激荡的启蒙时代，激进主义与保守主义的颉颃，甚至同一种思潮之下也存在几种不同的声音，成为普遍的文化现象。因此，尽管晚清民国主动贬静，但时人对动与静关系的探讨时有发生。

中国古代哲学中，特别是在讲究中庸哲学的儒家看来，动与静皆有各自的价值。孔子曰"知者动，仁者静"，《周易·乾·象传》在宣称"天行，健。君子以自强不息"之外，也强调"地势，坤。君子以厚德载物"。显然，自强不息和厚德载物分别代表了动与静两种精神，《周易》强调此二者的结合，并非偏于任何一隅。《周易》对"动静不失其时"以及"动静有常"、君子"待时而动"的宣扬更是反映了古人对动静关系的辩证认识。正因为此，民国时期出现激烈的动静之辩已成必然。

以杜亚泉为例。他在刊于《东方杂志》1916年第13卷第10期的文章《静的文明和动的文明》中认为："西洋社会为动的社会，我国社会为静的社会。由动的社会发生动的文明；由静的社会发生静的文明。"西洋乃动的社会、动的文明，中国乃静的社会、静的文明。杜亚泉号召国民安于静的文明和静的社会。杜亚泉虽然是文化保守主义者，但却非主静派。事实上，杜亚泉此文是对当时整个社会为进化论摇旗呐喊以及在动的声音响彻云霄下所做的冷静分析。

伴随着国家的积贫积弱，经济文化发展缓慢、停滞甚至萎缩，明清之际的学者"都来反省学术文化之偏失,于是出现了一个强调有为、强调动和益的新的思潮。这股思潮,大体上仍沿着《周易大传》的传统发展"①。《周易内传》载:"积刚以固其德,而不懈于动。"颜元曰:"一身动,则一身强;一家动,则一家强;一国动,则一国强;天下动,则天下强。"这些对动的强调皆为对积贫积弱的国家现状的理性思索和积极回应。梁启超在《新民说》中称赞盎格鲁-撒克逊人为"善调和者,斯为伟大国民",为白人中的翘楚,而"白人之优于他种人者,何也?他种人好静,白种人好动"。② 因此,晚清以来的知识分子推崇"动"实乃必然之举。甚至,当时出现了一系列让人眼花缭乱并对中国社会产生深远影响的政治和文化运动,如维新运动、五四运动、新文化运动、国民运动等。③

当然,除政治和文化运动外,学术领域也深受倡动哲学观念的影响。王国维在《人间词话》中极为偏爱动态性,认为宏壮之美胜于优美,主要原因亦与动紧密相关,即,与后者的"静若处子"之美相较,前者有一种运动带来的壮阔气势。新儒家熊十力亦强调感应世界的运动变化和生生不息。鲁迅倡导"儿童要动,万不可向静的死胡同走去"④。朱光潜在《谈动》一文中大力倡导动之必要性:"人生来好动,好发展,好创造。能动,能发展,能创造,便是顺从自然,便能享受快乐。不动,不发展,不创造,便是摧残生机,便不免感觉烦恼。"⑤ 可见,知识领袖对动的推崇和

---

① 张岱年、陈宜山:《中国文化与文化论争》,中国人民大学出版社1990年版,第34页。
② 梁启超:《新民说》,商务印书馆2016年版,第10、14页。
③ 参见陈独秀:《吾人最后之觉悟》,载《青年杂志》1916年第6期,第1—4页。
④ 转引自李相如:《体育科学探索在路上》,金盾出版社2016年版,第167页。
⑤ 朱孟实:《谈动——给一个中学生的十二封信之二》,载《一般》1926年第4期,第507页。

倡导。

综上所述，尽管时人对动与静的关系有过持续的思考和深入的辩论，但动成为流行于当时社会的主流认知，其世界观、历史观由古代的静止永恒转而为运动变化，这也证明了"'移动'做为回应现代性冲击、以及建构家园认同想像时，所扮演的重要角色"①。在这一前提下，作为以移动主要呈现对象的小说，《鲁滨孙漂流记》自然有了译介的必然性。其目的，主要在于近代知识精英和民众对未来新国民激越品格的强烈吁求。

二、两种力量与激越精神

具体而言，在晚清民国《鲁滨孙漂流记》的中国化进程中，整个社会对激越品格的塑造主要体现为对冒险精神的倡导和进取精神的推崇。

（一）冒险与激越

"动的社会，其个人富于冒险进取之性质，……静的社会，专注意于自己内部之节约"②，在近代知识分子大力推崇动和冒险的思想背景下，冒险成为晚清民国新的精神信条。在国民性改造的自觉意识下，《鲁滨孙漂流记》诸译本最突出的文本变异之一，是对作为鲁滨孙激越精神的新动力的激赏。如本书第二章所述，先有晚清《鲁滨孙漂流记》诸译本标榜冒险，后有民国诸译本中鲁滨孙一直保持永动的状态。事实上，此二者皆强调鲁滨孙的动之激越。

如前所述，晚清《鲁滨孙漂流记》诸译本一个突出的标志是将其视为冒险小说。尽管最早的译本沈译本以及对沈译本因袭颇多的《大陆报》译

---

① 黄宗洁：《从"国体"到"身体"：现代性下的想像认同——〈从少年中国到少年台湾〉评介》，载《东华汉学》2015年第22期，第238页。
② 伧父：《静的文明与动的文明》，载《东方杂志》1916年第10期，第5页。

本皆未明确地称其为冒险小说,但前者中鲁滨孙称"余得拟可伦布之列,亦不愧为开创之人"①颇具开宗明义的功能。此处"可伦布"为航海探险家哥伦布,鲁滨孙这一自白给中国读者所传达的冒险意味不言自明。到了《大陆报》译本,译者将鲁滨孙的冒险与好动结合在一起,译文充斥着鲁滨孙对自身好动的思想、妄动的脾气、冒险的念头、冒万险也不推辞等激越品格的体认。至于林译本对冒险的推崇与倚重,仅从封面便可见出。林译本被纳入商务印书馆"说部丛书"的"冒险小说"当中,且"冒险小说"四个字具有冲击读者视觉的力量。此外,在译者序的开篇,林纾借鲁滨孙形象旗帜鲜明地批判了支配中国人认知行为方式的中庸观念。译者称"英国鲁滨孙者,惟不为中人之中,庸人之庸",为"天下探险之夫",置性命于不顾,云云。一定程度上,林译本自始至终都在凸显鲁滨孙的动之激越品格。首先,鲁滨孙和父亲展开了动静之辩;其次,鲁滨孙以实际行动践行了好动的天性和激越精神。好动成为个体摆脱外界束缚进而取得自主性的突出标志。如李今所言,林译本改造了原作的冒险精神,宣扬了一种新中庸精神,但是,鲁滨孙的冒险精神以一种更加迂回的方式得到了保留。甚至,与其说林译本宣扬了新中庸精神,毋宁说译者借中庸精神的传统力量为鲁滨孙的冒险(或动)提供了合法性。一个显著的命题是:鲁滨孙为何不遵照其父的劝导安心待在家里尽守中庸之道?对此,林纾在序中做了虽然间接但却明确的回答:因为鲁滨孙"动合天理"。有趣的是,晚清《小仙源》与此积极呼应。译文中,洛萍生不无骄傲地宣称:"幸吾好

---

① 狄福:《绝岛漂流记》,钱唐跛少年笔译,见笛福:《辜苏历程》,英为霖、沈祖芬等译,南方日报出版社2018年版,第219页。

动恶静。"①

到了民国《鲁滨孙漂流记》诸译本，一心面向未来的少年英雄鲁滨孙的离家行动与好动品性相辅相成，甚至多了一层合法性（少了晚清时期孝道对青少年离家远行的约束）。甚至，在这一时期的大众文化传媒中，鲁滨孙博士被视为动的教育的楷模。因此，时人借其鼓吹"有动的教育以适应此动的世界"②。倡动哲学为晚清民国诸译本中鲁滨孙的冒险提供了有力的思想支持，而借冒险来鼓舞激越精神恰恰是其最终目的之一。

（二）进取与激越

进取作为中国文化传统的精神遗产，不但在晚清民国《鲁滨孙漂流记》诸译本中得以保留，也成为当时知识界主体建构既有的思想资源。中国传统文化对于进取精神的倡导，突出地体现在诸译本中鲁滨孙的自我追求上。如前所述，进取作为中国文化中鼓动积极有为的精神界面，在古人的认识中，本身是进步的前提。在晚清大为流行的社会进化论思潮影响下，"进化"作为"进取"的近义词，具备了等同于"进步"的可能。从这一意义上来说，进取与进化都以进步为旨归。这种对进步的期愿，更是近代世界共同的诉求。正如余英时所指出的："18 世纪以来，'进步'成为西方现代化的一个中心观念。从'进步'的观点看，安定静止自然一无足取。"③ 因此，笛福原著中，鲁滨孙最为突出的特点是积极乐观的进取精神，他的这一精神品质正好迎合了近代中国人对新的现代主体的想象。

进言之，作为资本主义兴起时代出现的典型新人形象，鲁滨孙激进勇

---

① 戈特尔芬美兰女史：《小仙源》，商务印书馆编译所编译，商务印书馆 1914 年版，第 50 页。
② 《鲁滨孙博士的动的教育论》，载《云南教育会会刊》1926 年第 10 期，第 12 页。
③ 余英时：《中国思想传统的现代诠释》，江苏人民出版社 2003 年版，第 14 页。

猛的精神品格客观上具备了刺激和鼓舞近代中国人的作用。笛福《鲁滨孙漂流记》中的进取来自资本主义这一永动机本身。《鲁滨孙飘流续记》中，鲁滨孙直言不讳地指出，贸易的获益之大使得心灵可以获得更多的乐趣，外出冒险比静待在家能拥有更多的乐趣。瓦特不无洞见地指出，经济个人主义大大地刺激了个人的运动性①，并直言《鲁滨孙飘流续记》中的鲁滨孙再次踏上了获利奥德赛的旅途。麦基恩也指出，鲁滨孙的特点是社会动态性、社会雄心以及自我扩张。② 还有学者指出，笛福认为躁动不安是人类行动的最大刺激，是对停滞和懒惰行为的强有力回应。③ 所有这些，都共同指向了现代性时间观念下劳动观念的转变。

但需要注意的是，《鲁滨孙漂流记》进入中国文化的语境后，不可避免地与中国文化传统中的变与动之精神进行了融合。在中国文化语境中，进取主要是一种基于天地自然环境瞬息万变下人与自然关系的朴素认知，而非源于工业资本主义和商业资本主义的永不满足精神。愚公移山等民间传说所体现的进取精神亦属于自然循环时间下的人与自然关系范畴（故而强调不断重复的力量），与源自工商业资本主义的现代性劳动观念内核迥异，后者基于一种直线型时间观，着眼于未来，并且永不满足。一言以蔽之，笛福原著中鲁滨孙进取精神的支配力量已融入了中国文化传统的自有内涵，即"著我之色彩"。尽管这一积极进取的代言人同样以进取之动作为突出特征，但其对现代性观念的接受是有所保留的。

---

① Ian Watt, *The Rise of the Novel: Studies in Defoe, Richardson, and Feilding*, London: Penguin Books, 1963, p. 69.
② Michael McKeon, *The Origins of The English Novel (1600–1740)*, Baltimore and New York: The Johns Hopkins UP, 1987, p. 327.
③ *The Cambridge Companion to "Robinson Crusoe"*, ed. John Richetti, Cambridge University Press, 2018, p. 72.

一定程度上，晚清《鲁滨孙漂流记》诸译本中的进取精神与冒险精神相互交织。也就是说，晚清《鲁滨孙漂流记》的进取精神主要以人物在路上这一动的方式来呈现。因此，鲁滨孙一次次远航冒险是其进取精神的直接表达途径。对鲁滨孙进取精神的强调背后，是晚清知识界对主体激越品格的渴望。尽管与晚清其他译本相较，林译本中的保守色彩最为突出，但译者依然敏锐地窥察到时代的新动向。因此，鲁滨孙的新中庸精神说到底是一种居安思危、相时而动的激越精神，不过其激越精神呈现的限度更为突出（这何尝不是体现了林纾的文化危机感和对本民族文化坚守的努力）。

随着同时期直译观念的兴起，民国《鲁滨孙漂流记》汉译儿童版更多地保留了鲁滨孙在荒岛上从事生产活动和制造工具的书写。然而，因之于汉译儿童版的特殊性，这些看似忠实译介的背后，是译者以鲁滨孙为依托，给隐含的读者（理想读者）和现实读者即儿童读者提供形象具体且实实在在的进取说明书。启蒙功能突出的知识性、教育性儿童读本，通过鲁滨孙具体而微的实际行动，无声而坚定地告诉儿童读者：一个人（孩子）应当怎么做才是进取（激越）的。这比晚清汉译本中抽象的说理更适合儿童读者心领神会，更具有显著的现代主体建构意向。

三、限度之思

总体来说，晚清民国《鲁滨孙漂流记》汉译本的译者有着共同的对于激越精神的追求，也有着各自的限度。

以晚清汉译本为例。沈译本中，译者一方面将鲁滨孙比作哥伦布，另一方面不忘记让其扮演一个大孝子。因此，鲁滨孙初次远航必须要经过一番孝道的自我辩护后才可启动。"自知屡违父命，行将获罪于天。幸余年方富，暂离膝下，罔极之恩，图报将来，犹为未晚。"笃定远行的鲁滨孙与以孝道作为基本人伦法则的鲁滨孙两相冲突，为缓解内心的歉疚并最终达成出行的志愿，他必须对读者做出交代：这不过是"暂离"，因"余年方富"，"图报将来""犹为未晚"。因此，鲁滨孙回英后自然要信守开篇对读者的承诺：决计"以后坐老家中，不复作出门想矣"。然而，鲁滨孙随后又踏上了离家远航的旅途，这一次走得更远，是一次真正意义上的环球航行。这又做何解释？对此推翻自我允诺的行动，译者也能自圆其说："凡人作事，立志不坚，后必改变，至晚年为尤甚。"① 因此鲁滨孙既能在英国商人等的劝说下再次踏上远航之旅，又能撇清读者对其不孝的质疑和谴责。

《大陆报》译本中，爱群又热爱自由的革命英雄鲁滨孙在父亲劝导后也想过要"尽点孝顺"，因为"人生幼时，受父母的教育，自然有孝顺感谢的义务"。但与沈译本不同的是，《大陆报》译本中的鲁滨孙选择先尽国民的义务和充当社会的机关。原因在于："若终身守住父母，不出门庭，嚣嚣然以为尽孝道。一任自己的国家被别国侵害，失了独立也不管，一任自己的社会，被别种破坏，失了自由也不管，虽然父母二人说我好，一二无知识的邻里乡党说我能尽孝道，也是无味。"② 显然，个人的激越精神被整合进了国家命运的范畴，革命英雄鲁滨孙致力于服务国家和社会。

林译本中，鲁滨孙在初次外出前承诺平安回家后将"永不以跋涉自累"，这与沈译本的表述区别不大。然而，有趣的在于，以自主求索为追求的鲁滨孙又将其视为自累和负担。何其矛盾。类似的矛盾还有，鲁滨孙

---

① 狄福：《绝岛漂流记》，钱唐跛少年笔译，见笛福：《辛苏历程》，英为霖、沈祖芬等译，南方日报出版社2018年版，第177、206、207页。这与笛福原作中鲁滨孙引用英国谚语"刻在骨子里的东西不是随随便便就能从肉里拔除出来的"显然不同。前者强调志向的作用，后者强调的是天性。
② 德富：《鲁宾孙漂流记》，《大陆报》译本，见笛福：《辛苏历程》，英为霖、沈祖芬等译，南方日报出版社2018年版，第243页。

初次远航遭遇风暴的祈愿也是甘愿"长作守成之子",并视外出远行为"自投于患难"。① 这自然反映了译者在中西文化冲突、传统与现代转型过程中的矛盾心理。

因此,晚清《鲁滨孙漂流记》汉译本中激越精神的倡导话语本身是杂语共生的,其内部充满着声音的喧哗与思想的骚动。从这一意义上来说,晚清诸译本的建构意图有隐蔽性,其对读者的理解能力有明确的期待视野。然而,类似的表达是晚清思想界的常态。当时的读者应该也不难在喧嚣话语的背后理解译者良苦用心的真实用意:译者的目的既不是宣扬中国的孝道伦理或者安心做守成之子之类,也不是完全罔顾父母人伦,而是介于中间,能够有自我奋斗的勇气,也有基本的伦理美德。

到了民国《鲁滨孙漂流记》汉译本,译者主体建构的诉求更加显著。译者完全不用担心读者误读其良苦用心,他们相信,那些对鲁滨孙充满兴趣的读者会身体力行地向他学习,最起码能够在精神上高度认同这一少年英雄。然而,因之于民国时期革命和救亡使命的进一步要求,鲁滨孙的激越精神很大程度上是为了同情弱小、拯救被损害的那一群(如星期五、星期五之父亲),因此,主体作为个人、为己的向度被大大削弱。个人激越意识的自觉同样以国族未来为旨归,因此削弱了自身的革命性。

概言之,就激越精神而言,晚清"鲁行者"(游士、游侠和士大夫)也好,民国少年英雄"鲁哥儿"也罢,由于时代历史使命的要求,译者始终未能自立于外而去构建一种独立的"不役于外物"的主体激越品格。晚清诸译本对孝道伦理、国家义务和守成原则的坚守成为鲁滨孙激越精神的桎梏。至于民国译本中的鲁滨孙,其激越精神亦是笼罩在理想国家的目标

---

① 达孚:《鲁滨孙飘流记》,林纾、曾宗巩译,商务印书馆1933年版,第5、6、7页。

建构之下。这似乎是中国启蒙运动不可逃脱的吊诡之处。与此同时，它展现了近代中国现代性的复杂性展开方式。尽管现代性基于直线型的时间观点和运动趋势，但近代中国在西方文化刺激下所发生的现代性却是反复的、交错的。诸如西方乌托邦的动与东方桃花源的静，西方成长小说的动与东方教育小说的静，近代思潮中的动与静，这些原本对立的思想在这一时期的文本中实现了独特而奇异的融合。

四、小结

《鲁滨孙漂流记》"旅行"到中国后，发生了丹穆若什所说的"椭圆折射"。不应忘记，它在被译介之初便以冒险小说的面貌潜入晚清中国并出现在读者面前。在此前提下，晚清汉译本中的尚武倾向本身就是对君子动口不动手的迂回柔和方式的极力弃绝，它所呈现的中国文化传统中的进取精神更是指向了近代中国人对激越精神的向往和不懈追求。可以确信，《鲁滨孙漂流记》在晚清民国受到极大欢迎，与近代中国人在进化论的思潮下对进化等于进步、未来等于美好的内在认同紧密相关。无论是知识界，还是大众文化界；无论是《鲁滨孙漂流记》的汉译，还是大众文化领域层出不穷的各类鲁滨孙故事，都不仅仅证明了《鲁滨孙漂流记》的魅力，而且在对鲁滨孙这一新人的想象和建构中寄寓了近代中国人对理想新国民范本的渴望。遗憾的是，无论是冒险小说的推崇，还是进取精神的讴歌，晚清民国《鲁滨孙漂流记》中国化进程中孝道伦理的宣扬和政治伦理的整合成为各自主体激越精神的屏障和限度。不过，鲁滨孙百折不挠、勇敢奋进的精神，长期以来一直作为激励中国人进步的具体而直接的动力。误读也好，正解也罢，都已沉积在历史深处。

第二节
独立品格的伦理建构

毫无争议，笛福的《鲁滨孙漂流记》是一部宣扬个人主义的小说。马克斯·韦伯所说的"新教传统和资本主义精神"，瓦特的"经济个人主义"观点都指出了这一点。[①] 近年来，有学者提出，《鲁滨孙漂流记》与以往游记写作传统的差别之一便是真正意义上个人的诞生。[②] 在民族国家命运遭遇历史性危机的情况下，这种"个人主义""个人"的内涵在近代中国知识精英的（期待视野）眼中被视为一种个体独立的品质，并成为鲁滨孙吸引读者的面向之一。这当然有想象的成分在里头。与此同时，晚清民国知识分子对个体独立人格的建构被打上了深深的民族主义烙印：改造《鲁滨孙漂流记》中的个人主义思想，使其更好地服务于理想国民的建构，成为近代知识分子面对这一异域文本时共同的文化立场和行动逻辑。尽管晚清民国《鲁滨孙漂流记》诸译本各有侧重，但对个体独立人格的向往与歆羡始终贯穿其中。

[①] Ian Watt, *The Rise of the Novel: Studies in Defoe, Richardson, and Fielding*, London: Penguin Books, 1963.

[②] Joshua Grasso, "'An Enemy of his Country's prosperity and safety': Mapping the English Traveler in Defoe's Robinson Crusoe", *CEA Critic*, 2008, 70（2）: 15-30.

一、从财产到人格：利与德之抉择

作为自由主义思潮内部的精神范畴，西方的个人主义与财产权紧密相关。"在英国，个人主义尽管有较为复杂的含义，但主要是指自由主义的经济原则。"[①] 韦伯的"清教传统和资本主义精神"与瓦特的"经济个人主义""现代个人主义的神话"等说法，其实都指出了鲁滨孙背后的资本主义经济本质。18世纪以后的英国寻觅一切自由贸易的机会，殖民暴力是惯用手段。鲁滨孙形象代表了未来英国的发展方向。无论是作为水手，还是商人，抑或是种植园主和黑奴贩子，其目的无外乎谋取巨额利润。《鲁滨孙漂流记》中，鲁滨孙历次离家远航的冒险动机与对财产的追逐紧密相关，他远赴异域的经商活动（贩卖英国生产的工业品赚取暴利、从事种植园经济乃至贩卖奴隶）都为的是生意（金钱或者直接说是财富）。即便流落荒岛后的生产活动有强烈的生存性质，但这些都不仅仅是为了维持最基本的生存，很多时候，鲁滨孙都是在积累。荒岛实践本质是经济的，他无休止的生产劳动远远超出了未雨绸缪的限度。洛克指出，财产权是实现人的自由的基础和保障。鲁滨孙显然是洛克的信徒，他在荒岛的实践活动践行了洛克的劳动财产权。在荒岛上的物质生产活动中，鲁滨孙实现了个人牢不可破的财产权和所有权（整个荒岛都是他的个人财产，他拥有全岛的领土权），同时生产出了现实的独立个体性。说到底，鲁滨孙的独立性奠基于一个"利"字。

然而，在伦理道德传统深厚的中国文化中，一切见利忘义的行为都是不道德的。因此，原作中奠定主人公形象特质的经济因素被剔除，一切行

[①] 李强：《自由主义》，东方出版社2015年版，第152页。

动的推动力（财产）被转化为一种伦理意义上的人格书写。正因为此，汉译本中的鲁滨孙背离了原著中"利"字当头的水手、商人、种植园主、黑奴贩子等多重形象，而成为人格独立之人。无论是沈译本中胸怀大志的游士，还是《大陆报》译本中的革命英雄，甚至是林译本中的文人儒士，立志高远是其共同特点，人格独立是译者极力凸显的方面。这突出地体现在《大陆报》译本中。

不同于沈译本中鲁滨孙沉重的伦理包袱，也不同于林译本中鲁滨孙的新中庸使命，《大陆报》译本中的鲁滨孙独立性最强。译作保留了原文鲁滨孙在荒岛上独自制造工具等情节书写，有力地刻画了鲁滨孙的独立人格。如鲁滨孙自制烹调用的锅炉，编制篮子，"洞中器具，颇颇完备"，桌椅对他也没有太大的难度。因此，鲁滨孙"制造二礼拜，成了一张桌子、两张凳子"。甚至，为了凸显鲁滨孙的独立自强，译者还在叙述完鲁滨孙上述个人创造的行为后，增添了心理活动描写，并借此向读者宣示鲁滨孙对于独立自我品质的追求："虽然独居荒岛，一切并不倚赖他人。器具没有的，我可以自己制造。粮食没有的，我可以出猎补助。我闷时，又有猫狗鹦鹉等，与我结个朋友。我算是个人独立了。"[1] 而林译本中的鲁滨孙"故单舸猝出，侮狎风涛，濒绝地而处，独行独坐，兼义轩巢燧诸氏之所为而为之"[2]。"单舸""独行""独坐"，突出了鲁滨孙的独立人格。

近代汉译者笔下的鲁滨孙行为充满了儒家风范，其形象本质为一个"德"字。

---

[1] 德富：《鲁宾孙漂流记》，《大陆报》译本，见笛福：《辜苏历程》，英为霖、沈祖芬等译，南方日报出版社2018年版，第271页。

[2] 达孚：《鲁滨孙飘流记》，林纾、曾宗巩译，商务印书馆1933年版，序第1页。

二、独立品格的想象与建构

(一) 晚清《鲁滨孙漂流记》诸译本中的游与群

《鲁滨孙漂流记》汉译本承载着近代中国知识分子对主体自由品格的向往与塑造。然而，在晚清思想家看来，个体自由与其所推崇的公心公理并不抵牾。因此，晚清《鲁滨孙漂流记》诸译本中的爱群与游历话语非但不是一种矛盾的存在，反而以此话语的共存状态揭示了近代知识分子想象中自由的复杂内涵。

一方面，晚清《鲁滨孙漂流记》诸译本体现出知识分子对个体自由的向往。这一对个体自由的想象和建构，主要通过译者对鲁滨孙游历之志的反复伸张来体现。无论是鲁滨孙坚持离家远航的行为动机，还是其流落荒岛后的困厄之志，游历是鲁滨孙不变的志向。对鲁滨孙游历之志的宣扬在《绝岛漂流记》中有突出的体现。沈祖芬笔下的鲁滨孙因为游历之志而离家漂海，又以孑然独处时的优游自得度过了岛上的寂寥岁月。后来，鲁滨孙回英娶妻生子，妻亡之后再次燃起了航海的念头。如本书第三章第二节所论述的，促使鲁滨孙离家远航的因素除了殖民新世界和获得财富别无其他，小说中鲁滨孙的"漫游的愿望"实质是一种掩盖真实动机的修辞而已。沈译本中的鲁滨孙再次踏上海途依旧是游历之志使然："人各有志，虽天亦不能强余居家也。"[①] 沈译本对其游历之志的标榜在《大陆报》译本中得到了沿袭，译者将鲁滨孙塑造为远行的游子，大肆渲染他对环游地球的渴望。林译本中，译者侧重于突出鲁滨孙对不同于父辈的中庸精神的游历探求。对游历之优游的追求，本身暗含着传统士大夫对自由生活的向

---

① 狄福：《绝岛漂流记》，钱唐跛少年笔译，见笛福：《辜苏历程》，英为霖、沈祖芬等译，南方日报出版社2018年版，第215页。

往。到了晚清，知识分子对"逍遥游"的向往本就寄寓着个体对自由理想的追求。

另一方面，游历而外，晚清《鲁滨孙漂流记》三个汉译本中的群话语相当突出。正如李今所言："面临中国积弱、民族危亡的关头，无论是维新派，还是此时'初盛'的革命派所诉求的都不是个人之英雄，而是最广大的国家之国民。"①《绝岛漂流记》序言中，高梦旦谓"病废如诵先，犹不自暇逸以无负于其群"，一语道破了译者沈祖芬的翻译动机。《大陆报》译本的译者有显著的群治理想，译文中回荡着梁启超译本《十五小豪杰》中"尽你对大众的义务"的声音。译者通过在译文中添加大量的政治话语这一创造性叛逆的改写方式，将鲁滨孙塑造成为一个"爱群""排满""尽瘁国事之义务"的国民典范。林纾、曾宗巩合译本虽承认了鲁滨孙"单舸猝出"的个人冒险行为，然目的在于借助鲁滨孙的行为诠释译者所说的新中庸思想，最终突出其显著的群体意识。上述三个汉译本都是对笛福"鲁滨孙三部曲"前两部的译介，因此，译者对鲁滨孙"旅行"至中国时所发议论的翻译有非常强烈的民族主义色彩。甚至，传教士英为霖译本《辜苏历程》也印上了此一思想的痕迹。译文中的"大众""朋友"之表述反复出现，鲁滨孙更是无时无刻不怀念昔日友人并盼望着与友人一起游玩快乐。② 群观念的影响力可见一斑。

这种突出的群导向同样可以在汤红绂译述的《无人岛大王》中得以见出：无论是鲁滨孙因为船难独自幸存而暗自神伤（六续），还是其"一见

---

① 李今：《晚清语境中的鲁滨孙汉译——〈大陆报〉本〈鲁滨孙飘流记〉的革命化改写》，载《中国现代文学研究丛刊》2009 年第 2 期，第 5 页。
② 如："思想吓，我既做呢个岛嘅主，必有花园，等我游玩，可惜冇人同在园中快乐呗。"参见《辜苏历程》，英为霖译，见笛福：《辜苏历程》，英为霖、沈祖芬等译，南方日报出版社 2018 年版，第 71 页。

了欧洲人,如同亲兄弟一般喜不自胜"(十七续),体现的都是他对同种人的关心。

一言以蔽之,晚清《鲁滨孙漂流记》诸译本中,群与游的话语的交织呈现出知识分子对主体自由品格的向往与塑造,理想个体既有独立的意志,又能服务于社群乃至族群利益的个体。

(二) 民国《鲁滨孙漂流记》汉译儿童版中的个人志趣与友爱

民国以降,随着五四新文化运动的发生发展,在人的觉醒和个性解放的大潮中,饱蘸着欧洲自由主义思想特别是英式自由主义的思想观念开始有了抬头和发展的契机。"'五四'文学和思想中的个体观念已然成为整个现代思想的有机部分"[①],因此,民国《鲁滨孙漂流记》诸译本中无论是影响最大的徐霞村译本,还是发行量较大的严叔平译本,顾均正、唐锡光译本,甚至彭兆良译本,都弱化了晚清诸译本中过于突出的或为群、或为革命、或为中庸的意识形态标记。受此一时期直译观念的影响,民国译本较之于晚清,忠实度有所增强,译文给了主人公更多的自由。民国《鲁滨孙漂流记》汉译本由晚清对笛福原著"鲁滨孙三部曲"前两部的译介转变为仅对第一部的翻译,这在客观上减少了《鲁滨孙飘流记续记》部分笛福借由鲁滨孙污蔑中国的政治意识形态表达。

民国《鲁滨孙漂流记》汉译本对西方自由主义的伸张主要体现在译者对鲁滨孙个人兴趣的渲染上。在晚清汉译本将鲁滨孙远航重写为游历之志的基础上,民国教科书译本进一步强调此乃鲁滨孙的个人兴趣使然。因此,鲁滨孙宁愿忤逆父母的意志,也坚持远行。如顾均正、唐锡光译本

---

① 汪晖:《现代中国思想的兴起》(下卷 第一部 公理与反公理),生活·读书·新知三联书店2004年版,第1013页。

中，鲁滨孙"为了喜欢浪游而忍心离开家乡"①。诸译本中的鲁滨孙不约而同地强调自己十八岁了，可以主宰人生了。这种对个体自由的标榜，尤为突出地体现在鲁滨孙被摩尔人俘虏为奴后的书写中，译者借鲁滨孙之口宣称自己是为了求自由而想方设法逃脱奴役。②

如前所述，群己关系一直是晚清民国时期国民性改造的逻辑起点，个人被纳入群体、团体或社会才能获得相应的价值，自由也是群体（说到底是整个社会）的自由。民国教科书译本中，原著中旗帜鲜明的个人主义者鲁滨孙与星期五的关系在这里多了一层友爱互助的色彩。主奴等级关系被弱化，人道主义关怀得以加强。如顾均正、唐锡光译本中的鲁滨孙渴望能够与同伴一起欣赏美景③，严叔平译本中的鲁滨孙重情义，知感恩，念旧情，而且他和老船长之间互相感念对方的恩义、情重、义气④，由义而成的群体意识更是明显。

上述汉译儿童版所突出的友爱意识在《鲁滨孙漂流记》改编故事中更加鲜明。《小朋友》刊载的《鲁滨逊漂流记》中的鲁滨孙以礼待人，视对方为朋友，热情招待客人。⑤鲁滨孙的友爱还体现在与动物为友上，他不仅救了即将溺亡的小狗，还给它淡水喝，给它面包吃，小狗自然也"用充满着友谊和感恩的眼光望着他"⑥。不仅原作的殖民色彩被抹除，而且友爱、人道的色彩较之教科书译本更为突出。此外，同时期出版发行的《瑞

---

① 狄福：《鲁滨孙飘流记》，顾均正、唐锡光译，开明书店1949年版，第2页。
② 参见《鲁滨孙漂流记》（上），彭兆良译，世界书局1932年版，第24页。
③ 参见狄福：《鲁滨孙飘流记》，顾均正、唐锡光译，开明书店1949年版，第53—54页。
④ 参见Daniel Defoe：《鲁滨孙飘流记》（下册），严叔平译，崇文书局1928年版，第154、156页。
⑤ 参见《鲁滨逊漂流记》，载《小朋友》1948年第899期，一六四片段。
⑥ 《鲁滨逊漂流记》，载《小朋友》1948年第891期，一一七片段。

士家庭鲁滨孙》汉译本,作为《鲁滨孙漂流记》在中国"旅行"中的周边文本,尤其宣扬了少年儿童的个人兴趣与个体间的友爱关系携手发展的必要性。

有趣的是,《小朋友》先后刊载了《鲁滨逊漂流记》与《瑞士家庭鲁滨孙》改编本。通过《小朋友》的办刊宗旨,可以窥见其显著的新民文化动机:"在茫茫的郊野中,建造一所小小的乐园。""让亲爱的小朋友们,逍遥游玩于园内。锻炼身体,增加智慧,陶冶情感,修养人格。一年年长成千万万健全的国民,替社会服务,为民族争光。"① 对于《小朋友》而言,刊载《鲁滨逊漂流记》和《瑞士家庭鲁滨孙》改编本的意义是一致的。新民始终是民国知识界关心和儿童教育的最终目标。

三、 意义与限度

(一) 意义

"自由主义的基础与出发点是个人主义。"《鲁滨孙漂流记》中的个人主义倾向非常突出,瓦特称之为"经济个人主义"和"清教个人主义"。无须赘言,"个人主义在英美文化传统中一直是一种人们广为称颂的美德"。"在英国,个人主义尽管有较为复杂的含义,但主要是指自由主义的经济原则。"② 无论是第一部中鲁滨孙离家远航的三次冒险,还是他回英后在第二部中的环球冒险③,无不折射出 18 世纪资本主义上升时期个人主义思想的光芒。鲁滨孙身上承载着笛福资本主义自由贸易的理想,小说的主

---

① 转引自吴永贵:《〈小朋友〉的编辑特点》,载《编辑之友》2002 年第 6 期,第 77 页。
② 李强:《自由主义》,东方出版社 2015 年版,第 146、152 页。
③ Daniel Defoe, *Robinson Crusoe/The Further Adventures of Robinson Crusoe*, London and Glasgow: Collins, 1953.

要基调是讴歌个人主义。鲁滨孙形象代表了未来英国的发展方向。18世纪以后的英国寻觅一切自由贸易的机会，为了实现这一目的，甚至不惜诉诸殖民暴力。

然而，"个人主义的话语从来没有固定不变的意义"[1]。从这一意义上说，有必要讨论晚清以来的群治与个人主义的论争。如严复的"自由为体，民主为用"，虽然自由"并没有成为目的，而是仍然保持着很强的工具性定位"[2]，但他毕竟将救亡图存的时代使命与个体对自由的普遍自觉紧紧地联系了起来。梁启超谓："自由者，权利之表证也。凡人所以为人者有二大要件，一曰生命，二曰权利，二者缺一，时乃非人。"[3] 更是将自由视为人的权利。"自由者，天下之公理，人生之要具，无往而不适用者也。"[4] 尽管梁启超不可遏制地突出和强调了民族国家的集体自由，但从积极的方面来说，这一集体自由毕竟包含了注重个体权利的诉求。

（二）限度

尽管晚清以来，知识界对独立自主之风颇为歆羡，自由亦是主体建构的题中之义，何况笛福的《鲁滨孙漂流记》是标榜个人主义的典型文本，其汉译本自然而然地承担着近代中国知识分子对主体自由品格的向往与塑造。因此，囿于民族国家所背负的历史重担，以及晚清所奠定的群体（团体或社会、国家）大于个人的基本逻辑，革命的任务大于启蒙的使命，晚

---

[1] 刘禾：《语际书写——现代思想史写作批判纲要》，上海三联书店1999年版，第53页。
[2] 张师伟：《西学东渐背景下中国传统"自由"思想的现代转换及其影响》，载《文史哲》2018年第3期，第149页。
[3] 梁启超：《十种德性相反相成义》，见《饮冰室文集点校》（第2集），吴松等点校，云南教育出版社2001年版，第692页。
[4] 梁启超：《新民说（续前）》，见《饮冰室文集点校》（第2集），吴松等点校，云南教育出版社2001年版，第572页。

清《鲁滨孙漂流记》汉译本中频频出现"自由"的字眼,但其既无法扩展为建构体系的网络,而且自由本身有特定的含义。西方个人主义在传播接受过程中所遭遇的困境显著地体现在晚清民国《鲁滨孙漂流记》汉译本中,突出地表现为译者在译文中对爱群的创造性叛逆。即便民国出现了自由主义思潮的短暂兴起,特别是五四新文化运动"个人解放"的呼声响彻一个时代,然而,民国诸译本中,在对弱小民族同情的文化立场下,自我与(弱小)他者的友爱关系被倡导,西方自由主义的传播以失败告终,对个人自由品格的塑造亦未能付诸切实可行的实践,从而失去了另外一次可资建构的机会。

综上,晚清民国《鲁滨孙漂流记》汉译本中自由品格建构的限度就在于其落脚点。西方自由主义思想中的个人主义原则强调的是国家对个人权利的保障,如洛克开始的自由主义哲学中包含的基本信条是政府除了保护其成员的利益之外,并无其他目的,政府存在的全部合理性以及评价政府的标准是,政府为组成社会的个人提供服务。而中国引进的自由主义思想与其具有的自由思想传统,二者皆强调个人要服从于民族、国家等集体。个人之所以在晚清民国(特别是五四新文化运动中"人"的发现)变得史无前例的重要,也是着眼于民族国家的富强,即国富民强。因此,这一前提之下的个人往往摆脱不了工具性。"如果以某种整体的目标与利益作为道德的基础,其结果不仅是将某一整体内部的个体成员变为实现整体目标的工具;更为重要的是,将整体之外其他群体的个人也作为实现整体目标的工具。"[①] 自由品格建构的本质和最终目标是社会乃至国家的自由,而非个人的孤立的自由。个体的自由被政治理想严密地组织进了国族命运的兴

---

① 李强:《自由主义》,东方出版社 2015 年版,第 159、168 页。

−217−

亡演变，失去了反思自我和社会的力量。在民族平等、公民权利和人民国家的合法性宣称之下，现代国家在"革命""解放"和"合法权利"等名义下将个人重新组织到国家主导的集体体制，从而赋予了现代国家对个人的更为直接的控制权。

刘禾指出："现代主体性的理论并不旨在解放个人，而在于把个人整合成民族国家的公民，现代社会的成员。"[①]"尽管现代自由主义的存在无可置疑，但它始终无法成为现代中国社会的主流思潮，甚至在大众化中也不足以吸附大量的信仰者。究其缘由，一则因为'自由'的传统含义较为贬义；二则大众的政治意识形态传统特征浓郁，集体本位和国家中心主义十分突出，关心国家民族胜于关心个人，而现代自由主义恰恰又强调个人本位。实际上，即使强调个人本位的思想家，也仍然有着明显而强烈的国家意识，从而不能真正地将自由主义思想逻辑贯彻到底。况且，救亡主题屡屡导致中国现代自由主义思想逻辑的急转弯。这在一定程度上反映了中国现代自由主义者的思想体系中仍然隐匿着一张传统思想的潜网，并因此而导致'顶层设计的迷思'。"[②]

四、小结

晚清知识分子深谙译述可警世[③]，严复对"群己权界"的主动思考立足于单数的个人让位于复数的国民的优先性与目的论，一开始就彰显了近

---

① 参见刘禾：《跨语际实践——文学，民族文化与被译介的现代性（中国：1900~1937）》（修订译本），宋伟杰等译，生活·读书·新知三联书店2014年版，第106页。
② 张师伟：《西学东渐背景下中国传统"自由"思想的现代转换及其影响》，载《文史哲》2018年第3期，第144页。
③ 参见谢天振、查明建主编：《中国现代翻译文学史》，上海外语教育出版社2004年版，第50页。

代知识分子"对个体主义的权利理论的一种限制性的理解"[1]。梁启超在《论小说与群治之关系》中开宗明义地申明个人要服从群体（团体或社会）。晚清民国的《鲁滨孙漂流记》汉译本突出地体现了自由主义思潮在中国的消长与演变历程。更重要的是，对《鲁滨孙漂流记》的文本译介呈现了近代知识分子对理想个体自由品格的建构愿景。无论是沈译本中鲁滨孙不顾父亲劝诫而对游历之志的追求，还是《大陆报》译本中鲁滨孙妄动的脾气使然，抑或是林译本中鲁滨孙独行独坐的英勇气概，都突出了主人公独立的主体精神，而这恰恰是晚清中国人所缺乏的，也是晚清知识精英极力推崇的一个方面。可惜的是，这一对于主体个人独立品质的建构意图被整合进了民族国家的爱群理性的建构，最终目标是服务于政治秩序和国家（或政治）理性，而非个体对自身的认识与了解。无论是严复《论世变之亟》中的群将个人的自由平等与秩序关联，还是梁启超的《十五小豪杰》中对少年英雄群体力量的标榜，不难发现晚清知识分子改写背后的良苦用心。甚至，《鲁滨逊漂流记》和《瑞士家庭鲁滨孙》在民国时期的先后翻译，都曲折而显著地指向了知识界对理想个体自由品格的伦理建构：个人是群体的个人，离开群体，个人将不复存在。

---

[1] 汪晖：《现代中国思想的兴起》（下卷 第一部 公理与反公理），生活·读书·新知三联书店2004年版，第981页。

第三节

情与理的美学建构

晚清民国《鲁滨孙漂流记》中国化进程中，知识界除了在伦理和现实两个维度对理想主体予以建构之外，还在美学维度上做了以情补理的建构尝试，只是这一维度因较为隐蔽而流于失察。事实上，这一对理想主体建构的理论尝试，较前二者而言意义更著。因为，它诉诸人的身、心两个方面，将主体建构上升到和谐完整之人的终极高度。这一尝试是一切主体建构的最高层次。因此，探讨《鲁滨孙漂流记》诸译本中感性精神对理性精神的填补，无论对于晚清民国汉译本诸译者翻译文化动机的揭示，还是认识其在近代中国文化现代性转型中的作用，都有极为重要的意义。

一、启蒙理性的发生与主体感性的萌蘖

（一）从实践理性到启蒙理性

李泽厚关于实践理性之于中国人主体精神的支配作用有过精辟的论证，对中国文化中实践理性所铸就的中国人务实、重功用的精神品格这一文化事实的揭橥更为学界普遍认可。事实上，无论是先秦孔子"未知生，焉知死""不语怪、力、乱、神"等深切的现实关怀，还是晚明王阳明"知行合一""致良知"等所突出的实践品格和行动哲学，都是实践理性的切实体现。特别是到了近代，在民族国家遭遇巨大危机和现代性使命的紧

迫要求下，中国人特别是知识精英更是将这一实践理性发挥到极致。无论是清末洋务运动对西方坚船利炮技术的积极学习，还是康有为、梁启超维新变法对西方政体的借鉴与制度层面的挪用企图，无不包含着浓烈的实践意识和行动倾向。然而，正如陈平原等学者所言，伴随着戊戌变法的失败，近代知识精英意识到借助由上及下的改革已无成功的希望，开始退而求其次，将民族复兴的希望寄托在普罗大众身上。因此，大众的重要性史无前例地突显出来，并由此进入知识分子政治理想和社会理想的建构视野。在此情势下，近代知识精英开始对国民性问题的关注和讨论，而近代启蒙运动也开始登上历史舞台。

近代中国人启蒙运动的思想渊源可以在中西参照的视野中得到清晰辨认。西方在 18 世纪兴起的轰轰烈烈的启蒙运动本身蕴含着一种积极的平民精神。启蒙的原意是照亮，照亮的主体是启蒙思想家，照亮的客体是知识文化修养极为有限并处于蒙昧状态的普罗大众。西学东渐之下，晚清知识界的政治文化变革颇受西方启蒙运动的影响，卢梭、康德等人是这一时期知识分子极力追捧的思想家。这当然从侧面反映了中西近代启蒙运动之间的思想关联。因此，在启蒙思潮的推动下，五四新文化运动中"人的发现""个性解放"等命题的发生具有了历史必然性。两相参照，西方的启蒙运动将人从神学的束缚中解放出来，用世俗的理性取代宗教理性；近代中国的启蒙运动则是将人从宋明理学的桎梏中解放出来，并赋予普罗大众以前所未有的主体性。启蒙的本质是知识分子对大众的启蒙，因此具有自上而下的教化色彩。然而，其最终目的是诉诸大众蒙昧的祛除和理性的复苏。大众因此获得了主体性，这自然是启蒙的真正意义所在：大众不再是意义的承载者，而成为意义的创造者。

（二）近代尚力思潮的发生与主体感性的萌蘖

近代中国所说的启蒙本就是对大众身与心的双向启蒙，就大众身体层面的启蒙而言，一个需要明确的思想前提是：它的发生离不开尚力思潮的推动。

郭国灿就尚力思潮的产生和发展做过较为深入的研究。如其所言，中国文化的柔性传统使得力一直作为被冷落、被鄙弃的力量而存在。然而，到了近代，昔日中华帝国的传统文化面临崩解，天朝上国的文化自信在近代国际政治格局中连连遭遇打击。在此情况下，近代知识分子有了旷古未有的思索。传统文化中的主流思想被批判被审视，处于边缘地位的非主流思想有了走向近代文化中心地带的可能。直截了当地说，墨家的尚力和游侠气质刺激了近代尚力思潮的发生。近代知识分子如梁启超等维新派人士发现并极力批判中国人的柔弱（或柔懦）性格，力的重要性因而以前所未有的方式体现了出来。这可在林纾、曾宗巩二人合译的《鲁滨孙飘流记》及《鲁滨孙飘流续记》中见出。此二译本中，各种力的表述俯拾皆是。其中的重要性在于，如郭国灿所指出的，力的领域"牵涉到近代体育精神、近代审美观念、近代文学和文化哲学，同时还牵涉到政治本身。但是构成其核心观念的是中国人的感性生命的重建问题"。

尽管严复《原强》篇中"鼓民力"的提出标志着近代尚力思潮的开始，而将力的发现引入感性启蒙的则是鲁迅。1908年，鲁迅在《河南》杂志上发表《摩罗诗力说》。摩罗即人的感性存在，摩罗精神则代表了一种不可遏制的生命意志。鲁迅的摩罗诗力精神为五四感性启蒙的基本精神所继承和延续，导致了一次审美意识的转换，即从"和为美"到"力为美"。无论是郭沫若的主情主义，还是鲁迅的嬉笑怒骂，或者是郁达夫零余者的感伤主义色调，皆标志着"一种以个性主义为基础的生命为美、冲突为美、力为美的现代审美意识的诞生",高扬青春和生命成为五四共同的审美趣味和时代精神。① 王德威也认为:"鲁迅以'摩罗诗力'作为对新文学——或'兴'文学——的号召,他的愿望是以此唤醒国魂,形成一刚健雄奇的现代抒情主体。"② 这与郭国灿所说的鲁迅诗力精神下五四时期力的生命化、情感化、审美化所产生的中国现代新文学的看法一致。③

总之,实践理性到启蒙理性的转变,使得大众的身心解放成为知识界致力于实现的目标,尚力思潮的发生直接导向了知识界对于大众身体感性的建构,而这一切最终指向的是以情补理的美学建构。

二、 情与理的建构

晚清民国知识界对情与理的双向建构渗透在《鲁滨孙漂流记》的中国化进程中,尤以这一时期的汉译本为著。具体来说,体现为诸译本中鲁滨孙个人主体的双重精神面向,即理智的一面和有情的一面。

(一) 理智的鲁滨孙

笛福笔下的鲁滨孙是一个显著的理性主体。晚清知识界译介西学致力于西体中用,理性似乎是西方文明在近代世界获得先进文明的内在精神动力。具体到《鲁滨孙漂流记》,体现为主人公的理智品格。理智的鲁滨孙成为诸译本极力突出的方面,这也是译者崇尚这一异域形象的主要缘由。

如前文论述,晚清诸译本中鲁滨孙的爱群倾向相当突出,其实,这一

---

① 参见郭国灿:《中国人文精神的重建——约戊戌~五四》,河南大学出版社2016年版,第192、208、252—256页。
② 王德威:《抒情传统与中国现代性——在北大的八堂课》,生活·读书·新知三联书店2018年版,第50页。
③ 参见郭国灿:《中国人文精神的重建——约戊戌~五四》,河南大学出版社2016年版,第252页。

爱群着眼于民族国家，说到底是一种国家（或政治）理性。由于民族国家的建构大于一切，个人被整合进群体成为必然的结果。因此，晚清诸译本的一个共同之处是译者对中国人群体理性的建构。

这首先在译本的副文本中得到了突出的体现，如沈译本译者序中"以觉吾四万万之众"和"用以激励少年"等表述。无论是"四万万之众"，还是"少年"，都是复数的群体。译者着眼于民族国家的兴亡，试图借助鲁滨孙单一个体形象的塑造，从而建构作为众数的群体中国人之理性。有关《大陆报》译本中译者将鲁滨孙的个人理性整合于国家理性的现实，前文已有专门论述，此处不再赘言。在林译本中，译者的主体建构意识更为自觉。"吾国圣人，以中庸立人之极。""英国鲁滨孙者，惟不为中人之中，庸人之庸"。乍一看，译者译书的缘起似乎因中庸而来。然而事实上，译者关心的不是中庸，而是立人之道。因此，译者在《鲁滨孙漂流记》中读出了"制寂与御穷之道"："余读之，益悟制寂与御穷之道矣。"当然，译者的目的在于借助鲁滨孙之探险给国人引进一种"制寂与御穷之道"，而其提供的具体方案是"制寂以心，御穷以力"。[①] 质言之，林纾以中庸切入，旨在建立一种不同于以往传统的新中庸（李今语），后者即"制寂与御穷之道"。道作为中国文化传统中最高的存在符号，一直是传统中国人追求至高境界的象征。林译本中，鲁滨孙极力追寻的"制寂与御穷"之道，看似是个人的修身目标，事实上，处处透露出译者着意于民族国家主体建构的良苦用心。

因此，如沈译本中鲁滨孙不顾外在安危、笃定追求志向也好，或如《大陆报》译本中鲁滨孙舍己救人、挺身而出只为换取一个自由的社会

[①] 达孚：《鲁滨孙飘流记》，林纾、曾宗巩译，商务印书馆1933年版，序第1页。

(国家)也罢，抑或如林译本中鲁滨孙为追求更高的道而舍弃平静安稳的生活，理性是晚清汉译本中鲁滨孙的共同气质。

不同于晚清诸译本，民国《鲁滨孙漂流记》汉译儿童版出现了新的理性建构特征，具体表现为爱群这一迂回的表达不再是知识分子理性宣扬的策略选择，译者转而开门见山式地宣扬理性的重要性。这可能与译本的目标读者是儿童有很大关系。儿童作为隐含的读者，促使译者千方百计地借助主人公鲁滨孙的言传身教来开宗明义。彭兆良译本中，译者借助鲁滨孙之口感叹："人类，尤其是少年，一般习气真多么没有理性呀。"这何尝不是译者对理性的直接吁求。此外，译文中有对理性缺席的间接呼唤："不为犯过害羞，却为悔过害羞，不为做了傻子的事情害羞，却为使他们回头得成俊杰的事情害羞啦。"[①] 理性的丧失导致常识的缺席。顾均正、唐锡光译本中，译者通过改写鲁滨孙沙滩上突遇脚印的情节来宣扬理性。笛福笔下的鲁滨孙一开始否认沙滩脚印的真实性，除了自我安慰式的压抑内心的恐慌，还有对自己坚称的"无人岛"之名对应的岛屿事实的捍卫。在排除了脚印并非来自自己之后，过度惊恐的鲁滨孙只能将其视为幽灵来安慰自我。[②] 这一情节自然有损鲁滨孙的理性形象。因此，为保持鲁滨孙的理性特征，译者不仅抹去了原著中鲁滨孙所谓的幽灵猜测，而且让其直接出面批评这一因恐惧而生的愚蠢的胡思乱想："倘使这竟是我自己的脚印，那末我正像那些蠢人造了许多鬼怪的故事，想去吓人，末了自己却比别人还要害怕。"[③] 联想到"赛先生"（科学）在民国所取得的尊崇地位，此处鲁

[①] 《鲁滨孙漂流记》（上），彭兆良译，世界书局1932年版，第18页。
[②] Daniel Defoe, *Robinson Crusoe: An Authoritative Text, Contexts, Criticism*, ed. Michael Shinagel, New York: W. W. Norton, 1994, p. 115.
[③] 狄福：《鲁滨孙飘流记》，顾均正、唐锡光译，开明书店1949年版，第86页。

滨孙的双重否认（否认脚印来自自己和幽灵）折射出译者借机批判所谓幽灵猜测的非科学性，从而维护文本建构中鲁滨孙的理性形象，并最终彰显时人盛赞的科学理性。

另外，启蒙倾向鲜明的民国汉译儿童版中，译者借助小说情节来给儿童读者讲述理性的具体内涵。荒岛上的鲁滨孙在生产劳动和制造工具中不仅体现出对知识和经验的追求，而且表现出不怕困难、百折不挠的理性精神。对知识和经验的积极追求以及不怕困难、百折不挠的精神是译者着力要传达给儿童读者的理性精神的主要内涵，目的不过是让儿童读者在身逢困境时依然能够理性、从容地面对进而战胜困境。译者对于未来新中国新人主体理性品格的建构意识由此可见一斑。

（二）有情的鲁滨孙

然而，晚清民国《鲁滨孙漂流记》诸译本中，译者的主体建构意识远远不止于此。耐人寻味的是，鲁滨孙于理智之外，多了一个感性的面向，成为一个不折不扣的情感丰富的人，这尤其体现在晚清诸汉译本中。大致来讲，晚清《鲁滨孙漂流记》汉译本中鲁滨孙的有情侧面主要体现在两点，一个是面对人伦（社会）关系时，一个是面对自然风景时。

笛福原著中的鲁滨孙是一个理性有余、感性不足的无情形象。以他的爱情和家庭生活为例，在得救回到英国后，用一句话（不到三行文字）概括了自己娶妻生子乃至妻子亡故的生活。如前所述，鲁滨孙对待妻子和家庭的态度应与韦伯所说的新教（清教）伦理和资本主义精神紧密相关。然而，这一宗教理性和商业精神显然是汉译本译者无法接受的文本事实。毕竟，夫妇之伦历来是中国文化传统中的重要方面。何况，感性是近代知识分子关于主体精神面向建构的关键一维。因此，通过夫妇人伦、朋友之伦等描绘并呈现鲁滨孙的有情有义自然成为一种时代需要。晚清民国《鲁滨孙漂流记》诸译本中,鲁滨孙形象的一大转变是他变身为一个有情的鲁滨孙。具体而言,鲁滨孙或恩义并重,重视人伦情感;或富于悲悯情怀和人道主义精神。晚清汉译本主要呈现出来的是前者。

同样是鲁滨孙叙述回英后的家庭生活,沈译本译者在总共两万字左右的译文中,不惜笔墨地增译了鲁滨孙与妻子伉俪情深的情节。鲁滨孙先是称"妻有顺德,鱼水极谐","夫倡妇随,乐何如之","伉俪之笃,无过于此",渲染夫妻二人的琴瑟和谐。后是通过妻子病重之际和病故后鲁滨孙的悲痛心情来展现其有情的一面,"悲怛几绝""独居寡偶""抑郁自悲"都是服务于此一目的。①《大陆报》译本中,鲁滨孙向经由法国旱路同行的英国人叙述阔别后的境况时,再次表达了自己和妻子感情的深厚:"相聚七载,中道分飞","如鸟失巢,无所归依;如舟无舵,不能行动,抑郁无聊"。② 林译本中,译者在《鲁滨孙飘流续记》中叙述了妻子的亡故以及鲁滨孙的深情与悲伤,鲁滨孙"踽踽凉凉",孤寂不堪,"作挽歌"悼亡妻不在话下。③

当然,晚清诸译本中,鲁滨孙的感伤不止于此。如本书第三章第三节所论述的,鲁滨孙对父母、朋友、亲戚等无一不充满了深厚的感情。历经岁月的颠沛流离回到家中,并得知父母去世多时后,他更是悲伤得难以附

---

① 参见狄福:《绝岛漂流记》,钱唐跛少年笔译,见笛福:《辜苏历程》,英为霖、沈祖芬等译,南方日报出版社2018年版,第214、215页。有趣的是,笛福笔下的鲁滨孙不需要爱情和家庭,沈译本中的鲁滨孙恰恰是因为失去爱人而再次萌生了遍行天下的念头,游历成为纾解主人公悲伤的有效途径。译者倒果为因地建构了一个有情的鲁滨孙。
② 德富:《鲁宾孙漂流记》,《大陆报》译本,见笛福:《辜苏历程》,英为霖、沈祖芬等译,南方日报出版社2018年版,第318页。
③ 达乎:《鲁滨孙飘流续记》(卷上),林纾、曾宗巩译,商务印书馆,出版时间不详,第7页。

加。沈译本中，鲁滨孙"流涕满面，抢地呼天"①。《大陆报》译本对鲁滨孙感伤的叙写更是有过之而无不及。鲁滨孙得知父母已逝噩耗的第一反应是"大哭起来"，紧接着让星期五"携着花圈进来"，最后"与姊妹同到坟上，献了花圈。却又伤心，眼眶里的泪，一滴一滴吊将下来。又哭了一回，回家去了"②。

民国《鲁滨孙漂流记》诸译本中，译者主要通过对鲁滨孙心理活动的增译，呈现其行动的理性逻辑。然而，译本并未忘记对鲁滨孙爱憎与喜乐的呈现。这些心理活动描写的加入，使得笛福笔下那个崇尚行动、冷静到几乎无情的理性鲁滨孙具备了细腻柔软的内心世界。他对弱小的帮助不仅仅出于人道主义立场，还有对弱者深刻的同情。这在《小朋友》改编本中尤为突出。前有鲁滨孙搭救和埋葬小狗，他"对着那狗的坟流几滴眼泪"③，就连见到山洞里死去的老羊也难过不已④；后有鲁滨孙在解救星期五后，同星期五一起埋葬了与野人交锋中被杀死的野人。⑤鲁滨孙的感伤和有情相辅相成。

面对自然风景时，鲁滨孙的游观视角便凸显出来，这是诸译本中有情鲁滨孙的另一个面向。感性的全面复苏尤其发生在主体面对自然界之时。笛福笔下的鲁滨孙视自然界中的一切为有用与无用的组合，而晚清诸译本中的鲁滨孙以超越功用的游观姿态面对自然，因此发现了笛福笔下的鲁滨

---

① 狄福：《绝岛漂流记》，钱唐跛少年笔译，见笛福：《辜苏历程》，英为霖、沈祖芬等译，南方日报出版社2018年版，第204页。
② 德富：《鲁宾孙漂流记》，《大陆报》译本，见笛福：《辜苏历程》，英为霖、沈祖芬等译，南方日报出版社2018年版，第294页。
③ 《鲁滨逊漂流记》，载《小朋友》1948年第886期，九六片段。
④ 参见《鲁滨逊漂流记》，载《小朋友》1948年第887期，一〇四片段。
⑤ 《鲁滨逊漂流记》，载《小朋友》1948年第893期，一三二片段。

孙永远都不可能发现的风景。甚至，对晚清诸译本中的鲁滨孙而言，风景无处不在。如本书第三章第二节所论证的，鲁滨孙对于沿途的风景和岛上风景的书写带有中国传统士人的游观意味，呈现出精神上的优游。进一步地，鲁滨孙对自然景物的痴爱指向了感性生命的厚度和生命体验的丰富。毋庸置疑，热爱自然的鲁滨孙更加有情有爱。一切景语皆情语，鲁滨孙对景致的观赏源自其细腻敏感的情感世界。"感人心者，莫先乎情"，因此，有情的鲁滨孙还将中国颓败的弱国风景作为观看的对象，进而生发出对弱国子民的喟叹和对无能政府的憎恨。

咏歌也好，嗟叹也罢，一个对他人、对自然、对社会充满热爱和爱憎分明的鲁滨孙跃然纸上。鲁滨孙的有情，既包括了个人（家庭内部）的情感联系，也指向了更加广阔的人类世界。

三、可能与限度

（一）可能

中国文化历来重视感性精神，无论是感性美感的培养，还是感性自我的超越，都是历代文人保有的生命向度。因此，"面对世变之局，有识之士在寻求强国之道的同时，对主体意识的重建同样不遗余力，而'情'的重新定义成为重要的界面"[①]。梁启超《论小说与群治之关系》强调新小说的"熏、浸、提、刺"功能，他更是以"笔锋常带感情"闻名于世。前者着眼于身体，后者则是感性的显现。当然，身体与感性原本是一体的存在。1917年，陈独秀在《文学革命论》的"三大主义"中强调"建设平易的抒情的国民文学"和"建设新鲜的立诚的写实文学"，前者可视为尚

---

① 王德威：《抒情传统与中国现代性——在北大的八堂课》，生活·读书·新知三联书店2018年版，第27页。

力思潮下感性在新文学中发生的表征。尽管五四时期，西方的现代主义运动如火如荼地进行着，但知识分子感兴趣的是启蒙主义哲学而非现代主义哲学，一个突出的现象是，卢梭、伏尔泰、康德、席勒等启蒙思想家都肯定主体性和理性精神。与此同时，康德、席勒的美学思想被引入，这成为近代中国人感性复活的契机。然而，救亡压倒启蒙，现代性的任务与现代民族国家的建立形成冲突，前者只能让位于后者。王德威细致地论述了晚清至五四知识分子从情到抒情的演变，浪漫主义文学也好，革命文学也罢，抒情成为其共同的底色。他对沈从文有情的书写给出了相当高的评价，认为沈从文此举是抵抗现代性风暴的唯一出路。① 抒情的观念和实践在中国文学传统中源远流长，知识分子在译介西学时对抒情的坚守又说明了什么？这绝非一种文化上的惯性或者惰性，而是一种主体性的选择。感性，情，抒情，是抵抗西方现代性风暴的一种内在力量。《鲁滨孙漂流记》这一西方冒险小说的近代汉译本非常突出地体现了这一点。

　　笛福《鲁滨孙漂流记》的引入恰逢近代中国启蒙理性精神鼓荡之时。对于近代试图发展资本主义进而走上资产阶级民主专政的近代知识分子如康有为、梁启超等维新派而言，《鲁滨孙漂流记》这一文本的译入本身有宣传资本主义强国富民的文化动机。因此，《鲁滨孙漂流记》顺理成章地肩负着建构近代中国人理性精神的题中之义。此外，从文化传统深层结构上来说，《鲁滨孙漂流记》中清教理性下主人公鲁滨孙对劳动勤勤恳恳的态度和其作为清教徒勤俭节约的认知观念，也与中国文化传统中的实践理性精神和俭以养德的传统美德相通。因此，《鲁滨孙漂流记》诸译本中的理性建构意识非常突出是一种必然。如晚清的三个代表性汉译本中，沈祖

---

① 参见王德威：《抒情传统与中国现代性——在北大的八堂课》，生活·读书·新知三联书店2018年版，第3—65页。

芬的"觉吾四万万之众",林纾、曾宗巩译本中对于鲁滨孙新中庸精神的建构和改写,《大陆报》译本对革命侠义的宣扬,都有强烈的理性精神建构的色彩,只不过囿于译者的认知水平和身份地位,每个译本各自建构的理性精神面向有些许差异。民国时期流行的重点译本如徐霞村译本也是在沿袭晚清以来诸译本特别是林译本推崇儒家中庸克己和沈译本、《大陆报》译本推崇冒险精神的基础之上建构的。从实践理性到启蒙理性,徐霞村译本的知识理性建构倾向尤为突出,这反映了五四新文化运动时期启蒙理性的高扬。人不仅仅作为实践的主体而存在,而且作为自我建构的主体而存在。

总之,晚清民国《鲁滨孙漂流记》汉译本所呈现出来的译者对未来中国新人情与理的双向建构既是一种现实的需要,也是一种文化的理想。

(二) 限度

抒情与情感建构的限度有二。其一,如同新小说的发展面临着情感与道德"脱轨"的风险[①],晚清《鲁滨孙漂流记》汉译本中感伤话语的书写和情感建构同样面临着情感"泛滥""脱轨"后道德、理性失范的风险。杜亚泉在民国初年便指出:"理性者,吾人所持以应付事物、范律身心者也。"[②] 人的自觉是理性的自觉。理性之于人的重要性已不待言。人的价值建立在理性基础上,现代社会的一大进步便是人的理性的诞生。有了理性才有反思和批判,理性自然成为检验现代社会文明程度的重要标准。无须赘言,道德化、感性化的过度泛滥自然导致理性的匮乏和羸弱,这不利于现代文明平稳健康的发展。

---

① 冯妮:《"情感"与"道德":晚清时局下的双重危机——吴趼人〈恨海〉的另一种解读》,载《汉语言文学研究》2018 年第 2 期,第 95—102 页。
② 高劳:《理性之势力》,载《东方杂志》1913 年第 6 期,第 1 页。

其二，抒情与情感建构的效果与方向尚不明朗。杜亚泉在《力之经济》中指出："理性之动作，力小而效大。感情之动作，力大而效小。"①提倡"抒情现代性"的王德威更是直接发问：现代主体，情归何处？在王德威看来："西方定义下的主体和个人，恰恰是传统'抒情'话语所致力化解——而非建构——的主题之一。"② 这种抒情传统与现代主体之间先天的悖论值得警惕。近代文人的抒情暗含着一种由私而公的情感扩张次序，目的不过是以情作为对人性与家国关怀的终极表现。因此，对于现代主体来讲，情感和理性二者将如何安放，这似乎是一个极易顾此失彼的问题。

四、 小结

实际上，18 世纪欧洲的启蒙思想家并非偏执于理性之美，感性也是其极力倡导的方向。③ 无论是席勒对感性冲动和理性冲动的辨析，还是黑格尔对美"是理念的感性显现"的界定，都呈现出对感性的肯定和试图将其与理性合一的愿望与努力。到了近代中国知识界，启蒙运动在大力弘扬理性之美时并未忽视感性。蔡元培的"以美育代宗教"、沈从文对"有情"的坚守，朱光潜对人的完整性和感性直觉的推崇，李泽厚"建立新感性"的呼吁，都证明了知识分子观念中现代文化建设特别是主体建设的重心何在。余英时认为，中国人从内在超越的观点来发掘自我的本质，就要求把人当作一个既有理性也有情感的、既有意志也有欲望的生命整体来看待。④

---

① 伧父：《力之经济》，载《东方杂志》1917 年第 12 期，第 11 页。
② 王德威：《抒情传统与中国现代性——在北大的八堂课》，生活·读书·新知三联书店 2018 年版，第 5 页。
③ 金雯：《启蒙与情感——18 世纪思想与文学中的"人类科学"》，载《华东师范大学学报》（哲学社会科学版）2022 年第 1 期，第 2—14 页。
④ 参见余英时：《中国思想传统的现代诠释》，江苏人民出版社 2003 年版，第 24 页。

晚清民国时期的《鲁滨孙漂流记》诸译本突出地体现了近代知识界对于未来中国新人主体的双向建构，美学维度的感性经验和现实维度的理性精神的和谐统一是其努力建构的方向。

这一建构的意向曲折地体现了知识分子对现代文化的设计，以及对自身所处的文化现代性的思考。中国文化素来不缺少情理之辨，因此，尽管这一愿望的实现困难重重，但也并非完全没有可能。问题在于，情与理的内涵和功能在近代以后都发生了变化。情不仅仅是生命的本能冲动，理也不是传统的伦理纲常；情的功能不仅仅是立足于个人生命力的舒展，理也不是为了忠君爱国。此外，除了情、理自身之间的冲突之外，近代民族国家主体和个人主体这一双重主体的冲突也使得情、理之间的分配调用更加复杂。因此，离开对情、理之辨细致而具体的辨析，理想主体性的建构终免不了难产的命运。

余论

《鲁滨孙漂流记》"自西徂东",在中国的传播流变已逾百年。本书前四章对《鲁滨孙漂流记》的中国化历程做了多层面的立体探析,发现贯穿始终的一点是近代知识分子对现代理想新人的想象和建构,这也是《鲁滨孙漂流记》在中国一个多世纪常译不辍的根本缘由之一。借用王德威的"想象中国"[①]一词来对本书所讨论的问题予以总结:晚清民国《鲁滨孙漂流记》的中国化体现了近代中国知识精英在鲁滨孙身上想象和寻求双重主体(个人主体和民族国家主体)的努力。反过来说,近代中国知识精英是借助《鲁滨孙漂流记》的译介(译述或改写)来"想象中国"并建构"新中国"的。这个中国"新"在独立自主、国富民强,新人(国民)"新"在乐观激越、爱己爱人、情理兼善。如果说晚清尚武精神的风行是《鲁滨孙漂流记》潜入中国的文化契机,那么潜入的背后是近代知识界关于新人形象的持续想象和不倦建构。值得注意的是,这一塑造和建构过程在当代中国仍然持续。正因为此,我们不得不继续追问:当代《鲁滨孙漂流记》传播的沿袭和新变之处何在?现代新人主体建构作为一项未完成的工程,在当代是否可能?如何可能?《鲁滨孙漂流记》作为小说,其文学性是否对中国文学创作产生了影响?

一、 传播面貌的常与变:《鲁滨孙漂流记》与当代中国

　　与《鲁滨孙漂流记》在晚清民国的传播面貌相比,它在当代的中国化

[①] 该词来自王德威著作标题。参见王德威:《想象中国的方法——历史·小说·叙事》,生活·读书·新知三联书店1998年版。

历程中，恒常与新变因素共存。

《鲁滨孙漂流记》在当代中国依然主要通过译本和电影两种方式进行传播。[①] 前者的主要对象是儿童（学生），主要诉诸新人建构，突出的是启蒙功能和教育色彩；后者的主要对象是大众（观众），娱乐是其主要功能，突出的是对大众猎奇（新技术、新故事）意愿的满足。

先来看译本。首先，当代《鲁滨孙漂流记》的传播面貌仍以儿童读物或教科书译本为主。其中，插图本占了不可忽视的一部分。如本书第一章所论述的，自20世纪20年代的严叔平译本起，《鲁滨孙漂流记》诸译本已由晚清新民的冒险小说变异为寓教于乐的儿童读本（20世纪40年代末的《小朋友》刊载本）。与此相承，当代《鲁滨孙漂流记》诸译本最为突出的传播面貌依然不脱此窠臼，或以儿童文学经典读本的样貌出现在阅读界，或继续以教科书的身份在中小学课堂中被讲授和讨论。此二者往往高度交叉，着眼点仍在于儿童读者理想品格的建构。如2010年江苏少年儿童出版社的彩图编写本《鲁滨逊漂流记》，沿袭了民国《鲁滨孙漂流记》汉译儿童版与期刊连载儿童长篇图画故事《鲁滨逊漂流记》等插图改编本的传播特征，采用了图文互现的方式来叙事和表意。

其次，当代《鲁滨孙漂流记》汉译本的创造性叛逆趋于隐蔽，主要通过导论、插图等阅读指南导引着读者对文本的理解。如前所述，伴随着民国直译观念的兴起，如晚清译文中那种直接显著的改写成分几乎消失殆尽，读者亦很难再见到如晚清那般千译千面的鲁滨孙了。甚至，出现了基

[①] 在西方，《鲁滨孙漂流记》的传播方式主要有三种：笛福小说、小说鲁滨孙故事和屏幕鲁滨孙故事。在中国，《鲁滨孙漂流记》的传播与此大体相似，但区别在于，小说鲁滨孙故事不成气候，它在近代一直作为笛福原作译介的附属而存在，直到当代才逐步显示出独立性，后文有论及。中国的屏幕鲁滨孙故事主要是电影鲁滨孙故事。

本上忠实于原著的译本（如徐霞村译本），然而大部分译本仍未完全摒弃译者的主体能动性。借由译者序、插图等副文本，民国《鲁滨孙漂流记》对其进行了文本操控。最突出的莫过于，无论是作为儿童教科书，还是作为儿童经典读物，鲁滨孙始终以少年形象陪伴着儿童读者。即，鲁滨孙耗时八年的前两次冒险与长达二十七年的荒岛生活基本未在其肖像上留下岁月的印痕，他几乎以不老的童颜形象完成了前后三十五年的所有冒险生活，并以此形象参与了儿童读者的阅读活动。进入当代，随着社会环境和时代精神的变化，译者更加认同和遵循异化的翻译策略，译本整体上较为贴近原著，但当代译者的创造性叛逆并未减弱，并以一种更加隐蔽的方式保存了下来，如通过译文前的导读或文中的注释等副文本实现对少儿读者的引导。鲁滨孙形象亦趋于一元化（少年英雄），定型于民国并作为少年励志英雄面目出现的形象穿越时空抵达当代。

新的变量在于，《鲁滨孙漂流记》的西方互文本（即小说鲁滨孙故事）在百年中国化进程中所扮演的角色发生了变化。质言之，与晚清民国《鲁滨孙漂流记》借助于《瑞士家庭鲁滨孙》等互文本来协助、声援传播不同，当代中国译入的其他《鲁滨孙漂流记》互文本，如米歇尔·图尼埃（Michel Tournier）的《礼拜五或太平洋上的灵薄狱》（*Vendredi ou les limbes du Pacifique*，1967）或库切的《福》，很大程度上已作为独立的文学作品传布于世。后二者的读者更关心其与笛福原作之间的差异（改写了什么以及如何改写的），而非其与笛福原作故事的相似之处。当然，互文本角色的变化，应与《鲁滨孙漂流记》中国化进程中时代精神的变化以及经典地位的取得密切相关。与此同时，因之于世界文学品类的繁多、流通的日益增速以及时代精神和诉求的变化，《鲁滨孙漂流记》逐步失去了昔日耀眼的光芒，当代汉译本仅作为众多外国文学（西方经典名著）汉译的一分子存在于读者市场。

再来看电影。有别于西方《鲁滨孙漂流记》衍生出的各种艺术样式（电影、电视连续剧或真人秀节目）和各类文化产品（茶杯或玩具），它在中国从未溢出电影的边界。本书第一章第二节论及了民国时期有关西方电影鲁滨孙故事的引进和传播特征，指出从20年代的引入到30年代的广为传播，电影改编鲁滨孙故事的功能逐渐发生了变化：由对儿童教育启蒙功能的依附与强调过渡到好莱坞冒险故事对娱乐消遣功能的突出。当代电影鲁滨孙故事的沿袭路径依旧是重复遇难－救援（或灵魂救赎即重生）的故事套路，主要满足的是大众对灾难的恐惧与想象，以及对身心救赎的期待，这完全可以视为30年代电影鲁滨孙故事的余音在当代的回荡。不过，较之于译本，当代中国在引入电影鲁滨孙故事的过程中新变更多：科幻元素、科技与人文二元关系的思考以及观众对导演个人风格的审美诉求都有逐步增强之势。

首先，进入当代，特别是21世纪以来，伴随着科技的发展及其对电影工业制作的影响，西方电影鲁滨孙故事逐步将荒岛生存故事搬入外太空（火星），科幻因素成为一大亮点。如《鲁滨孙太空历险》《火星救援》等。与此同时，突出对人生真义和信仰的追寻这一人文因素探讨的影片也在稳步推进，如《荒岛余生》、《少年派的奇幻漂流》（Life of Pi, 2012）等。

其次，《火星救援》《少年派的奇幻漂流》的引入显示出当代中国对科技与人文关系的双重思考。《火星救援》主要借助科技的力量来想象和呈现灾难，《少年派的奇幻漂流》则偏向于在看似不同寻常乃至荒诞（魔幻）的人生境遇中思考生存的命题。时值3D电影热，两部影片采用的都是3D放映方式。《火星救援》是一个火星版的《鲁滨孙漂流记》，由雷德利·斯科特执导,导演以太空系列著称。影片在英国、美国、匈牙利、约旦等地拍摄,于2015年11月25日在中国上映。讲述的是因故滞留火星的马克·沃特尼不断争取生存空间,最终回到地球的故事。《少年派的奇幻漂流》由华人导演李安执导,影片在印度和中国台湾拍摄,于2012年11月22日在中国大陆上映。电影讲述的是十七岁印度少年派(Pi)遭遇海难(家人丧生)后与一只老虎在救生小船上漂流的故事。影片的结局是派最终战胜困境并获得重生。影片宣扬了信仰的力量,探讨了印度少年何以最终走向人群的问题。①有趣的是,先进技术成为挖掘人物内在信仰的手段,影片经由技术抵达人文关怀。这种技术与人文之间的张力引发了观众思考。

再次,导演个人风格得到越来越多的关注。对于中国的电影观众来说,略早进入的《少年派的奇幻漂流》吸引力更大。理由并非该片与笛福小说《鲁滨孙漂流记》联系密切,而在于这是华人导演李安首次执掌的3D电影。整部影片宁静诗意,富于意境美,符合中国观众的审美趣味。这可能是未来中国电影鲁滨孙故事引入的一个新方向。值得一提的是,2022年7月29日,中国电影《独行月球》上映。该片可视作鲁滨孙太空历险家族的最新成员。从西方电影鲁滨孙故事引入近代中国到当代中国版的电影鲁滨孙故事,其间经历了约莫一个世纪的时光。②

以上仅仅从传播面貌上论析了当代《鲁滨孙漂流记》中国化与晚清民

---

① 蒲波:《"少年派"在3D奇幻中追索信仰的力量》,载《中国艺术报》2012年11月30日。
② 作为中国版的电影鲁滨孙故事,《独行月球》将太空漫游的场景移置到了月球。影片延续了灾难-救援(救赎)的叙事结构,突出表达了对个人与集体关系的持续思考。鲁滨孙的个人主义精神在此被转化为个人与集体之间的互帮互助和相互成全:一方面,"你不是一个人"的集体呼唤响彻云霄;另一方面,男主人公(中国鲁滨孙)主动选择以自爆(自我牺牲)的方式拯救集体。

国中国化的异同,值得注意的是,从晚清到当代,《鲁滨孙漂流记》中国化一个不变的要义是主流意识形态下译者、赞助人和出版界对于未来理想新国民的想象和塑造愿望。简言之,这一新民诉求始自晚清延续至今。梁启超所说的"新民是今日中国第一急务"的愿望和抱负依然潜藏在当代知识分子的文化记忆和知识基因当中。

二、可能性省思:《鲁滨孙漂流记》与当代主体建构

1902年注定是晚清思想史上极不寻常的一年。这一年,不仅是晚清思想史的一个转折点①,而且产生了诸多影响后世的译作。不仅《鲁滨孙漂流记》最早的两个汉译本《绝岛漂流记》和《辜苏历程》面世,而且,梁启超与罗普合译的《十五小豪杰》、商务印书馆编译的《小仙源》开始刊布。有趣之处在于,《小仙源》本为《瑞士家庭鲁滨孙》,是瑞士传教士约翰·大卫·威斯对笛福《鲁滨孙漂流记》的重写本;《十五小豪杰》本为凡尔纳的《两年假期》②,是凡尔纳对《鲁滨孙漂流记》和《瑞士家庭鲁滨孙》的双重重写。这种原型文本和重写文本(互文本)同时译入的情况并不多见③,而且,译介的同步性背后隐藏着至关重要的文化心理。夏志清一针见血地指出,对中国之关注是晚清思想的特色。本尼迪克特·安德森(Benedict Andersen)也指出:"知识分子阶层在殖民地民族主义的兴

---

① 参见汪晖:《现代中国思想的兴起》(下卷 第一部 公理与反公理),生活·读书·新知三联书店2004年版,第957页。
② 这里需要指出的是,凡尔纳《两年假期》的译介除了本书论述的原因,还有晚清大力推介科学小说这一背景,它同时具备科学小说的身份。特别是凡尔纳的《八十日环游记》早在1900年就译入中国,是中国翻译的第一部科学小说。
③ 综合当时的各类文献来看,时人鲜有清楚三部作品之间的互文关联。

起中扮演了核心的角色已是众所周知的事实了。"① 的确,中国近代文学译介参与了现代民族的构建是不可否认的文化事实。不仅《鲁滨孙漂流记》在中国的传播与其互文本《瑞士家庭鲁滨孙》的译入紧密相关,而且后者在一定程度上帮助前者确定了未来的传播基调。当然这一关联主要发生在民国,民国教科书译本的大量涌现和《瑞士家庭鲁滨孙》的相互陪伴与交相辉映,奏响的依然是国族建构的强音。这一对于现代中国新人建构的传播基调绵延不绝,始自晚清经过民国直到今天。这自然是作者笛福无法预料的。

笛福笔下的鲁滨孙独自创造经济利益,是一个浮士德式永不满足的人,毕其一生都在寻求自我实现和自我超越。"作为英国文学中最为不朽的作品之一,《鲁滨孙漂流记》为何要以沉船的英国水手作为其叙事的中心人物?"② 劳伦斯(D. H. Lawrence)的一段话可以视为对此问题一定程度上的回答。

> 有一个人非常喜欢岛屿。他本来出生在其中一座岛上,但这座岛不适合他,因为除了他以外,岛上还有许多别的人。他想要一个完全属于自己的岛屿:不一定是他自己一个人居住,但他要使它属于自己的世界。③

一定意义上,对个人意识觉醒的鲁滨孙而言,对属己世界的追求成为

---

① 本尼迪克特·安德森:《想象的共同体——民族主义的起源与散布》,吴叡人译,上海人民出版社 2016 年版,第 112 页。
② Joshua Grassso, "'An Enemy of his Country's Prosperity and Safety': Mapping the English Traveler in Defoe's Robinson Crusoe", *CEA Critic*, 2008, 70 (2): 15–30.
③ "The Man Who Loved Islands", The Collected Short Stories of D. H. Lawrence (London: Heinemann, 1974), p. 671. Qutd. In Daniel Cottom, "Robinson Crusoe: The Empire's New Clothes", *The Eighteenth Century*, 1981, 22 (3): 271.

其毕生奋进的动力源泉。另一层面，对于鲁滨孙来讲，焦虑的劳累胜过懒惰的安静，体现出他对始源于资本主义机器的现代性的敏感。

正是上述鲁滨孙形象所散发的人格魅力深深地吸引了晚清忧国忧民的思想家们。与此同时，空间性经验是晚清现代性体验的重要一环，《鲁滨孙漂流记》充满了对异域的想象。去父母之邦，离家远航，海洋叙事，这一切不仅吸引着近代中国人的好奇心，也开阔了近代人的阅读和期待视野，有利于其全球观的形成。作为对"开眼看世界"诉求的满足，《鲁滨孙漂流记》的译入饱蘸着近代知识分子对理想国民的想象，对激越品格的现实诉求、自由品格的伦理建构以及情与理的美学建构呈现出他们为之付出的种种尝试与努力。

在现代性建构过程中，晚清知识界主流的策略是调和中西文化。无论是严复呈现的建构与怀疑，还是梁启超的宣传与忧思，都体现出知识分子对外来文化既向往又犹疑的心态。不止于此，民国对于中西文化如何取舍的论辩仍在继续。余英时在《五四传统与中国传统》一文中指出："'五四运动'也成功地摧毁了中国传统的文化秩序，但是'五四'以来的中国人尽管运用了无数新的和外来的观念，可是他们所重建的文化秩序，也还没有突破传统的格局。"[①] 这一说法指向了文化秩序建构的困难。晚清民国的《鲁滨孙漂流记》汉译，具体而真实地折射出了知识界这一复杂的心路历程和艰巨的历史使命。从本书前三章不同层面的观照和第四章整体性的理论提炼得知，因之近代革命与启蒙的双重历史任务，近代中国"以大众或人民主权为指归的民族运动"和"以政治主权为中心的国家建设运动"同

[①] 余英时：《中国思想传统的现代诠释》，江苏人民出版社2003年版，第285页。

时（交织）发生①，既给大众的启蒙带来了契机和可资发生的可能，又使其带有先天的缺陷。因此，近代知识界雄心勃勃的新民建构工程，在近半个世纪后，最终以甚为有限的效果而告终。现代个人主体沦为现代民族国家主体的附庸，丧失了自身的独立性，这是让人引以为憾的事实。

耐人寻味的是，不仅在中国，《鲁滨孙漂流记》在西方特别是在英国的传播历程中所扮演的主要角色依然是服务于民族性的建构。因为它产生于帝国幻想冉冉升起的年代，并在西方殖民主义的鼎盛时期起了非常重要的作用。正如丹尼尔·克顿姆所指出的："虽然作为生存手册来阅读这部小说的魅力并不小，但只有当人们看到它最关心的生存是帝国幻想的生存时，兴趣才会增强。"②《鲁滨孙漂流记》在漫长的三百余年的传播历程中，主要以面向儿童的帝国历险小说在世界文学中流通，并服务于帝国幻想者征服异域的心理需要。比尔·奥福屯论述了英国有关经典和教科书的持续重建③，《鲁滨孙漂流记》如何作为英国历险小说的始祖参与大不列颠民族身份建构也是普遍的事实。

因此，《鲁滨孙漂流记》中国化进程中主体建构的不成功不完全是服务于近代民族运动的目标使然，并非由器物而体制而国民教育的改革次序所造成，实际上，背后有更为复杂的历史原因。西方有根深蒂固的个人主义传统，近代自由主义作为一种强势的思想潮流横扫欧洲诸国，"儿童的发现"比中国早了一个多世纪，因此，尽管其近代化历程同样伴随着民族

---

① 参见汪晖：《现代中国思想的兴起》（上卷　第一部　理与物），生活·读书·新知三联书店2004年版，第47页。
② Daniel Cottom, "'Robinson Crusoe': The Empire's New Clothes", *The Eighteenth Century*, 1981, 22 (3): 271-286.
③ Bill Overton, "Countering Crusoe: Two colonial narratives", *Critical Survey*, 1992 (4): 302-310.

—245—

国家对个人的征用，但并未削弱个人主义思想的根基。中国的近代化（现代化）历程不仅滞后，而且发展相对封闭和迟缓，无论是个人自由还是民族国家都是本土文化遭遇外来刺激后的被动选择，特别是在列强殖民暴力的夹击中，个人和民族国家两个主体的建设双双迫在眉睫。而近代知识界似乎已经无暇分层次分重点乃至分先后次序推进建构，致使国家话语和个人话语深度纠缠，后果便是本来孱弱的个人主体这一维度无法茁壮成长。知识界所希冀的独立、自主、自强的个人只能作为美好的理想而存在。这一方面阻碍了文化现代性的顺利展开，另一方面限制了知识分子建构现代主体精神的预期效果。①

当然，除了个群关系的整合与主体性的双重性纠缠之外，还有一个主要的原因便是教育小说对成长主题的压抑。教育小说主要涉及接受某些价值观或学习某些知识的内容，而成长小说则以某一中心人物的经验和认识变化作为结构核心。后者"在欧洲文学史、西方现代文化史上的意义——那不仅是建构个人想象、个人主义叙事的主路径，而且是现代性话语建构的基石之一"②。有学者从成长教育小说的角度对《鲁滨孙漂流记》展开了解读："《鲁滨逊漂流记》的整个主题是一个现实中的普通人通过不断地认识和思考来学习和成长的故事。而且主人公经常困惑、鲁莽，犯各种错误，但这些错误又不同于传统传记中的罪孽深重，必须以惩罚和忏悔才能救赎。相反，他的错误往往是产生新的理解和认识的契机。"③ 也许正因为

---

① 电影鲁滨孙故事承担的主要是娱乐功能，此处不再展开，但仍不能忽视其文化建构意义。20世纪二三十年代的教育片紧贴时代精神，当代引入的电影鲁滨孙故事依然重复着自强不息的行动内核。
② 戴锦华、滕威：《〈简·爱〉的光影转世》，上海人民出版社2014年版，第35页。
③ 王炎：《成长教育小说的日常时间性》，载《外国文学评论》2005年第1期，第77页。

包含着"一个现实中的普通人通过不断地认识和思考来学习和成长"的主题,《鲁滨孙漂流记》天然地具备了向儿童文学乃至教科书和"少年文学"读物发展的基础,汉译教科书和"少年文学"读物的大量涌现便是这一发展趋势的一部分。

然而,汉语语境中的《鲁滨孙漂流记》教科书译本和"少年文学"读物却有意无意地忽视了原作包含的学习和成长逻辑,原作中主人公前期所犯的"错误"作为他事后"产生新的理解和认识的契机"被一再忽略,却过分突出了作品的英雄主义倾向,鲁滨孙被改造为自强不息的精神表征,价值观教育取代认识论成为译作的核心要义。译本主要侧重于对鲁滨孙作为静态的榜样力量的符号传达上,不仅鲁滨孙荒岛的实践行动成为凸显其英雄本色的背景板,而且实践本身的意义和他凭借实践活动逐步认识自己缺点进而成长的重要一面被一再遮蔽。"在笛福那里,鲁滨逊在孤岛上通过自己的体验,每天增进对上帝的认识,同时在不断的实验和摸索中,时时积累和增加生存的技能和对世界的见识,这是一个'为学日益'的认识论过程。"① 然而,这一认识论的成长含义被淡化。无论是晚清译本中情节改造与形象塑造并重,还是民国译本中形象塑造大于情节改造,共同的特点是侧重于对鲁滨孙作为静态英雄而非成长英雄的品格赞美。这当然与中国文化传统中道德叙事的内在要求有关,它讲究主人公的模范和榜样力量,推崇品格的恒久性(稳定性)。而成长虽然以道德升华为结局,但天然地包容变化,承认主人公的缺点是前提。囿于艰难的社会环境和紧迫的时代要求,近代知识精英急于寻找一个模范典型让儿童(学生)读者学习,他们没有耐心和信心给读者介绍一个有缺点并从缺点中汲取教训进而

---

① 王炎:《成长教育小说的日常时间性》,载《外国文学评论》2005年第1期,第80页。

逐步实现精神成长的人物，而让读者跟随着主人公从错误中摸索、积累经验并完成精神成长更是奢侈之事。

正因为如此，原本能够深度参与国民性精神建构的《鲁滨孙漂流记》，只能沦为一种对其天性顽强精神的表面宣扬，后果是译本的乐观色彩过之，反思精神不足。成长色彩被抹除，教育意义成为汉译儿童版极力突出的方面。

令人欣慰的是，对儿童读者精神成长过程的关注已为中国当代儿童文学界所重视，侧重于对主人公精神的探索并在错误中成长的儿童文学已成主流。难度在于，如何面对源自晚清民国的启蒙与革命的矛盾和与之伴随的个人主体沦为民族国家主体的附庸这一文化遗产。当代中国知识界要想在历史的尘埃和废墟里突围实非简单之事。然而说到底，文化建构本为一项艰难复杂的工程，我们要肯定先驱的初始之功。作为一种文化探险和尝试，晚清民国知识分子的建构自有意义，并不会因为结果而打折扣，何况一切想象、尝试与建构本身就隐含着失败的可能。尽管这种充满痛楚的文化建构最终只是历史水面上泛起的几朵转瞬即逝的浪花，但是它也给波澜不惊的中国文化注入了些许新鲜的空气。尽管独立人格依然是当代现实的乌托邦幻影，但当代《鲁滨孙漂流记》的中国化还是要迎难而上，而且务必吸取近代志士仁人的失败教训：规避民族国家对主体个人的过度捆绑与裹挟，这恐怕是当下和未来主体建构应该注意的方面。唯其如此，独立自主、感性与理性和谐的新主体方未来可期。不过，正如有学者所指出的，发端于西方的扩张型人格带来文明的冲突，来自儒家文化传统的内控型人格或君子型人格强调自我和他者之间的关系，个人在一连串的关系中得到定义，维系了中国社会的绵延和文化传统的延续。① 这种强调自我与他者之间关系的内控型文化，是一种德勒兹（Gilles Deleuze）意义上的"在什么之间"的关系。这是一种生成性的关系而非冲突性的关系，因此，在民族文化整体发展和延续的意义上看，更有未来。

至此，本书论述了《鲁滨孙漂流记》与现代新人想象、近代民族建构之间的关系，但译本作为文献，它的存在是物质性和流动性的，不但能增加读者的知识积累，而且能为不断变化的美学观念做出贡献。② 现在，是时候从文学的角度审视它与近现代中国的关系了。

三、文学性追问：《鲁滨孙漂流记》与中国文学

有学者探讨了中西文化碰撞下小说观念的生成过程③，的确，"小说"作为现代文学术语，萌芽于清初西人的翻译。《鲁滨孙漂流记》作为冒险小说进入中国，除了所承载的文化意义外，还有参与中国文学（小说）发展的一面。

众所周知，尽管《鲁滨孙漂流记》的故事有现实原型，西方旅程文学

---

① 参见张德明：《西方文学与现代性的展开》，中国社会科学出版社2009年版，第232—237页。
② 参见谢天振：《超越文本 超越翻译》，复旦大学出版社2014年版，第129页。
③ 参见宋莉华：《中国古代"小说"概念的中西对接》，载《文学评论》2020年第1期，第176—185页。

特别是17世纪以来流行的航海故事和旅行游记亦成为其创作的养料①。但它作为英国第一部现实主义长篇小说，作者笛福有着非常自觉而突出的文体改革意识。② 诺瓦克指出，尽管荒岛历险故事在17—18世纪的西方并不鲜见，但笛福的《鲁滨孙漂流记》将其叙事推进到新的高度，特别是对小说叙事形式的革新。《鲁滨孙漂流记》属于散体小说的范畴，笛福采用了虚构回忆录的叙事形式，将真理、虚构与自传融为一体，从而创造了一种高于现实的真实感。③ 然而，对于中国读者而言，无论是《鲁滨孙漂流记》所讲述的荒岛历险故事于西方人有多么惯常，因虚构回忆录而来的第一人称与日记体等叙事方式，以及伴随着经济个人主义而来的账簿式写作皆带来了一种全新的叙事模式。其中的缘由在于，中国文学素来缺乏单一主体冒险的形式传统。中国传统（章回）小说突出的叙事特征是故事连缀体。以一个人物为主体或以其经历或遭遇为主要叙事内容贯穿始终的形式在中国传统小说中尚未出现过，以第一人称的叙事方式完成全部叙事的小说更

---

① 荷马史诗中的《奥德赛》（*Odyssey*）、莎士比亚的《暴风雨》（*Tempest*）和塞万提斯的《堂·吉诃德》（*Don Quijote*）等经典都成为《鲁滨孙漂流记》创作的文学养料。如约书亚·格拉沙（Joshua Grasso）指出，17—18世纪的游记书写以及《鲁滨孙漂流记》对游记写作形式都有继承和创新。Joshua Grasso, "'An Enemy of his Country's Prosperity and Safety': Mapping the English Traveler in Defoe's 'Robinson Crusoe'", *CEA Critic*, 2008, 70 (2): 15-30. 凯瑟琳·弗兰克（Katherine Frank）专门考察了《鲁滨孙漂流记》与罗伯特·诺克斯（Robert Knox）船长的航海回忆录《东印度公司与锡兰岛的历史关系》（*An Historical Relation of the Island Ceylon in the East India Company*, 1681）之间可能存在的事实关联。Katherine Frank, *Daniel Defoe, Robert Knox and the Creation of a Myth*, London: The Bodley Head, 2011.
② 诺瓦克着重探讨了笛福在文体方面的革新，参见 Maximillian E. Novak, *Daniel Defoe: Master of Fictions: His Life and Ideas*, New York: Oxford Press University Press, 2003。
③ Maximillian E. Novak, *Transformations, Ideology, and the Real in Defoe's Robinson Crusoe and other Narratives: Finding "The Thing Itself"*, Newark: University of Delaware Press, 2015, p. 125-147.

是从未有过。因此，近代中国人在鲁滨孙身上寻找的，除了文化动机外，还有文学叙事方面的原因。第一人称的叙事方式、单一个体的冒险方式深深地吸引了近代中国人。

事实证明，两种形式传统迥异的叙事模式在中西文化相遇、中国近代文化转型后，在保留中国小说书写传统的基础上，引入西方小说的叙事形式进而试图完成小说的现代化转型，是必然选择。中国小说也因此而获得新质。那么，清末民初的新小说创作吸收了《鲁滨孙漂流记》的哪些形式要素呢？作为一种有意义的形式，《鲁滨孙漂流记》对晚清新小说和现代文学创作的启迪何在？这先得从晚清民国《鲁滨孙漂流记》的译介说起。

如前所述，晚清民国的译介突出地反映了译者的改造行为，并在文本形式风貌上呈现出阶段性的差异，此处就小说形式上的改造略做论述。就语言风格来讲，晚清译本文白兼重，民国译本（主要集中产生于20世纪30年代）白话色彩更为浓厚。因之于30年代大众语提倡的彻底的口语化，民国译本在白话色彩的基础上加强了口语化的特征。就结构特征而言，晚清译本散体和章回体兼而有之，民国译本则为清一色的散文体。此外，有一个现象值得注意。晚清民国时期，除译本（单行本）基本忠实于原著的第一人称叙事外，大众传媒中的《鲁滨孙漂流记》图画改编本基本上以第三人称叙事面世，如《无人岛大王》与《小朋友》刊载的《鲁滨逊漂流记》。[①] 这在一定程度上反映出第一人称叙事和传统章回体小说第三人称叙事冲突与融合过程中的复杂性。这一复杂性还可以通过对《鲁滨孙漂流记》重写本的考察得以管窥。

《鲁滨孙漂流记》自问世至今，在西方世界产生了难以数计的重写本

---

① 后文论及的《弱女飘零记》、"漂流三部曲"也为第三人称叙事。

（鲁滨孙故事），这在世界文学史上的意义是独特的。那么，《鲁滨孙漂流记》在中国漫长的传播历程中有无重写本产生？其对中国现代小说的叙事是否发生影响，或曰其承载了中国现代小说叙事变革的哪些先驱因素？这是两个非常有必要探讨的问题。目前，就《鲁滨孙漂流记》在中国有无重写本的讨论，刘禾在《帝国的话语实践》一书中指出，老舍的《骆驼祥子》与《鲁滨孙漂流记》在小说叙事上存在关联。除此之外再无人论及。据现有材料来看，民初通俗小说家胡寄尘的奇情小说《弱女飘零记》、现代文学家郭沫若的"漂流三部曲"以及中国现代革命文学的先驱蒋光慈的《少年飘泊者》可能与《鲁滨孙漂流记》之间存在重写（互文）关系。①

《弱女飘零记》创作于1912年，小说采取了第三人称的叙事方式，主要描写了女主人公方小翠流落荒岛并最终与爱人终成眷属的故事。无论是小说的标题，还是主人公流落荒岛的生平遭际，都与《鲁滨孙漂流记》有几分相似。不过，弱女寻父的情节可能与《瑞士家庭鲁滨孙》有关。《瑞士家庭鲁滨孙》的尾声，出现了一个女漂流者艾米莉（Emily），其因寻父而流落荒岛。② 荒岛、大海等空间因素的植入以及流落荒岛遭遇海盗等情节的借用，提示了新小说对冒险小说叙事因素的选择、运用以及新之所在。不过，阿红与小翠的姐妹情谊终究不敌男女情爱，小说展现女性英勇的侠女郎叙事不可避免地让位于才子佳人的结构模式和男性解救的套路。这当然反映了新小说创新的限度及中国文学传统的强大。

---

① 上述三部小说是否的确与《鲁滨孙漂流记》之间存在互文关系还须进一步考证和讨论，此处先就其可能存在的关联做一简单论及。另外，除此三者外，是否还有其他晚清民国的中国小说创作与《鲁滨孙漂流记》构成了互文关系，也须进一步挖掘和辨析。
② J. D. Wyss, *The Swiss Family Robinson*, New York: Signet Classics, 2004, pp. 301-306, 312-316.

"漂流三部曲"在叙事上与《鲁滨孙漂流记》相似之处甚多。就叙事结构而言,"漂流三部曲"与"鲁滨孙三部曲"同为三部曲,同样给读者呈现出灾难、绝望、新生的生活图景。就叙事方式而言,前者的日记体书写与后者遥相呼应。至于男主人公爱牟对金钱的算计与书写则与鲁滨孙的账簿式写作如出一辙。然而,两部小说的基调和文化倾向有所不同。不同于后者的乐观精神,在风雨飘摇的大时代环境中,郭沫若将爱牟一己(乃至一家)的悲欢离合融入整个国族命运的书写,整部小说有非常浓烈的时代气息,氤氲着弱国子民的无限哀伤和文化焦虑,"漂流三部曲"是抒情诗人郭沫若一曲弱国子民的哀歌。

《少年飘泊者》创作于1924年,小说叙述了主人公汪中(十五六岁)遭遇父母和爱人的亡故,后历经种种的坎坷,最终成长为"一个至死不屈服于黑暗的少年",并"将此生的生活完全贡献在奋斗的波浪中"。[①] 该小说值得注意的有两点:第一人称书信体叙述方式的采用与汪中形象。第一人称书信体叙述方式接近于笛福《鲁滨孙漂流记》的精神自传写作特征,汪中这一与生活抗争不息的少年(孤儿)形象与鲁滨孙共享了自强不息的精神品格。结合近代青年与中国的社会变迁,以及晚清民国诸译本中国化进程中对鲁滨孙形象少年特质的强调,二者之间极有可能存在关联。特别是在对未来社会的乌托邦建构上,鲁滨孙与汪中都做出了相应的努力。只不过,汪中身上更多地折射出革命浪漫主义色彩,这可视作鲁滨孙气质在革命年代的必然变异。

简言之,通俗奇情小说(《弱女飘零记》)、自传体小说("漂流三部曲")或者革命浪漫主义小说(《少年飘泊者》),无论是对飘零、漂流、

---

① 蒋光赤:《少年飘泊者》,亚东图书馆1926年版,第24页。

—253—

漂泊基调的渲染，还是荒岛、大海等意象的采用，或是对作为普通人（方小翠、爱牟、汪中）个体现实命运（情感、家庭、革命）的书写，都从不同侧面提示着《鲁滨孙漂流记》与中国现代小说叙事之间的关系值得进一步考察和辨析。到了30年代，还出现了在期刊上连载的《鲁滨孙漂流记》汉语重写作品。①

此外，论述《鲁滨孙漂流记》在中国文学发展过程中所产生的影响必须考察其在中国现代儿童文学中所扮演的角色。1936年，《小朋友》连载的长篇童话故事《米老鼠飘流记》便是这一角色的明证。②《鲁滨孙漂流记》在当代中国主要作为一种想象的生存或教育小说行世③，励志色彩相当突出，教育并鼓舞儿童读者是其显著的目标。大量读后感的写作命题导向便是这一目标的反映。④ 惠海峰对当代汉语改编本的鲁滨孙故事做了研究，认为中国当代教科书译本侧重于传统的伦理规训，相较而言，美国的

---

① 如强民的《复古之小试验》，该小说为第一人称叙事。参见强民：《复古之小试验》，载《万有周刊》1931年第36—37期。目前该刊仅见两期，分别为第36、37期。其中，第36期的副题为"冒险如鲁滨孙，生活似盘古氏"，第37期的副题为"随身小斧一柄，投身荒域两月"。
② 韩裹：《米老鼠飘流记》，载《小朋友》1936年第700—708期。
③ 前文已提及《鲁滨孙漂流记》主要以教育小说的身份活跃在中国读者市场的原因。此处需要补充将其视作教育小说的结果：一方面，《鲁滨孙漂流记》汉译本忽视了原作中鲁滨孙人格的成长过程，鲁滨孙在小说开头部分便以英雄少年和有志少年的正面形象出现在读者面前；另一方面，原作中鲁滨孙的罪与罚以及他在荒岛上的忏悔悟道和等待上帝救赎等成长小说的要素部分被忽略，鲁滨孙被塑造为一个理想人物和精神导师。
④ 民国时期，儿童书写的《鲁滨孙漂流记》读后感大量刊发在儿童刊物上，此类读后感一个共同的特点便是对鲁滨孙精神的赞美，这一现象延续至今。参见任甫文：《读〈鲁滨逊漂流记〉之后》，载《新儿童世界》1948年第13期，第29页。

鲁滨孙故事则致力于发展学生的阅读和写作技能。① 此一结论有些简单笼统，但作为民国便已经定型的寓教于乐的儿童读本，伦理道德色彩的突出（儿童要像鲁滨孙那样英勇和坚韧）确实是《鲁滨孙漂流记》儿童汉译版最为基础的底色。对教育功能的过分突出与对小说叙事形式特征有意无意的忽略，弱化了其在当代中国儿童读者中可能和应该发生的文学性影响，这不得不让人引以为憾。②

除小说外，鲁滨孙还作为一个象征符号参与了民国的新闻写作。③ 18世纪，报纸的内容不比小册子篇幅长，而且包含着不准确的、二手的、基于八卦的信息，通常被称为"罗曼司"。④ 20世纪初叶的中国新闻报纸何尝不是如此。但不同的是，它从未致力于被"罗曼司"收编，而是以事实

---

① Hui Haifeng, "Curricular Requirements, Critical Traditions, and Adaptions in the Paratext of Chinese and American School Editions of Robinson Crusoe", *Comparative Literature & Culture*, 2017, 19 (3): 1-9.
② 如上海地方协会会长杜镛写给青年的号召信，对《鲁滨孙漂流记》教育功能的推重超过了对其艺术性的强调，可谓代表了近代知识分子的心声。该信称："昔尝有说部名《鲁滨逊飘流记》者，余极喜爱之。非爱其小说之结构离奇或描写曲折也，因其书中之主角，虽困于人迹鲜至之孤岛中，而其奋斗精神仍未尝稍衰，卒因而脱离孤岛，重归故土。……吾所望于今日之上海青年者，其亦能继鲁滨逊之精神而更发扬光大之乎？"杜镛：《发挥鲁滨逊的精神》，载《译报周刊》1938年第1期，第9页。
③ 民国各类中英文报刊的新闻写作中，记者往往将鲁滨孙视为航海历险幸而获救的象征符号。此类书写尤见于《大陆报》与《上海时报》的英文版新闻写作。"Woman Robinson Crusoe Found Living Wild Life On Japan Island", *The China Press*, Sep, 30, 1927. "Modern Crusoe Saved After 10 Hours in Sea", *The China Press*, Sep, 15, 1931. "Modern Crusoes Return", *The Shanghai Times*, Dec, 5, 1931. "Robinson Crusoe in Real Life: Semi-Savage Unable To Speak Found On Chilean Isle", *The Shanghai Times*, Nov, 4, 1932. "Modern Robinson Crusoes: Two Australians on Wills Island With A Dog", *The Shanghai Times*, Oct, 4, 1934. 在《上海时报》中，鲁滨孙作为生存于远离文明世界之荒岛的半野蛮形象出现。
④ *The Cambridge Companion to "Robinson Crusoe"*, ed. John Richetti, Cambridge University Press, 2018, p. 129.

的身份（名义）来吸引和招徕读者。

《鲁滨孙漂流记》"旅行"至中国，产生了多元重写路线，其中既有较为典型的书写（如前述三部小说），也有一般的书写；既有整体的重写（如上述三部小说），也有局部的模仿（如民国的新闻写作）。"我们仍在寻找鲁滨孙·克鲁索，不是因为我们知道他意味着什么，或者明晰他在18世纪早期所象征的含义，而是因为每一次重写之后，他都有了新的含义。"[1] 除此之外，《鲁滨孙漂流记》的中国重写在形式实验（书写实践）层面有哪些有价值的尝试，这些尝试在中国文学中曾经产生与可能产生的影响还须进一步细致而深入的探究。

---

[1] *The Cambridge Companion to "Robinson Crusoe"*, ed. John Richetti, Cambridge University Press, 2018, p. 220.

参考文献

[1] 笛福. 辜苏历程 [M]. 英为霖, 沈祖芬, 等译. 广州: 南方日报出版社, 2018.

[2] 达孚. 鲁滨孙飘流记 [M]. 林纾, 曾宗巩, 译. 上海: 商务印书馆, 1933.

[3] 达孚. 鲁滨孙飘流续记 [M]. 林纾, 曾宗巩, 译. 上海: 商务印书馆, [出版时间不详].

[4] 笛福. 鲁滨孙飘流记 [M]. 徐霞村, 译. 香港: 商务印书馆, 1957.

[5] DEFOE D. 鲁滨孙飘流记 [M]. 严叔平, 译. 上海: 崇文书局, 1928.

[6] 狄福. 鲁滨孙飘流记 [M]. 顾均正, 唐锡光, 译. 上海: 开明书店, 1949.

[7] 戈特尔芬美兰女史. 小仙源 [M]. 商务印书馆编译所, 编译. 上海: 商务印书馆, 1914.

[8] 郭沫若. 郭沫若全集: 第九卷 [M]. 北京: 人民出版社, 1985.

[9] 胡寄尘. 弱女飘零记 [M]. 上海: 广益书局, 1914.

[10] 焦士威尔奴. 十五小豪杰 [N]. 少年中国之少年, 译. 新民丛报, 1902 (2).

[11] 蒋光赤. 少年飘泊者 [M]. 上海: 亚东图书馆, 1926.

[12] 库切. 福 [M]. 王敬慧, 译. 杭州: 浙江文艺出版社, 2013.

[13] 鲁滨孙飘流记 [M]. 彭兆良, 译. 上海: 世界书局, 1932.

[14] 鲁滨逊漂流记 [J]. 小朋友, 1947-1948 (868-901).

[15] 瑞士家庭鲁滨孙 [J]. 黄衣青, 编写. 吴宏修, 作画. 小朋友, 1949 (961-965).

[16] 无人岛大王 [J]. 汤红绂, 译述. 新中外画报, 1916 (31-54).

[17] WYSS J D. 瑞士家庭鲁滨孙 [M]. 沈逸之, 译. 上海: 启明书局, 1939.

[18] WYSS J D. 瑞士家庭鲁滨孙: 名著述略 [J]. 儿童世界, 1930 (1).

[19] 威斯. 瑞士鲁滨孙家庭飘流记: 1-4 [M]. 彭兆良, 译. 上海: 世界书局, 1933.

[20] 安德森. 想象的共同体: 民族主义的起源与散布 [M]. 吴叡人, 译. 上海: 上海人民出版社, 2016.

[21] 卜正民. 纵乐的困惑: 明代的商业与文化 [M]. 方骏, 王秀丽, 罗天佑, 译. 桂林: 广西师范大学出版社, 2016.

[22] 陈伯海, 袁进. 上海近代文学史 [M]. 上海: 上海人民出版社, 1993.

[23] 陈鼓应, 赵建伟. 周易今注今译 [M]. 北京: 商务印书馆, 2016.

[24] 陈鼓应. 庄子今注今译: 下册 [M]. 北京: 商务印书馆, 2016.

[25] 陈平原. 千古文人侠客梦 [M]. 增订本. 北京: 北京大学出版社, 2018.

[26] 陈平原. 图像晚清: 《点石斋画报》之外 [M]. 北京: 东方出版社, 2014.

[27] 陈平原, 夏晓虹. 二十世纪中国小说理论资料: 第1卷: 1897—1916 [M]. 北京: 北京大学出版社, 1989.

[28] 陈映芳. "青年"与中国的社会变迁 [M]. 北京: 社会科学文献出版社, 2007.

[29] 曹顺庆. 南橘北枳: 曹顺庆教授讲比较文学变异学 [M]. 北京: 中央编译出版社, 2014.

[30] 陈万雄. 五四新文化的源流 [M]. 北京: 生活·读书·新知三联书店, 1997.

[31] 戴锦华, 滕威.《简·爱》的光影转世 [M]. 上海: 上海人民出版社, 2014.

[32] 刁克利. 翻译学研究方法导论 [M]. 天津: 南开大学出版社, 2012.

[33] 佛克马, 蚁布斯. 文学研究与文化参与 [M]. 俞国强, 译. 北京: 北京大学出版社, 1996.

[34] 阿利埃斯. 儿童的世纪: 旧制度下的儿童和家庭生活 [M]. 沈坚, 朱晓罕, 译. 北京: 北京大学出版社, 2013.

[35] 冯志杰. 中国近代翻译史: 晚清卷 [M]. 北京: 九州出版社, 2011.

[36] 郭国灿. 中国人文精神的重建: 约戊戌~五四 [M]. 郑州: 河南大学出版社, 2016.

[37] 葛桂录. 含英咀华: 葛桂录教授讲中英文学关系 [M]. 北京: 中央编译出版社, 2014.

[38] 葛桂录. 中国外国文学研究的学术历程: 英国文学研究的学术历程 [M]. 重庆: 重庆出版社, 2016.

[39] 龚鹏程. 游的精神文化史论 [M]. 石家庄: 河北教育出版社, 2001.

[40] 葛兆光. 中国思想史导论: 思想史的写法 [M]. 上海: 复旦大学出版社, 2013.

[41] 斯宾塞. 社会静力学 [M]. 张雄武, 译. 北京: 商务印书馆, 1996.

[42] 黄金麟. 历史、身体、国家: 近代中国的身体形成: 1895—1937 [M]. 北京: 新星出版社, 2006.

[43] 黄梅. 推敲"自我": 小说在18世纪的英国 [M]. 北京: 生活·读书·新知三联书店, 2015.

[44] 姚斯, 霍拉勃. 接受美学与接受理论 [M]. 周宁, 金元浦, 译. 沈阳: 辽宁人民出版社, 1987.

[45] 赫胥黎. 天演论 [M]. 严复, 译. 欧阳哲生, 导读. 贵阳: 贵州教

育出版社，2014.

[46] 金东雷. 英国文学史纲［M］. 长春：吉林出版集团有限责任公司，2010.

[47] 金宏宇，等. 文本周边：中国现代文学副文本研究［M］. 武汉：武汉大学出版社，2014.

[48] 论语［M］. 金良年，注评. 南京：凤凰出版社，2010.

[49] 蒋晓丽. 中国近代大众传媒与中国近代文学［M］. 成都：巴蜀书社，2005.

[50] 金观涛，刘青峰. 中国现代思想的起源：超稳定结构与中国政治文化的演变：第1卷［M］. 北京：法律出版社，2011.

[51] 雅思贝斯. 时代的精神状况［M］. 王德峰，译. 上海：上海译文出版社，2013.

[52] 刘鹗. 老残游记［M］. 西安：三秦出版社，2016.

[53] 刘禾. 帝国的话语政治：从近代中西冲突看现代世界秩序的形成［M］. 杨立华，等译. 北京：生活·读书·新知三联书店，2014.

[54] 刘禾. 跨语际实践：文学，民族文化与被译介的现代性（中国，1900—1937）［M］. 宋伟杰，等译. 北京：生活·读书·新知三联书店，2014.

[55] 李华兴. 民国教育史［M］. 上海：上海教育出版社，1997.

[56] 梁景和. 清末国民意识与参政意识研究［M］. 长沙：湖南教育出版社，1999.

[57] 李猛. 自然社会：自然法与现代道德世界的形成［M］. 北京：生活·读书·新知三联书店，2015.

[58] 李强. 自由主义［M］. 北京：东方出版社，2015.

[59] 梁启超. 新民说［M］. 北京：朝华出版社，2017.

[60] 李相如. 全民健身研究新视点［M］. 北京：北京体育大学出版社，2008.

[61] 李艳丽. 晚清日语小说译介研究：1898—1911［M］. 上海：上海社会科学院出版社，2014.

[62] 李泽厚. 中国现代思想史论［M］. 北京：东方出版社，1987.

[63] 茅盾. 中国神话研究初探［M］. 南京：江苏文艺出版社，2009.

[64] 基亚. 比较文学［M］. 颜保，译. 北京：北京大学出版社，1983.

[65] 韦伯. 新教伦理与资本主义精神［M］. 于晓，陈维纲，等译. 西安：陕西师范大学出版社，2006.

[66] 福柯. 词与物：人文科学的考古学［M］. 莫伟民，译. 上海：上海三联书店，2016.

[67] 梅新林，俞樟华. 中国游记文学史［M］. 上海：学林出版社，2004.

[68] 潘光旦. 民族特性与民族卫生［M］. 上海：商务印书馆，1937.

[69] 托托西. 文学研究的合法化［M］. 马瑞琦，译. 北京：北京大学出版社，1997.

[70] 邵汉明. 中国文化精神［M］. 北京：商务印书馆，2000.

[71] 宋教仁日记［M］. 湖南省哲学社会科学研究所古代近代史研究室，校注. 长沙：湖南人民出版社，1980.

[72] 宋莉华. 近代来华传教士与儿童文学的译介［M］. 上海：上海古籍出版社，2015.

[73] 孙荣. 文人壮游［M］. 北京：华文出版社，1997.

[74] 桑塔格. 疾病的隐喻［M］. 程巍，译. 上海：上海译文出版社，2014.

[75] 汤志钧，陈祖恩. 中国近代教育史资料汇编：戊戌时期教育［M］. 上海：上海教育出版社，1993.

[76] 汤志钧. 中国近代思想家文库：梁启超卷［M］. 北京：中国人民大学出版社，2014.

[77] 田晓菲. 神游：早期中古时代与十九世纪中国的行旅写作［M］. 北京：生活·读书·新知三联书店，2022.

[78] 王德威. 抒情传统与中国现代性:在北大的八堂课 [M]. 北京:生活·读书·新知三联书店, 2018.

[79] 王德威. 想象中国的方法:历史·小说·叙事 [M]. 北京:生活·读书·新知三联书店, 1998.

[80] 汪晖. 声之善恶:鲁迅《破恶声论》《呐喊·自序》讲稿 [M]. 北京:生活·读书·新知三联书店, 2013.

[81] 王宏志. 翻译史研究 2011 [C]. 上海:复旦大学出版社, 2011.

[82] 王学泰. 游民文化与中国社会 [M]. 太原:山西人民出版社, 2014.

[83] 汪涌豪. 中国游侠史论 [M]. 上海:上海人民出版社, 2016.

[84] 谢天振. 超越文本 超越翻译 [M]. 上海:复旦大学出版社, 2014.

[85] 谢天振. 译介学导论 [M]. 北京:北京大学出版社, 2007.

[86] 谢天振, 查明建. 中国现代翻译文学史 [M]. 上海:上海外语教育出版社, 2004.

[87] 胡适. 胡适论文学 [M]. 夏晓虹, 选编. 合肥:安徽教育出版社, 2010.

[88] 夏晓虹. 晚清文人妇女观 [M]. 北京:作家出版社, 1995.

[89] 德里达. 书写与差异 [M]. 张宁, 译. 北京:生活·读书·新知三联书店, 2001.

[90] 杨逢彬. 论语新著新译 [M]. 北京:北京大学出版社, 2016.

[91] 杨联芬. 晚清至五四:中国文学现代性的发生 [M]. 北京:北京大学出版社, 2003.

[92] 颜元. 习斋四存编 [M]. 上海:上海古籍出版社, 2000.

[93] 余英时. 中国思想传统的现代诠释 [M]. 南京:江苏人民出版社, 2004.

[94] 张爱玲. 张爱玲文集 [M]. 精读本. 北京:中国华侨出版社, 2002.

[95] 樽本照雄. 新编增补清末民初小说目录 [M]. 贺伟, 译. 济南:齐鲁书社, 2002.

[96] 张岱年,程宜山. 中国文化与文化论争［M］. 北京：中国人民大学出版社，1990.

[97] 张德明. 西方文学与现代性的展开［M］. 北京：中国社会科学出版社，2009.

[98] 张和龙. 英国文学研究在中国：英国作家研究：上卷［M］. 上海：上海外语教育出版社，2015.

[99] 朱良志. 中国美学十五讲［M］. 北京：北京大学出版社，2006.

[100] 周月峰. 中国近代思想家文库：杜亚泉卷［M］. 北京：中国人民大学出版社，2014.

[101] 周振鹤. 晚清营业书目［Z］. 上海：上海书店出版社，2005.

[102] 朱光潜. 无言之美［M］. 南京：江苏文艺出版社，2010.

[103] 邹振环. 影响中国近代社会的一百种译作［C］. 南京：江苏教育出版社，2008.

[104] 阿尔泰山鲁滨逊插曲［M］. Shestakov，作. 赵景深，译. 新流文丛，1941（1）.

[105] 陈独秀. 吾人最后之觉悟［J］. 青年杂志，1916（6）.

[106] 陈兵. 清教徒笛福笔下的中国［J］. 中国文学研究，2018（1）.

[107] 崔文东. 义与利的交锋：晚清《鲁滨孙飘流记》诸译本对经济个人主义的翻译与批评［J］. 汉语言文学研究，2012（4）.

[108] 崔文东. 翻译国民性：以晚清《鲁滨孙飘流续记》中译本为例［J］. 中国翻译，2010（5）.

[109] 戴从容. 拜伦在五四时期的中国［J］. 苏州大学学报，2003（1）.

[110] 杜镛. 发挥鲁滨逊的精神［J］. 译报周刊，1938（1）.

[111] 段戈孚. 风景断想［J］. 张箭飞，邓媛媛，译. 长江学术，2012（3）.

[112] 冯文楼. 从桃花源、后花园到大观园：一个文学类型的文化透视［J］. 陕西师范大学学报（哲学社会科学版），2006（5）.

[113] 孤岛生还记［J］. 交通职工月报，1936（9）.

[114] 顾国. 鲁滨孙 [J]. 学生文艺丛刊汇编, 1911 (2).

[115] 光升. 中国国民性及其弱点 [J]. 新青年, 1917 (6).

[116] 郭声宏. 范朋克的新片 [N]. 申报, 1933-01-30.

[117] 管新福. 西方传统中国形象的"他者"建构与文学反转: 以笛福的中国书写为中心 [J]. 文学评论, 2016 (4).

[118] 黄晖.《福》: 重构帝国文学经典 [J]. 外国文学研究, 2010 (3).

[119] 惠海峰.《鲁滨孙飘流记》的儿童版改编: 每个时代的鲁滨孙 [J]. 外国文学评论, 2012 (3).

[120] 惠海峰. 社会、小说与封面:《鲁滨孙飘流记》儿童版的封面变迁 [J]. 外国文学, 2013 (5).

[121] 惠海峰, 申丹. 个人主义、宗教信仰和边缘化的家庭: 重读《鲁滨逊漂流记》[J]. 外国语文, 2011 (4).

[122] 黄继刚. "风景"背后的景观: 风景叙事及其文化生产 [J]. 新疆大学学报(哲学·人文社会科学版), 2014 (5).

[123] 黄继刚. 近现代文艺期刊与读者意识之流变 [J]. 兰州学刊, 2016(12).

[124] 黄继刚. 身体现代性的生成及其话语向度: 以晚近"身体遭逢"为对象 [J]. 文艺理论研究, 2018 (3).

[125] 嵇文甫. 漫谈学术中国化问题 [J]. 理论与现实, 1940 (4).

[126] 嵇畹清.《鲁滨孙漂流记》书后 [J]. 东社, 1915 (2).

[127] 贾欣岚, 杨佩亮. 从文本间性看《鲁滨逊漂流记》: 话语暗示与叙事建构的解读 [J]. 天津大学学报(社会科学版), 2012 (2).

[128] 金雯. 启蒙与情感: 18世纪思想与文学中的"人类科学" [J]. 华东师范大学学报(哲学社会科学版), 2022 (1).

[129]《绝岛漂流记》的作者 [J]. 少年(上海, 1911), 1913 (3).

[130] 亢西民. 欧洲游历冒险小说简论 [J]. 山西师大学报(社会科学版), 2001 (2).

[131] 鲁滨孙博士的动的教育论 [J]. 云南教育会会刊, 1926 (10).

[132]《鲁滨孙飘流记》之影片已制成[N]. 申报, 1922-11-08.

[133]《鲁滨孙飘流记》影片之映演[N]. 申报, 1923-03-17.

[134]李大钊. 今[J]. 新青年, 1918 (4).

[135]论画报可以启蒙[N]. 申报, 1895-08-29.

[136]李今. 晚清语境中的鲁滨孙汉译:《大陆报》本《鲁滨孙飘流记》的革命化改写[J]. 中国现代文学研究丛刊, 2009 (2).

[137]李今. 晚清语境中汉译鲁滨孙的文化改写与抵抗:鲁滨孙汉译系列研究之一[J]. 外国文学研究, 2009 (2).

[138]李今. 从"冒险"鲁滨孙到"中庸"鲁滨孙:林纾译介《鲁滨孙飘流记》的文化改写与融通[J]. 中国现代文学研究丛刊, 2011 (1).

[139]刘建军. 关于"中国化"概念及相关问题的思考:兼论外国文学乃至具体学科"中国化"问题[J]. 东北师大学报(哲学社会科学版), 2018 (2).

[140]卢丽安. 翻新经典小说:《鲁滨逊漂流记》及两个当代重写文本[J]. 英美文学研究论丛, 2007 (1).

[141]刘晓东. 李贽童心哲学论略[J]. 西北师大学报(社会科学版), 2016 (4).

[142]李艳丽. 东西交汇下的晚清冒险小说与世界秩序[J]. 社会科学, 2013 (3).

[143]牛红英,薛丰艳.《鲁滨逊漂流记》与西方自然状态理论[J]. 东北师大学报(哲学社会科学版), 2010 (2).

[144]彭玉平,邓菀莛. 士不遇主题的近代嬗变:以康有为、梁启超诗词为中心[J]. 安徽大学学报(哲学社会科学版), 2016 (4).

[145]强民. 复古之小试验[J]. 万有周刊, 1931 (36-37).

[146]任甫文. 读《鲁滨逊漂流记》之后[J]. 新儿童世界, 1948 (13).

[147]任公. 大同志学会序[N]. 清议报, 1899-04-30.

[148]宋莉华.《辜苏历程》:《鲁滨孙飘流记》的早期粤语译本研究[J].

文学评论，2012（4）．

[149] 宋莉华．中国古代"小说"概念的中西对接［J］．文学评论，2020(1)．

[150] 邵宁宁．"病"的意义与"泪"的源流：林黛玉与中国文化感伤主义传统［J］．文艺争鸣，2014（8）．

[151] 唐小兵．身体政治的历史幻觉［J］．南风窗，2006（20）．

[152] 王爱菊，任晓晋．自我的建构：洛克哲学视角下的《鲁滨孙漂流记》［J］．外国文学研究，2012（5）．

[153] 王波．英国荒岛文学的发展源流：《鲁滨逊漂流记》与《蝇王》的比较研究［J］．中北大学学报（社会科学版），2015（5）．

[154] 王汎森．思想史与生活史的联系："五四"研究的若干思考［J］．政治思想史，2010（1）．

[155] 王汎森．中国近代思想中的"未来"［J］．探索与争鸣，2015（9）．

[156] 王光东．民间化历史叙述中的"感伤"［J］．探索与争鸣，2018（6）．

[157] 王丽亚．论笛福笔下中国形象的两极性［J］．江西社会科学，2012（11）．

[158] 王旭峰．《鲁滨孙漂流记》、殖民所有权与主权政治体［J］．英美文学研究论丛，2016（2）．

[159] 王旭峰．论《鲁滨孙漂流记》中的疾病［J］．外国文学研究，2019(4)．

[160] 新绝岛漂流记［N］．时报，1910-02-26．

[161] 新鲁滨孙飘流记［J］．良友，1935（108）．

[162] 王晓元．意识形态与文学翻译的互动关系［J］．中国翻译，1999（2）．

[163] 姚达兑．新教伦理与感时忧国：晚清《鲁滨孙》自西徂东［J］．中国文学研究，2012（1）．

[164] 姚达兑．凡尔纳东游记：《十五小豪杰》的政治书写［J］．文学评论，2020（1）．

[165] 于海岩．《鲁滨孙漂流记》多译本的历时对比研究：对"重译假设"的再讨论［J］．宁波大学学报（人文科学版），2018（3）．

[166] 阳姣．圣经伦理：孤独的个体与不孤独的实体：《鲁滨逊漂流记》

中人神关系冲突的伦理解读［J］．求索，2016（10）．

[167] 杨仁敬．《鲁滨孙飘流记》的艺术特色：纪念世界文化名人、英国现实主义作家笛福诞生三百周年［J］．厦门大学学报（社会科学版），1961（3）．

[168] "与时俱进"源于蔡元培［Z］．海南档案，2004（4）．

[169] 张德明．空间叙事、现代性主体与帝国政治：重读《鲁滨孙漂流记》[J]．外国文学，2002（2）．

[170] 诸葛龙．新桃花源记［J］．亚洲影讯，1940（19）．

[171] 朱晶．论民国时期科学理想与社会诉求的建构：以进化论的传播为例［J］．上海交通大学学报（哲学社会科学版），2019（3）．

[172] 张申府．论中国化［J］．战时文化，1939（2）．

[173] 曾艳．《鲁宾逊漂流记》的流散特征［J］．外语研究，2017（4）．

[174] 邹振环．晚明至晚清的翻译：内部史与外部史［J］．东方翻译，2010（4）．

[175] 孔镭．论文学翻译中文化意象的传递：以《鲁滨孙飘流记》诸译本比较分析为例［D］．重庆：重庆师范大学，2009．

[176] 尹辉．五四前后"弱小民族文学"译介研究［D］．济南：山东大学，2019．

[177] 袁满．鲁滨逊形象在中国接受的流变研究［D］．长春：东北师范大学，2019．

[178] 郑理．翻译、改编与改写：《鲁滨孙漂流记》在西方和华人世界的加工与传播［D］．上海：上海外国语大学，2014．

[179] DEFOE D. Robinson Crusoe：An Authoritative Text, Contexts, Criticism [M]. ed. Michael Shinagel. New York：W. W. Norton, 1994.

[180] DEFOE D. Robinson Crusoe/The Father Adventures of Robinson Crusoe [M]. London, Glasgow：Collins, 1953.

[181] DEFOE D. The Robinson Crusoe Trilogy [M]. [s. l] Oakpast Ltd,

2013.

[182] WYSS J D. The Swiss Family Robinson [M]. New York: Signet Classics, 2004.

[183] BOURDIEU P. The Felid of Cultural Production: Essays on Art and Literature [M]. New York: Columbia University Press, 1993.

[184] Cultural Theory, and Popular Culture: A Reader, 5th edition [C]. ed. John Storey. New York: Routledge, 2019.

[185] DAMROSCH D. What is World Literature? [M]. Princeton, Oxford: Princeton University Press, 2003.

[186] Eighteenth-Century Thing Theory in a Global Context: From Consumerism to Celebrity Culture [C]. ed. Ileana Baird, Christina Ionescu. Taylor & Francis Group, 2013.

[187] FRANK K, DEFOE D. Robert Knox and the Creation of a Myth [M]. London: The Bodley Head, 2011.

[188] GENETTE G. Paratexts: Thresholds of interpretation [M]. trans. Jane E. Lewin. Cambridge University Press, 1997.

[189] KINANE I. Theorising Literary Islands: The Islands Trope in Contemporary Robinsonade Narratives [M]. London, New York: Rowman Littlefield, 2017.

[190] LEFEVERE A. Translation, Rewriting, and the Manipulation of Literary Fame [M]. London, New York: Routledge, 1992.

[191] O'MALLEY A. Children's Literature, Popular Culture, and Robinson Crusoe [M]. New York: Palgrave Macmillan, 2012.

[192] MCKEON M. The Origins of The English Novel: 1600 – 1740 [M]. Baltimore, New York: The Johns Hopkins UP, 1987.

[193] SONG M. Young China: National Rejuvenation and the Bildungsroman: 1900 – 1959 [M]. Cambridge (Massachusetts), London: Harvard Uni-

versity Press, 2015.

[194] NOVAK M E. Transformations, Ideology, and the Real in Defoe's Robinson Crusoe and other Narratives: Finding "The Thing Itself" [M]. Newark: University of Delaware Press, 2015.

[195] RICHETTI J. The Cambridge Companion to "Robinson Crusoe" [C]. Cambridge: Cambridge University Press, 2018.

[196] RICHETTI J. The Life of Daniel Defoe [M]. Chichester: John Wiley & Sons Ltd, 2015.

[197] The Cambridge Companion to "Robinson Crusoe" [C]. ed. John Richetti. Cambridge University Press, 2018.

[198] WATT I. The Rise of the Novel: Studies in Defoe, Richardson, and Fielding [M]. London: Penguin books, 1963.

[199] WOOLF V. The Common Reader [M]. London: Vintage Classics, 2003.

[200] WOOLF V. The Second Common Reader: Annotated Edition [M]. London: Mariner Books, 2003.

[201] BLACKWELL J. An Island of Her Own: Heroines of the German Robinsonades from 1720 to 1800 [J]. The German Quarterly, 1985, 58 (1): 5 - 26.

[202] COTTOM D. "Robinson Crusoe": The Empire's New Clothes [J]. The Eighteenth Century, 1981, 22 (3): 271 - 286.

[203] DUNAE P A. Boy's Literature and the Idea of Empire. 1870 - 1914 [J]. Victorian Studies, 1980, 24 (1): 105 - 121.

[204] FAIR T. 19th-Century English Girls' Adventure Stories: Domestic Imperialism [J]. Rocky Mountain Review, 2014, 68 (2): 142 - 158.

[205] FESTA L. Crusoe's Island of Misfit Things [J]. The Eighteenth Century, 2011, 52 (3): 443 - 471.

[206] FISHELOV D. Dialogues with/and Great Books: With Some Serious Reflections on "Robinson Crusoe [J]. New Literary History, 2008, 39 (2): 335-353.

[207] Five modern Chinese "Robinson Crusoe" [N]. The China Press, Nov, 14, 1936.

[208] FREE M. Un-Erasing "Crusoe": "Father Adventures" in the Nineteenth Century [J]. Book History, 2006, (9): 89-130.

[209] HICKS A. Playing at Crusoe: Domestic Imperatives and Models of Motherhood in Robinson Crusoe-Inspired Toys and Novels for Girls [J]. Children's Literature in Education, 2015, (46): 110-126.

[210] GRASSSO J. "An Enemy of his Country's Prosperity and Safety": Mapping the English Traveler in Defoe's Robinson Crusoe [J]. CEA Critic, 2008, 70 (2): 15-30.

[211] HOWELL J. Eighteenth-century Abridgements of Robinson Crusoe [J]. The Library, 2014, 15 (3): 292-343.

[212] Hui H F. Curricular Requirements, Critical Traditions, and Adaptions in the Paratext of Chinese and American School Editions of Robinson Crusoe [J]. Comparative Literature & Culture, 2017, 19 (3): 1-9.

[213] KRAFT E. The Revaluation of Literary Character: The Case of Crusoe [J]. South Atlantic Review, 2007, 72 (4): 37-58.

[214] LIU L H. Robinson Crusoe's Earthenware Pot [J]. Critical Inquiry, 1999, 25 (4): 728-757.

[215] LOAR C F. How to say Things with Guns: Military Technology and the Politics of "Robinson Crusoe" [J]. Eighteenth Century Fiction, 2006, 19 (1): 1-20.

[216] MAYER R. Robinson Crusoe on Television [J]. Quarterly Review of Film and Video, 2010, 28 (1): 53-65.

[217] Modern Crusoe Saved After 10 Hours in Sea [N]. The China Press, Sep, 15, 1931.

[218] Modern Crusoes Return [N]. The Shanghai Times, Dec, 5, 1931.

[219] Modern Robinson Crusoes: Two Australians on Wills Island With A Dog [N]. The Shanghai Times, Oct, 4, 1934.

[220] NOVAK M E. Robinson Crusoe and Economic Utopia [J]. The Kenyon Review, 1963, 25 (3): 474-490.

[221] PEARL J H. Desert Islands and Urban Solitudes in the "Crusoe" Trilogy [J]. Studies in the Novel, 2012, 44 (2): 125-143.

[222] Scientist Robinson Crusoes will study sun eclipse from pacific [N]. The China Press, Nov, 27, 1937.

[223] Robinson Crusoe in Real Life: Semi-Savage Unable To Speak Found On Chilean Isle [N]. The Shanghai Times, Nov, 4, 1932.

[224] Some Imitations of Robinson Crusoe-Called Robinson Ades [J]. The Yale University Library Gazette, 1936, 11 (2): 32-36.

[225] Woman Robinson Crusoe Found Living Wild Life On Japan Island [N]. The China Press, Sep, 30, 1927.

附 录

一、《辜苏历程》插图[①]

图1 沉船得救多谢神恩

图2 船沉泅水扒石登岸

图3 取船什物搬落木排

图4 得多金钱谁知无用

---

① 参见《辜苏历程》,英为霖译,羊城真宝堂书局1902年版。

建做帷幕作屋居住
图5 建做帷幕作屋居住

竪木畫痕記念年月
图6 竖木画痕纪念年月

日中閒暇散步消愁
图7 日中闲暇散步消愁

偶見大麥薏米生長
图8 偶见大麦薏米生长

忽遇地震逃避危險
图9 忽遇地震逃避危险

得發冷病愁苦臥床
图10 得发冷病愁苦卧床

— 273

图 11　寂坐沉思心怀忧闷

图 12　辜苏醒悟静读《圣经》

图 13　再察此岛观看地方

图 14　初造成缸瓦器皿

图 15　在地掘坑推船出海

图 16　辜苏在家猫鸟为侣

图 17　巡行海岛查察情形

图 18　见人脚迹心大惊疑

图 19　到岩闻声疑为怪物

图 20　与猫鸟狗大家安乐

图 21　静中思想经历艰难

图 22　远见野人聚埋举火

图23　亚五得救谢辜苏恩　　　　　　图24　辜苏取衫亚五穿着

图25　以主真理教训亚五　　　　　　图26　亚五报知野人来岛

图27　辜苏亚五远见野人　　　　　　图28　辜苏拯救西班牙人

图 29 西班牙人相与讲论

图 30 辜苏得见英国三人

图 31 设得妙计诱敌投降

图 32 约齐众人攻打叛党

— 277

二、《无人岛大王》相关插图[①]

图 33　罗朋生与佐立

图 34　罗朋生与星期五

图 35　星期五向罗朋生屈膝行礼

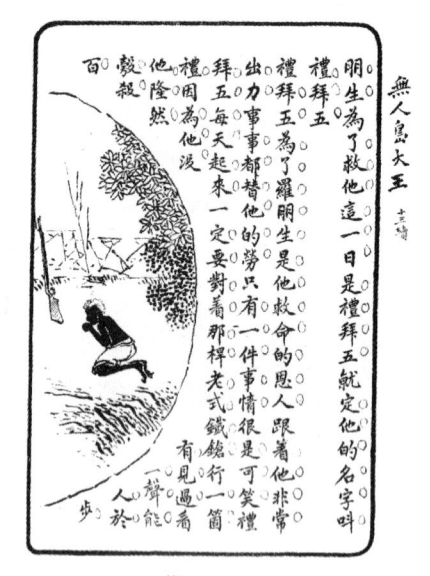

图 36　星期五跪拜罗朋生的枪

[①] 参见《无人岛大王》，红绂女史译，载《新中外画报》1916 年第 31—54 期。

三、顾均正、唐锡光译本《鲁滨孙飘流记》相关插图[①]

图37 鲁滨孙紧紧攀岩获幸存

图38 鲁滨孙在树上睡觉

图39 鲁滨孙攀上破船的甲板

图40 鲁滨孙从破船上搬运生活用品

---

① 狄福:《鲁滨孙飘流记》,顾均正、唐锡光译,开明书店1934年版。

图41 鲁滨孙开枪打死大鸟

图42 鲁滨孙搭盖帐篷

图43 鲁滨孙编织栅栏

四、电影鲁滨孙故事相关剧照

图44 《新鲁滨孙飘流记》中鲁滨孙女士凭栏远眺[①]

图45 《瑞士家庭鲁滨孙》中英文片名[②]

图46 《瑞士家庭鲁滨孙》中英文片名

[①] 参见《良友》1935年第108期。
[②] 参见《好莱坞》1940年第73期。

五、《小朋友》连载的《鲁滨逊漂流记》相关插图[①]

图 47 礼拜五穿着新装

图 48 鲁滨逊带礼拜五回国

图 49 鲁滨逊带新朋友回家

---

① 参见《鲁滨逊漂流记》，载《小朋友》1947—1948 年第 868—901 期。

图 50　礼拜五不喜欢洗刷

六、《瑞士家庭鲁滨孙》汉译本相关封面（标题页）[①]

图 51　彭兆良译本封面标题页

[①] 参见《瑞士鲁滨孙家庭飘流记》，彭兆良译，世界书局1933年版。

— 283 —

七、《鲁滨孙漂流记》汉译单行本初版信息概览

（一）晚清诸译本初版信息一览表

译者	小说译名	作者译名	主人公译名	出版机构	出版时间
沈祖芬	绝岛漂流记	狄福	克鲁沙	上海开明书店	1902年
英为霖	辜苏历程	地科	辜苏	羊城真宝堂书局	1902年
秦力山	鲁宾孙漂流记	德富	鲁宾孙	《大陆报》第1—4期及第7—12期	1902—1903年
林纾 曾宗巩	鲁滨孙飘流记 鲁滨孙飘流续记	达孚	鲁滨孙	商务印书馆	1905—1906年

（二）民国诸译本初版信息一览表

译者	小说译名	作者译名	主人公译名	出版机构	出版时间
严叔平	鲁滨孙飘流记	达孚	柯洛苏	崇文书局	时间不详，不晚于1928年
彭兆良	鲁滨孙飘流记	德福	鲁滨孙	世界书局	1932年
顾均正 唐锡光	鲁滨孙飘流记	狄福	鲁滨孙	开明书店	1934年
徐霞村	鲁滨孙飘流记	笛福	鲁滨孙	上海商务印书馆	1937年

八、《鲁滨孙漂流记》图画改编本初版信息

历史阶段	译名	译者	作者译名	主人公译名	出版机构	出版时间
晚清	无人岛大王	汤红绂	不详	罗朋生	《民呼日报图画》第30—44号	1909年
民国	鲁滨逊漂流记	不详	笛福	鲁滨逊	《小朋友》第868—901期	1947—1948年

九、《鲁滨孙漂流记》西方重写本汉译初版信息

原作名	译者	小说译名	出版机构	出版时间	主人公特征
Deux Ans de vacances	梁启超 罗普	十五小豪杰	《新民丛报》	1902—1903年	群体
Der Schweizerische Robinson	商务印书馆	小仙源	《绣像小说》	1903—1904年	家庭

后　记

　　时光荏苒，距离博士毕业已三年有余。拙著付梓在即，有必要向读者简单交代本书的成书过程以及我的一些省思。

　　本书是本人的第一部学术著作，由博士学位论文《现代"新人"的想象与建构——〈鲁滨孙漂流记〉的"中国化"（1902—1949）》修改而成。2016年8月至2020年6月，我在陕西师范大学文学院攻读博士学位，师从裴亚莉教授。博士论文从选题到定题再到完成初稿、定稿，先后受到了多位前辈师长的悉心指导，至今感念在心。裴老师是一位博学多才的创作型学者，一直以春风化雨的方式感召着我。无论是学术上，还是生活中，裴老师温柔而坚定，总能够给予我向上的力量。

　　与此同时，博士论文的完成离不开校内外诸位老师的启迪。金惠敏老师在开题时直击要害的提问，刘建军老师在东北师范大学论坛期间对论文研究思路高屋建瓴式的指导，姚达兑老师在澳门会议期间给予关键译本信息的提供与帮助，张碧老师在论文预答辩时富于启发性的建议，梁展老师、孙晓忠老师、苏仲乐老师、赵文老师、李跃力老师在论文答辩时提出的颇富洞见的修改意见，一一积淀在我的内心深处，并在后来汇聚成为我修改论文的思想源泉。

　　2021年4月，在导师裴老师的热情推荐下，我和陕西师范大学出版总社达成协定，出版此书，自此开始了与梁菲编辑长达两年多的书稿修改历程。梁编辑富有专业素养，工作认真，总是在我忙于工作而延缓了书稿的修改时，适时有力地提醒我并给出细致的修改建议，本书的面世离不开她的辛苦付出。我也从她身上看到了，在知识和思想的生产与传播过程中，无数位兢兢业业的编辑默默无闻的辛勤劳动。至此，我对导师推荐的《天才的编辑》（*Editor of Genius*）一书也有了新的认识和感悟。一部书出版的背后，凝结着的何止是作者一个人的心血！

同时，本书的顺利出版离不开西安工业大学文学院领导的大力支持，特别是冯希哲院长。冯院长从我入职之初就多次分享他对本书出版的想法，也时常关心书稿修改的进度，他的鼓励和鞭策为书稿的修改完善和出版推进注入了强大的动力。

人对事物和现象的认识是逐步走向深入的。我曾经以为，自己的博士论文写得还不错，但在修改时却发现一切不过是敝帚自珍罢了。几乎每次校对时，我和编辑都能发现问题。这让我头疼，也让我担心：还有哪些问题没有被发现呢？比起读者的贻笑大方，我更怕耽误他们的时间。本书值得读者付出宝贵时间去阅读吗？他们能在阅读中有所收获吗？这些问题一直萦绕在我的脑海深处。想象与现实总是隔着遥远的距离。梦想中的处女作与呈现在读者面前的这本书之间，有多少距离呢？然而，世界上没有完美的事物，所以遗憾和不完美似乎是一种必然。

从博士论文到本书，由于新材料的发现和自己认知的深入，本书第一章第三节基本上是完全重写。此外，书中的标题有较大的修改，相关内容、文字表述以及注释文献等方面都做了进一步的润色和完善。原计划将余论部分扩充为一章，但因时间、精力所限，只能退而求其次，在内容上进行了相应的补充，这不啻为一件憾事。希望未来还有机会对本书做进一步的修订。

在我书写这些文字时，获悉导师的新作《长安城南种牡丹》面世，不由得心潮澎湃。无论对学生，还是对读者，裴老师都是一位智慧有爱的"种花人"。希望自己也能像裴老师一样，在读者的心中种下美丽的思想花朵。哪怕这朵花幼小、柔弱，算不上美丽芬芳，但却没有辜负读者。

最后，限于能力与学识，本书还存在不足和缺憾，恳请各位方家不吝批评指正。

是为后记，亦为致谢。

2023 年 12 月